東京ニュース

ア

時差式

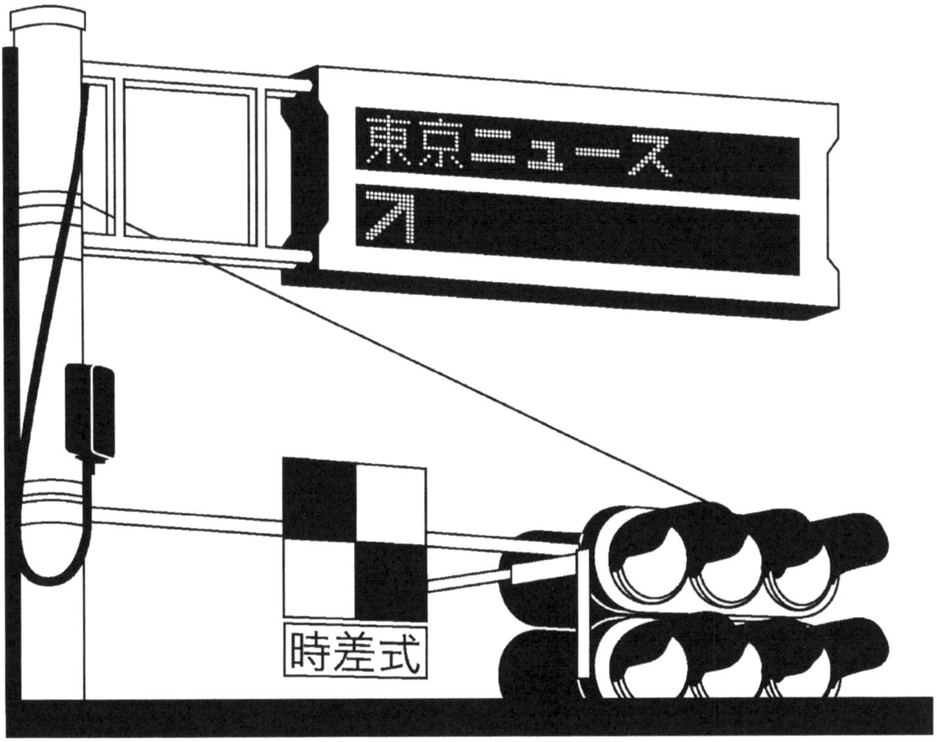

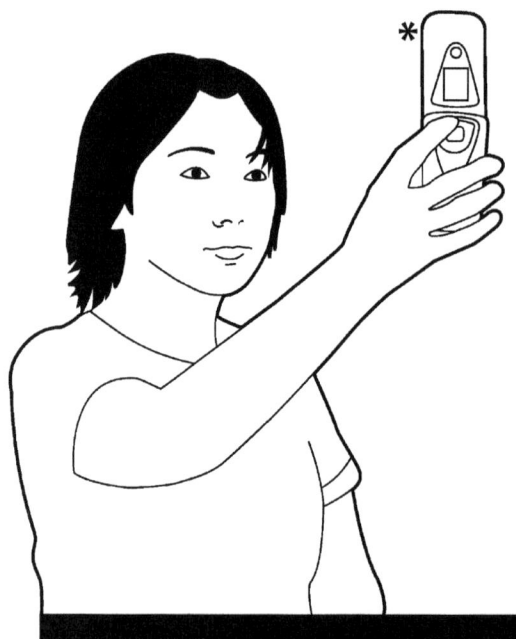

* Impressum

© 2006 Silke Figgen
www.mauf.com

Herstellung und Verlag:
Books on Demand GmbH,
Norderstedt

Gestaltung:
Christian Seuling
www.ling-kd.de

ISBN-10: 3-8334-6728-2
ISBN-13: 978-3-8334-6728-8

Bibliografische Information
Der Deutschen Bibliothek:
Die Deutsche Bibliothek ver-
zeichnet diese Publikation in der
Deutschen Nationalbibliografie;
detaillierte bibliografische Daten
sind im Internet über
<http://dnb.ddb.de>abrufbar.

tokyo news

Silke Figgen

詩留久 東京 ニュース

Hallo zusammen, ich hoffe mal, dass ich jetzt alle auf dem Verteiler habe, die Interesse bekundet haben. Sollte irgendjemand noch jemanden wissen, den ich vergessen habe, bitte melden! Und noch was, ich habe hier eine japanische Tastatur, auf der ich momentan weder den Gedankenstrich noch Klammern finden kann. Daher sehen die Mails vielleicht ein bisschen komisch aus. Und außerdem: diese Verteilerliste ist privat, d.h. nur ich kann sie nutzen, Ihr müsst also gar nicht erst versuchen, die anderen so anzuschreiben.

So, nun zu den wichtigeren Dingen: Wir sind am Freitag problemlos angekommen, der Flug war sehr angenehm, wenn auch sehr eng. Ich bin dann am Bahnhof von meinem Betreuer abgeholt worden, der mich erst mal ins Büro gefahren hat. Dann sind wir mitsamt meinem Chef in meine Wohnung gefahren, wo die beiden mir erst mal putzen geholfen haben ... sehr nett, ein Chef, der einem das Klo putzt, oder? Die Wohnung sah aber auch aus wie Sau, ich habe erst mal 30 Euro für Putzzeug ausgegeben, jetzt geht es. Das einzige Problem ist, dass ich noch kein warmes Wasser habe, der Boiler wird aber hoffentlich im Laufe des Tages repariert. Trotzdem unangenehm, nach so einem Flug tagelang nur kalt duschen zu können. Und an die Schadenfrohen unter Euch: mein Zimmer an sich ist auch nicht viel größer als Christians, vielleicht 8 bis 9 m², der Rest geht für Flur, Küche und Bad drauf, was bei Christian ja extra geht. Aber da ich weder Tisch noch Stuhl habe, ist in Japan wohl nicht üblich, reicht der Platz völlig. Großer Schrank, „Bett", Fernseher ... ja, richtig, die haben mir gleich am ersten Tag einen Fernseher organisiert. Und abends laufen sogar englische Filme. Ach ja, und ich habe einen Balkon. Toll, im neunten Stock mit Höhenangst ...

Bisher habe ich übrigens den Eindruck, dass mein Chef und mein Betreuer sehr nett sind. Außerdem ist es jetzt Viertel nach 9 morgens, und das Büro ist noch fast leer. Soviel zu japanischem Fleiß. Hoffentlich bleiben die dann nicht zwangsläufig bis 8 Uhr abends ...

Samstag und Sonntag haben Christian und ich die Gegend um den Shinjuku-Bahnhof erkundet. Das ist angeblich der größte und geschäftigste Bahnhof der Welt, und das könnte auch hinkommen. Und das Viertel da ist genau so, wie man sich Tokyo vorstellt: Häuserschluchten mit riesigen Neonreklamen überall, Menschenmassen, Autos im Stau, Spielhallen, Einkaufstempel, ... hat was. Habe mich da spontan erst mal sauwohl gefühlt, mal sehen, wann mir das Gewusel und der Lärm auf den Geist gehen.

Insgesamt kann man sagen, dass Tokyo riesig und unübersichtlich ist. Wenn ich also schreibe „Wir sind vom Shinjuku-Bahnhof zum nahegelegenen Park gelaufen" ist das nicht wie „vom Erlanger Bahnhof zum Rathausplatz", alleine die Unterführung durch den Shinjuku-Bahnhof ist ungefähr so lang wie dieses Beispiel, damit Ihr mal die Dimensionen habt. Nun ja, jedenfalls sind wir zu diesem Park gelaufen, und anschließend zu den Tokyo Metropolitan Government Buildings, dem Rathaus also. Da kann man kostenlos in den 45. Stock fahren und die Aussicht genießen. OK, genießen konnte ich sie erst, nachdem das anfängliche Schwindelgefühl sich verflogen hat, ist schon komisch, wenn man in 30 Sekunden in diese Höhen gehoben wird.

Das alles klingt jetzt nicht nach sehr viel Action für's erste Wochenende, aber es war schon anstrengend genug, wie gesagt, die Dimensionen sind hier etwas anders. Wir haben ja auch genug Zeit, uns weiter umzusehen. Und schon so kleine Dinge wie der Fahrkartenkauf wollen hier gelernt sein. Ist nämlich alles nur auf japanisch angeschlagen. Man kann die Automaten zwar auf englisch umstellen, dann sagt einem eine Stimme „all the information will be given in english. please choose your ticket". Naja, sehr hilfreich, wenn man gar nicht weiß, was das Ticket zu dem Bahnhof kostet und von wo der Zug fährt. Bin dann zu dem Behindertenschalter - ich kann Euch quasi grinsen sehen, das war aber die einzige Möglichkeit, einen Mitarbeiter zu erwischen - um um Hilfe zu fragen. Leider kam in meinem Japanischkurs der Satz „ich brauche eine Fahrkarte nach Shinjuku" noch nicht vor, und der Mann konnte kein Englisch, so haben wir uns halt mit Händen und Füssen verständigt. Immerhin haben Christian und ich erfolgreich auf japanisch den letzten Zug von Shinjuku nach Kokubunji erfragt. Das lässt doch hoffen ... Hier kann nämlich wirklich kaum jemand englisch. Warum auch immer die dann englische Filme zeigen ..?..

So langsam füllt sich das Büro, es ist 20 vor 10. Es ist übrigens ein Großraumbüro, schätzungsweise ca. 100 Mitarbeiter, in einem total edlen neuen Gebäude, aber nur wenige hier tragen Anzug. Werde dann jetzt mal so langsam aufhören, Ihr habt ja auch zum Großteil noch anderes zu tun als Emails zu lesen. Bin im Büro jederzeit per Email erreichbar, aber bedenkt bitte, dass wir Euch 8 Stunden voraus sind. Die Antwort kann also evtl. auf sich warten lassen. Grüße von ziemlich weit weg.

```
📅 02        📅 03        📅 2004        🕐 02
   TAG          MONAT          JAHR            UHR
```

Hallo Euch Allen, tut mir leid, Euch schon wieder mit einer Mail belästigen zu müssen, aber die Frequenz wird in Zukunft sicher abnehmen und frisch sind die Eindrücke halt am interessantesten.

Habe gestern und heute viele interessante Beobachtungen gemacht:

:: Die Toiletten hier in der Firma und auch im Rathaus haben beheizte Klobrillen! Wenn das kein Luxus ist ...

:: Allerdings musste ich beim ersten Klogang hier eine Kollegin um Hilfe bitten, den Knopf für die Spülung zu finden. Da ist nämlich eine Apparatur mit ca. 10 Knöpfen, alle nur auf japanisch beschriftet und ohne Bildchen, also was tun? Es gibt z.B. einen Knopf, auf den man drücken kann, um das Geräusch einer Klospülung zu erzeugen, damit einem niemand zuhören kann. Habe mir sagen lassen, dass es woanders als Alternativmelodien auch Vogelgesang, Waldrauschen und ähnliches geben soll.

:: Japaner verbeugen sich wirklich so viel, wie man in Filmen immer sieht. Bis gestern habe ich mich noch drüber lustig gemacht, heute habe ich gemerkt, dass ich selber schon damit an fange, weil es einfach die leichteste Art ist, jemanden zu begrüßen, sich zu bedanken oder sich zu verabschieden, gerade für einen der Sprache nicht gerade mächtigen Menschen wie mich.

:: Wollte heute ein Handy kaufen, aber mit Prepaid-Karte kann man das nicht auf englisch um schalten ... ist das sinnig, wo doch Kurzzeit-Gäste für Prepaid prädestiniert sind?!?

:: Mein erstes Mittagessen in der Kantine habe ich hinter mir, war gar nicht schlecht, außer, dass mir das komische grüne Zeug in der Suppe, das ich tapfer mitgegessen habe, fast im Hals stecken geblieben ist, als irgendwer sagte „Seetang". Hätte ich ja mit rechnen müssen, aber in dem Moment hat es mich ein bisschen überrascht. Dafür hat es nämlich echt zu gut geschmeckt.

:: Ich verstehe schon die Hälfte von dem, was die Japaner sagen. Aber auch nur, weil jeder zweite Satz „Aah, so desu ka" ist. Heißt soviel wie „Aah, so ist das also" oder auch „Aah, so ist das?". In der Realität ist das aber so: Wenn z.B. mein Betreuer für mich mit Bankangestellten, Behördenmitarbeitern oder ähnlichem spricht, höre ich diesen Satz ziemlich oft. Und bilde mir dann vorschnell ein, dass wir wieder ein Problem gelöst haben, denn so hört es sich vom Tonfall her an, ungefähr wie „na wenn das so ist kein Problem". Anschließend ziehen wir unverrichteter Dinge wieder ab, weil irgendein Formular fehlt oder es schlichtweg nicht geht, was wir uns so gedacht haben.

:: Ausgerechnet werktags laufen anscheinend keine englischen Filme im Fernsehen.

:: Ich habe jetzt meinen eigenen Mitarbeiterausweis, auf dem Photo sehe ich wieder aus wie ein erschrockener Hamster, weil die mich nicht gewarnt haben, wann es blitzt.

Das war es mal so auf die Schnelle, mir fällt bestimmt später noch mehr ein, aber Ihr sollt ja schon mal was zu lesen haben, wenn Ihr Eure Rechner einschaltet, wenn ich schon fast wieder schlafen gehe. Ja denn, bis demnächst mal, Tschüss.

03 TAG **03** MONAT **2004** JAHR **03** NR.

N'Abend! Die Themen des heutigen Newsletters lauten: schlürfen, schlurfen, schieben, schla- gen. Na, schon gespannt? Zu den ersten beiden Punkten: erst mal einen schönen Gruß an meine Mutter, die sich öfters beschwert, dass ich beim Essen zu laute Geräusche mache: Hier schlagen mich alle um Längen! Das Essen in der Kantine ist ein einziges Schlürfkonzert, man versteht teilweise sein eigenes Wort nicht. Ich nehme mal an, dass das daran liegt, dass die Nudeln zu lang sind, um sie mit den Stäbchen auf einmal in den Mund schieben zu können.

Zu Punkt zwei: in Japan ist es Sitte, beim Betreten einer Wohnung die Schuhe auszuziehen, dafür gibt es einen eigenen Bereich, selbst Notärzte ziehen erst die Schuhe aus, bevor sie diese Schwelle übertreten. Dann gibt es ein Paar Hausschuhe für die eigentliche Wohnung und ein Extra-Paar für's Badezimmer. Und wehe, man vergisst nach der Badbenutzung, wieder die Hausschuhe zu tauschen! Ich war gestern in der Wohnung einer Kollegin zu Besuch, und die hatte noch extra ein Paar Schuhe für das Wohnzimmer, um im Wohnzimmer nicht die gleichen Schuhe tragen zu müssen wie im Flur. Aber zurück zum Thema: weil sie eben so oft die Schuhe ausziehen müssen, tragen die Leute hier kaum Schnürschuhe, sondern fast nur Schuhe zum Reinschlüpfen. Hat oft auch die Folge, dass diese nicht richtig sitzen oder ausgeleiert sind. Und damit sie nicht vom Fuß abfallen, wird dieser vorsichtshalber gar nicht erst vom Boden abgehoben. Ist besonders hier im Büro sehr praktisch, weil ich immer gleich höre, wenn sich jemand nähert.

Punkt drei: Bin heute morgen so richtig zur Rushhour mit dem Zug zur Arbeit gefahren. Dass da Uniformierte Angestellte an den Gleisen rumstehen, daran habe ich mich ja schon gewöhnt. Aber heute morgen waren die Menschenmassen echt enorm.

Es quetschen sich dann so viele Menschen wie möglich noch in den Waggon, und dann schiebt der Schaffner, der für diese Tür zuständig ist (ein Schaffner pro Tür vorhanden), die überstehenden Arme und Beine hinein, um dann die Tür zuzuschieben. Oft schafft es einer alleine nicht, dann hilft der Schaffner von der Nachbartür. Meine Strategie, das Geschoben-Werden zu umgehen, hat ganz gut funktioniert: einfach auf den nächsten Zug warten (es fährt alle 2 bis 4 Minuten einer), dann bin ich die erste in der Schlange und kann alleine einsteigen. Wunderbare Idee. Hat sich als nicht ganz optimal rausgestellt, weil meine Ausstiegshaltestelle leider auf der anderen Seite war (ist nicht vorhersagbar, es kommt darauf an, welchen Zug man erwischt). Und da ich ja nicht unhöflich sein will, habe ich mich erst nicht richtig getraut, die anderen Fahrgäste einfach zur Seite zu schieben. Erst als sich die Türen schon langsam wieder schlossen habe ich doch langsam Panik gekriegt und habe mich etwas unsanft rausgedrängt. War aber knapp. Dagegen war dann die Tatsache, dass ich im Bus als Einzige stehen musste, sehr entspannend.

Punkt vier: wenn man hier Zug oder U-Bahn fährt, geht man durch Ticketschranken, in die man sein Ticket reinschiebt, am anderen Ende wieder entnimmt und am Ausgang das gleiche. Die Ausgangsschranken sind aber immer offen, was mich ein bisschen an dem Sinn hat zweifeln lassen. Gestern war ich aber irgendwie ein bisschen verpeilt und bin statt durch die Ausgangsschranke durch die Umsteigenschranke gelaufen. Genauer gesagt: wollte ich. Ticket rein, dynamisch zum Ende weitergelaufen (es sind ja schließlich Leute hinter mir), Ticket im Laufen wieder entnehmen wollen und ZACK ... schlagen die Türen zu, mir genau gegen die Knie. Der Automat hat also sofort gemerkt, dass ich da falsch war, aber das hätte er mir auch etwas sanfter mitteilen können. Gut, dass ich nur noch ungefähr einen Kilometer nach Hause humpeln musste.

So dann, langsam ist Feierabend, hoffe, Ihr habt einen kleinen Eindruck, wie es hier so ist. Man kann es eigentlich gar nicht wirklich beschreiben, muss man erlebt haben. Bis dann und einen schönen Tag.

Hallo zusammen, schon wieder ich. Es werden langsam Stimmen laut, dass ich mich hier wohl langweile, weil ich so viel schreibe. Das leugne ich auf's Heftigste, ich arbeite hier jeden Tag gut 8 Stunden und nehme mir dann die Freiheit, noch eine halbe Stunde länger zu bleiben, um Euch mit den neusten Erkenntnissen vertraut zu machen. Also bitte, ein bisschen Mitleid ;-) (jaja, langsam habe ich alle Sonderzeichen auf meiner japanischen Tastatur gefunden.)

Das Wichtigste zuerst: seit gestern habe ich warmes Wasser in meinem Zimmer! Bis dahin musste ich kalt duschen, bzw. durfte vorgestern die Dusche meiner Kollegin benutzen, die im gleichen Haus wohnt. Tut gut, nach einer Woche mal wieder richtig duschen zu können. Denn wirklich warm ist es hier nicht, es schneit zwar auch nicht, aber es ist ziemlich stürmisch, da ist mir nicht unbedingt auch noch nach kalter Dusche.

Habe jetzt ein Handy, wenn jemand die Nummer möchte soll er sich melden, kostet von Deutschland aus mit der richtigen Vor-Vorwahl ca. 15 Cent pro Minute. Aber nicht, dass Ihr dann meint, Ihr könntet mir SMS schicken, mein Handy kann nämlich nur japanisch! Da ist es dann schon eine riesige Herausforderung, zum Beispiel die Tastensperre einzuschalten oder die Lautstärke einzustellen. Zum Glück habe ich nette Kollegen ...

Gestern habe ich eine Kollegin auf dem Flur getroffen, und sie hat angefangen, mir was auf ja-panisch zu erzählen, konnte ich halt leider nicht viel drauf sagen, weil ich nur Bruchstücke verstanden habe. Und sie kann kein englisch. Wir haben uns jetzt darauf geeinigt, ab und zu zusammen Mittagessen zu gehen, damit ich ihr englisch beibringen kann und sie mir japa-nisch (so habe ich das verstanden, was sie von mir wollte, und ein Kollege hat mit ihr gespro-chen und mir meine Vermutung bestätigt.).

Heute Mittag habe ich meinen grandiosen „erzähl-ein-bisschen-was-über-dich-und-über-Deutschland"-Vortrag gehalten. Es waren von den ca. 25 Teammitgliedern aber nur etwa 10 da, soll aber nicht mein Problem sein. Immerhin war auch jemand da, der mir doch sehr nach Chef aussah; gut, dass ich vorsichtshalber meinen Anzug angezogen habe. Bisher taten's nämlich auch Jeans und Pulli.

Und morgen nach der Arbeit machen sie hier eine Willkommensparty für mich, daher bleibt Ihr morgen mal von meinen Mails verschont. Und am Wochenende sowieso, denn Samstags und Sonntags habe ich frei! Und somit auch keinen Internet-Zugang. Am Wochenende werde ich hoffentlich noch ein bisschen was von dieser tollen Stadt sehen, dann habe ich am Mon-tag wieder wirklich was zu berichten. Und nicht, dass Ihr meint, dass hier leichte Ironie mit-schwingt, Tokyo gefällt mir wirklich sehr gut.

Nun denn, ich werde mich dann mal auf den Heimweg machen und mich daheim noch ein bisschen vor den Fernseher hängen, um endlich gescheit japanisch zu lernen. Soll angeblich funktionieren, die Kollegen haben mir von früheren Austauschstudenten erzählt, die angeblich nur durch's Fernsehen japanisch gelernt haben, und das nicht schlecht. Das Problem ist nur, dass das Programm etwas zu wünschen übrig lässt. Ich hätte halt gerne so eine richtige Seifenoper zum Lernen der täglichen Floskeln, aber so was gibt's es hier nicht; habe zumindest noch keine entdecken können. Also dann, ein schönes Wochenende Euch allen, bis Montag.

PS: Ihr könnt mir gerne antworten, lesen werde ich Eure Mails morgen noch.

Zunächst mal: LIEBER CHRISTOPH! (Versprochen ist versprochen.) Tut mir leid, dass Du die ersten Newsletter nicht bekommen hast. Aber jetzt dann. Und nun: Hallo an Alle! Melde mich gesund und munter aus dem Wochenende zurück. Aber der Reihe nach.

Meine Willkommens-Party am Freitag war nicht wirklich eine Party, dafür umso mehr willkommen. Das ganze Team ist ins Restaurant gegangen, wo das beste (auf europäisch gemachte) Essen aufgetischt wurde: Salat, Pizza (ist hier normalerweise unbezahlbar, eine 23 cm-Pizza kostet 20 Euro), Würstchen mit Senf, Kartoffelecken, Bohnen, Spaghetti (mit Stäbchen zu essen, genauso wie die Pizza), Sandwich-Ecken, gebratene Nudeln, … Beim Wein sind wir dann ein bisschen gescheitert, mein Betreuer meinte, er hätte deutschen Wein bestellt, hat dann aber festgestellt, dass das Etikett nicht besonders deutsch aussieht. Eine genauere Inspektion hat dann ergeben: Herkunftsland Chile. Großes Gelächter, dann der demokratische Beschluss „nah genug dran, trinken wir trotzdem". Ich natürlich nicht, die anderen dafür umso mehr. Am Anfang etwas unangenehm war nur, dass ich als Anlass der Feier dem Chef gegenübersitzen musste. Und dann möchte ich Euch mal sehen, wie Ihr Spaghetti mit Stäbchen esst mit der ständigen Angst, den Chef vollzuspritzen (die Sauce von schwankenden Nudeln erreicht erstaunliche Reichweiten)!!! Nach zwei Stunden war die Sache vorbei, alle sind leicht angeheitert ins Büro zurückgekehrt, ich bin dann nur noch heim.

Es gab inzwischen schon Kommentare, ob es Christian gut geht, weil er in meinen Mails fast nicht vorkommt. Dazu: ja, es geht ihm gut, es gut auch uns gut, wir haben das gesamte zweite Wochenende zusammen verbracht (mein Haus ist doch kein Frauenwohnheim; ich darf in dem Zimmer zwar nicht mit jemandem zusammenwohnen, aber Wochenendbesuch ist ok) und genießen die - verglichen mit dem Stress in Deutschland - reichliche Freizeit.

Samstag sind wir ein bisschen (d.h. ca. 3-4 Stunden) in meinem Stadtteil rumgelaufen. Laut Plan sollte es da einen Tempel geben, den hatten wir uns als Zielpunkt ausgesucht. Leider haben wir keinen Plan zum Mitnehmen (ist zu weit außerhalb) und müssen uns daher auf die am Weg aushängenden Pläne verlassen. Also sind wir eine ganze Zeit durch die Gegend geirrt, immer im Glauben „Hier irgendwo muss er doch sein", bis wir ihn irgendwann wirklich gefunden haben. Wir waren auf dem Hinweg nur

ca. 30 m dran vorbeigelaufen, hätten wir etwas aufmerksamer durch die Bäume geguckt hätten wir ihn gesehen. Aber gut, so haben wir noch ein paar Straßen und Wohnhäuser und Tankstellen mehr gesehen.

Sonntag wollten wir eigentlich irgendeinen Stadtteil besichtigen, das ist dann daran gescheitert, dass das Wetter nicht wirklich einladend war (kalt und stürmisch). Also haben wir den ganzen Tag nur faul rumgehangen und japanisches Fernsehen geguckt. Tut auch mal gut.

So, und nun zu einer weiteren Episode aus der Reihe: so ticken die Japaner. Wer gemeint hat, dass die Engländer die Könige des Schlangestehens sind, war noch nicht in Japan. Morgens beim Warten auf den Zug werden an jeder „hier ist eine Tür"-Markierung Zweierreihen gebildet; die halten allerdings nur so lange, bis der Zug dann da ist, dann geht das Geschiebe los. Und wenn der Zug voll ist und beim besten Willen niemand mehr reinpasst gibt es eine elegante Methode, doch noch mitgenommen zu werden: man stellt sich mit dem Rücken zu den Leuten und lässt sich dann kräftig nach hinten fallen. So werden die drinnen noch ein bisschen mehr zusammengequetscht, aber das ist ja egal, man ist ja nicht Schuld, weil man ihnen nicht ins Gesicht gesehen hat. Beim ersten Mal fand ich diese Vorgehensweise noch ziemlich dreist, später nur noch lustig, inzwischen praktiziere ich sie selbst.

Wenn ich dann in den Bus umsteige, steht da auch regelmäßig eine lange Schlange. Die bleiben aber auf Teufel-komm-raus in der Schlange, und wenn die mehrere Windungen hat und am Ende auf der Straße steht, Menschenknubbel gibt es nicht. Und Gerechtigkeit wird großgeschrieben: man kann nur vorne einsteigen, weil man jedes Mal bezahlen muss. Bei viel Fahrgastaufkommen wird an der hinteren Tür auch noch ein Kassierer aufgestellt. Dieser tritt aber erst in Aktion, wenn alle Sitzplätze besetzt sind, sonst könnte es ja sein, dass jemand, der weiter hinten stand, noch einen Sitzplatz bekommt, während jemand von weiter vorne stehen muss. Nett, oder? Ich hätte noch mehr Themen, aber die spare ich mir für morgen oder übermorgen, es ist schon fast halb 7 und ich will heim. Bis dann.

09 TAG   **03** MONAT   **2004** JAHR   **06** NR

N'Abend! Und, wie geht's Euch so? Mir geht's hervorragend, ich habe die Einlesephase langsam hinter mir (habe in den letzten Wochen ca. 500 Seiten technische Bücher gelesen) und fange dann morgen hoffentlich mit dem interessanten Zeug an. Da sich aktuell nichts wichtiges ereignet hat (außer, dass gestern im Nachbarhochhaus Feueralarm war und die Feuerwehr fast eine Stunde gebraucht hat, um festzustellen, dass nichts ist) werde ich einfach noch ein paar mehr Beobachtungen aus diesem hochinteressanten Land schildern.

Wie einige von Euch (die, die auf Christians Verteiler stehen) ja schon wissen, haben wir vor einigen Tagen im Supermarkt Konservendosen mit Dinosaurier- und Godzilla-Etikett gefunden. Da wir nicht lesen konnten, um was es sich handelt, haben wir mal eine Dose mitgenommen (hey, der Spaß ist uns doch glatt 70 Cent wert, so billig kann man sich hier sonst nur selten amüsieren!) und unter größten Vorsichtsmaßnahmen geöffnet. Die Frage, was der Inhalt nun darstellte, konnte nicht endgültig geklärt werden, die Spekulationen reichen von Thunfisch-Brotaufstrich bis zu Katzenfutter. Gegessen haben wir es vorsichtshalber nicht.

Aber auch sonst gibt es im Supermarkt für uns ungewöhnliche Dinge. Zum Beispiel Tintenfische in allen Größen und Farben, oft schon fertig aufgespießt, damit man sie nur noch garen (oder am Ende vielleicht sogar roh abknabbern?!?) muss. Lecker! Oder kleine getrocknete Krebse mit irgendwelchem Zeug drauf. Selbst mein Chef wusste erst nicht so genau, ob man die so isst oder irgendwie weiter verarbeitet, hat dann aber der Verpackung entnommen, dass das wohl einen Knabberspaß darstellt. OK, zur Kenntnis genommen, aber den Spaß überlasse ich lieber anderen! Darüber hinaus ist auch ein Ausflug in die Frischobst und –gemüseabteilung immer wieder schön. Bananen sind preislich noch ganz ok, aber für 3 Möhren kann man schon mal über einen Euro bezahlen, 2 große Äpfel kosten bis zu 3 Euro, eine Kiwi bis zu einem Euro (gibt's in anderen Supermärkten aber auch deutlich billiger). Auf der anderen Seite haben die Japaner uns in einer Sache etwas voraus: Fertigessen. So ne Art 5-Minuten-Terrine in sämtlichen Variationen und Größen. Da ist dann aber auch wirklich alles drin, Nudeln, Gemüse, Fleisch, was auch immer. So kann man für ein paar Cent pappsatt werden, also könnt Ihr aufhören, Euch Sorgen zu machen, dass wir hier vielleicht verhungern könnten! In der Nähe von Christians Zimmer haben wir jetzt ein kleines Restaurant entdeckt, wo wir für 5 Euro zwei komplette Hauptgerichte mit Suppe kriegen, Wasser und grünen Tee gibt es überall umsonst dazu, und das Essen war sowas von lecker.

So, nun ein nicht nachvollziehbarer Themenwechsel: Silke und der Fahrkartenautomat. Anfang des Monats wollte ich mir einen sogenannten Commuters Pass kaufen, so ne Art Monatskarte für den Zug. Also heldenhaft zum Automaten gestiefelt und voller Überzeugung den English-Knopf gedrückt. Soweit, so gut. Die erste Frage war dann: möchten Sie einen Magnetpass oder einen Suica-Pass? Hmm, gute Frage, was ist das, könnte ich da nähre Infos haben? Nein, können Sie nicht. Also gut. Mal probehalber auf Suica gedrückt, weil es so schön klingt. Da kam dann die Aufforderung: bitte Ihre Kreditkartennummer eingeben. Zu dem Zeitpunkt war das Thema also für mich erledigt, einen Zurück-Knopf gab es nicht, also Abbrechen. Das bedeutet aber: ganz von vorne anfangen, inklusive English-Knopf. Macht ja nichts, ich habe ja Zeit! Immerhin wusste ich ja jetzt: ich brauche einen Magnetpass. Nun gut, Start- und Zielbahnhof waren schnell ausgewählt, Anfangsdatum auch (ab heute, bitte), dann kam aber die nächste Hürde: Name, Vorname, Geschlecht, Geburtsdatum. Na gut, ist mir ja alles bekannt. Bis auf die Frage, ob ich das Geburtsdatum in internationaler Zeitrechnung (2004) oder in japanischer Zeitrechnung (16, d.h. das 16. Amtsjahr des momentanen Kaisers) eingeben muss. Da ich aber nicht wusste, was 1977 in Kaiserjahren war, habe ich einfach 1977 eingegeben, was der Automat auch erstaunlich gut geschluckt hat. Dann kam die Aufforderung „jetzt bitte Geld einwerfen",

und als ich gerade die erste Münze reinschmeißen wollte, gingen die Schlitze zu, der Bildschirm wurde schwarz und im nächsten Moment leuchteten mir wieder wunderschöne japanische Schriftzeichen entgegen. Timeout, Zeit ist um! Bitte von vorne anfangen und trödeln Sie nicht so rum, Sie sind hier nicht allein! Im zweiten Anlauf habe ich es dann geschafft und darf mich nun stolz Commuter nennen (=Pendler).

Heute hatte ich meine zweite Japanisch-Stunde, Intensivkurs. Eine der Sekretärinnen hier kann im Prinzip kein Wort englisch und möchte jetzt von mir englisch lernen und mir dafür japanisch beibringen. Ihre Freundinnen machen auch gleich mit, eine davon kann zum Glück ein kleines bisschen englisch. Jedenfalls treffen wir uns jetzt jeden Tag nach dem Mittagessen für eine Dreiviertelstunde, um so was wie Konversation zu betreiben. Ist aber meiner Meinung nach eine gute Methode, etwas von der Sprache mitzunehmen, denn mit Kollegen, die englisch können, spreche ich aus Bequemlichkeit meist nicht japanisch.

Ja dann, ich fahre jetzt heim und genieße meinen freien Abend, während Ihr alle erst das Arbeiten anfangt. Schön. Bis demnächst.

日：10 月：03 年：2004 番号：07
TAG   MONAT   JAHR   NR.

Hallo zusammen, schönen guten Tag! Hier mal wieder die neusten Kurznachrichten. Gestern habe ich mir eine Pizza gekocht. Ja wirklich. Im Supermarkt gab es fertige Pizza für ganz billig, die man nur noch warmmachen musste (oder kalt essen, aber kalte Pizza mag ich nicht). Und da ich weder Backofen noch Pfanne habe, musste halt mein Topf dran glauben. Sollte zum Warmmachen ja eigentlich reichen. Tat es auch, nach wenigen Minuten hatte ich ein dampfendes Stück Pizza in den Händen (genauer gesagt auf dem Topfdeckel, denn für einen Teller gab es bis gestern auch noch keine Notwendigkeit). Also gut, Fernseher an, gemütlich auf's Bett gehockt, voller Vorfreude reingebissen und dann die bittere Erkenntnis: Pizza ist nicht gleich Pizza. Diese war jedenfalls mit einer Art Milchbrötchenteig gemacht, süßer Teig jedenfalls. Ich kann Euch alle nur auffordern, das mal nachzumachen: Kauft Euch ein Milchbrötchen, schneidet es auf, tut Tomatenmark, Zwiebeln, Schinken, Käse und vielleicht noch ein paar Gewürze drauf, dann ab damit in den Backofen und dann?!? Essen fällt jedenfalls sehr schwer. Hab's aber tapfer aufgegessen, bezahlt ist bezahlt, aber diese Erfahrung bleibt haften: nie wieder! Noch eine interessante Entdeckung in der Lebensmittelabteilung: einzeln verpackte Kartoffeln. Ist halt hier nicht so ein Grundnahrungsmittel wie bei uns, da ist das schon eine Einzelverpackung wert.

Ein weiteres Phänomen erstaunt mich hier immer wieder: Raben. Eigentlich hätte ich in einer Großstadt hauptsächlich Tauben erwartet, aber davon gibt es hier nur sehr wenige. Dafür

umso mehr Raben. Das Gekrächze ist allgegenwärtig, und wenn die einem direkt über den Kopf fliegen ist es schon ein komisches Gefühl. Und mir drängt sich die Frage auf: was machen die hier, und
wovon ernähren sie sich? Felder gibt's ja hier weit und breit nicht. Sehr seltsam.
Wie Ihr schon merkt, bin ich heute etwas kurz angebunden. Das liegt daran, dass ich erstens hunde-
müde bin und dass zweitens das Wetter so toll ist, dass ich noch vor Einbruch der Dunkelheit hier
rausmöchte, um noch ein bis zwei Sonnenstrahlen abzukriegen. Also dann, macht's mal gut, besonders diejenigen von Euch, die diese oder nächste Woche ihren Vortrag halten müssen (solltet Ihr
nicht arbeiten statt Emails zu lesen?). Viel Glück dafür! Bis demnächst.

Guten Abend, ich hatte heute mein erstes Erdbeben!!! Juchu! War nicht sonderlich furchteinflößend,
es hat sich eher angefühlt als wäre man auf einem Schiff. Bin dann auch leicht seekrank geworden,
war aber zum Glück nach ungefähr einer halben Minute schon wieder Ruhe, so dass ich nicht den
Weg zum Klo antreten musste. Als ich anschließend einen Kollegen gefragt habe, ob das gerade ein
Erdbeben war (man weiß ja nie, vielleicht bauen die unter uns gerade einen U-Bahn-Tunnel oder so),
wusste er erst gar nicht so recht was mit meiner Frage anzufangen. Er meinte, das wäre so schwach
gewesen, dass sie es schon gar nicht mehr richtig zur Kenntnis nehmen. Toll, vielleicht hätte ich doch
die Kotztüte aus dem Flieger mitnehmen sollen, für das was dann auch Japaner Erdbeben nennen.?.
Eine Kollegin meinte dann, solange man während des Bebens in der Firma ist, wäre alles ok, dieses
Gebäude wäre sicher. Sehr beruhigend, vielleicht arbeiten deshalb alle so viel, damit die Gefahr kleiner ist, bei einem Erdbeben zuhause zu sein und von herunterfallenden Töpfen erschlagen zu werden. Bei der Gelegenheit hat sie mir dann auch mitgeteilt, dass der Fuji alle 100 Jahre ausbricht und
dass es – statistisch gesehen – bald wieder so weit sein müsste. Als ich dann wohl doch etwas er-
schrocken geguckt habe meinte sie, wir hätten schon noch 5 bis 10 Jahre Zeit. Sehr beruhigend, hoffen wir auf die Statistik.
Aus meinem englisch-japanisch-deutsch-Kurs ist zu sagen, dass wir uns ziemlich radebrechend
durchhangeln, uns dabei aber prächtig amüsieren (Frauen unter sich halt). Falls zufällig jemand von
Euch den Film Lost in Translation gesehen hat (wenn nicht: Leiht ihn Euch mal aus wenn er in die Vi-
deotheken kommt, ist sehr unterhaltsam und wie ich jetzt auch weiß ziemlich realistisch), eine der
schönsten Szenen war ja der Regisseur, der seine Aussage „logel mull" ein paar mal wiederholen musste, bis der Hauptdarsteller ihn verstanden hat (es ging um Roger Moore). Damals im Kino habe ich so
lange richtig herzhaft gelacht, bis mir aufgegangen ist, dass es mir nicht anders gehen wird mit der
seltsamen Aussprache der englischen Sprache. Und wirklich, eine meiner Mitlernenden meinte zu
mir „belly bell", und ich dachte nur, was will sie von mir, „Bauchglocke" schien mir doch etwas abwegig.

Und überhaupt, was ist eine Bauchglocke? Also musste sie wohl etwas anderes meinen. Irgendwann hat es mir gedämmert: very well. Soso. Die nächsten paar Minuten haben wir dann damit zugebracht, die Aussprache eines deutschen bzw. Englischen v zu üben. So ein Laut kommt im Japanischen nicht vor, daher war es etwas schwierig. Die richtige Hürde sollte aber erst noch kommen: das deutsche ch, sowohl wie in „Bach" als auch wie in „ich". Sie können es jetzt, aber es war ein hartes Stück Arbeit.

So, ich mache mich jetzt auf den Heimweg, dann habe ich noch eine Chance, Wer wird Millionär zu gucken (auf japanisch natürlich). Jaja, wenn man einen Fernseher hat wird man schnell süchtig. Morgen ist Freitag, da werde ich wohl nicht schreiben, um möglichst schnell ins Wochenende flüchten zu können. Aber für Montag habe ich schon ein paar Themen gesammelt, hier wird's halt so schnell nicht langweilig. Bis dann, ein schönes Wochenende.

Guten Abend oder Euch wohl besser Guten Morgen! Hoffe, Ihr habt das Wochenende gut überstanden und vielleicht sogar genauso viel Spaß gehabt wie wir?!? Es gäbe so viel zu erzählen, mal sehen, wie lange meine Finger mitmachen. Freitag Abend waren wir einfach nur faul und haben ferngesehen. Ist ganz schön, sich einfach mal berieseln zu lassen, ohne was zu verstehen. Und gegen Mitternacht kommt dann noch ein Japanischkurs, den haben wir uns dann auch gegeben, aber die sind schon ungefähr 5 Semester weiter als wir, da kann man also nur einzelne Kleinigkeiten aufschnappen.

Samstag sind wir dann früh morgens (alles relativ!) mit dem Zug nach Ebisu gefahren. Das ist ein Stadtteil im Südwesten von Tokyo. Da gibt es das Tokyo Metropolitan Museum of Photography, in dem zur Zeit eine Sonderausstellung über japanische Animation stattfindet. Und für Studenten fast umsonst. Gleich am Eingang stand ein Eye-Toy rum, dieses Playstation-Spiel, bei dem man sich selbst auf dem Bildschirm sieht und dann wild in der Gegend rumwedelt, um sich irgendwelche Viecher vom Hals zu halten. Das war dann unsere erste Station, und sehr zur Belustigung der Aufseherin haben wir uns mit Leib und Seele reingehängt. Hoffentlich hat uns niemand gefilmt! Es hat dann auch einige Zeit gedauert, bis wir uns aufraffen konnten, in die eigentliche Ausstellung zu gehen („eins noch, nur eins, ja?"). Und gleich die erste Installation war eine Animation, die man über einen Playstation-Controller steuern musste. Anleitung natürlich nur auf japanisch. Macht ja nichts, probieren geht über studieren, einfach mal wo draufgedrückt. Problem: das Ding lief los, ließ sich aber nicht mehr kontrollieren. Irgendwann habe ich mich dann unauffällig verdrückt, wollte mich bei der Aufseherin ja nicht gänzlich unbeliebt machen. Der Rest der Ausstellung war ganz nett, es ging um Animationsfilme a la Wallace and Gromit und um japanische Zeichentrickfilme. Aber für mich war eindeutig das Eye-Toy der Renner. An dem Tag war zufällig auch noch die Hälfte der dauerhaften Foto-Ausstellung umsonst, also sind wir da auch noch rein. Manches hat mir da schon gefallen, aber manches ist auch einfach nur seltsam. Anschließend sind wir nebenan auf ein Hochhaus rauf, um noch mal aus einem anderen Blickwinkel einen Blick auf die Stadt zu erhalten. Von dem Hochhaus in Shinjuku, wo wir letztes Mal waren, hat man zwar einen tollen Ausblick, aber halt nicht auf die Hochhäuser von Shinjuku selbst. Drum dann der Turm in dem anderen Stadtteil, da konnte man dann die Hochhäuser von Shinjuku sehen. Das einzige Problem war nur, dass das ein gläserner Aufzug war, und das mir! In den 39. Stock mit einem gläsernen Aufzug. Nicht lustig.

Daraufhin haben wir dann beschlossen, zu Fuß den Weg nach Roppongi (ein weiterer Stadtteil) anzutreten. Unterwegs sollte es einen schönen Park geben und „südlich der österreichischen Botschaft" einen Tempel mit dem ältesten Gingko-Baum Japans. Das ist doch den Fußmarsch wert. Es war auch wirklich schön, man sieht die interessantesten Sachen da, wo nicht jeder zweite Mensch ein Tourist ist. Und der Park war auch schön, wenn auch etwas kitschig. Tempel haben wir auch einige gefunden, nur keinen Gingkobaum. Dumm gelaufen. Irgendwann haben wir es aufgegeben, die Angabe „südlich der österreichischen Botschaft" war uns dann doch zu unpräzise. Heute habe ich erfahren, dass einige Botschaften in letzter Zeit umgezogen sind, dass also evtl. Reiseführer, Stadtplan und tatsächliche Gegebenheiten möglicherweise nicht mehr zusammenpassen. Da hätten wir lange suchen können! In Roppongi gibt es das Roppongi Hills, ein weiteres Hochhaus. Der Besuch der Aussichtsetage kostet aber 4 Euro, da haben wir dann drauf verzichtet, es gibt ja Gratis-Alternativen. Aber auch unten ist da allerhand los, Geschäfte, in- und ausländische Touristen, kunstvoll beleuchtete Bäume, Wasser-Installationen (also Brunnen) usw. Da kann man schon ganz gut Zeit totschlagen. Als es dunkel war sind wir dann per U-Bahn zurück nach Ebisu gefahren, um den Ausblick bei Nacht zu genießen. Und wirklich, es ist schon sehr beeindruckend. Leider war es in dem Raum selber ziemlich hell, so dass man die Dunkelheit draußen schlecht sehen und noch schlechter fotografieren kann. Nach diesem doch ziemlich anstrengenden Tag bin ich abends nur noch ins Bett gefallen und habe bis Sonntag 13h durchgeschlafen. Total platt.

Sonntag sind wir dann wieder nach Shinjuku (ist halt räumlich gut gelegen und immer was los), erst ein bisschen durch die Einkaufsstraßen schlendern, dann was essen. In einem Curry-Imbiss. Cooles Prinzip eigentlich, in der Mitte steht der Tresen, hinter dem die Angestellten stehen, und rund um den Tresen sind Barhocker aufgebaut. Am Eingang steht ein Automat, auf dem auf Bildchen alle Gerichte abgebildet sind. Man zahlt dann an dem Automaten für das Gericht, das man gerne hätte, kriegt dafür eine Art U-Bahn-Fahrschein, gibt diesen einem Mitarbeiter und wenige Minuten später hat man sein Essen. Das spart das lästige auf-der-Speisekarte-rumtippen „das da möchte ich", wenn man den Namen nicht aussprechen kann. Als es dunkel war sind wir dann noch mal auf das Hochhaus, auf dem wir letztes Wochenende schon waren, wegen der schönen Nachtaussicht. Und tatsächlich, die hatten gedämpftes Licht, so dass man auch wirklich was sehen konnte. Letztes Mal habe ich noch so

gesagt, dass man diese Weite gar nicht auf Fotos festhalten kann, dass man es eigentlich filmen müsste, das aber rundum. Und als wir dann in dem Fotografie-Museum waren ging es in einer der Installationen darum, dass welche mit nem Hubschrauber über Tokyo geflogen sind und viele wichtige Punkte und auch unwichtige Details genauer unter die Linse genommen haben, also als Film mit Zoomelementen. Total genial. Und den Film gab's dann auch als DVD zu kaufen, konnte ich mich – bei aller Tokyo-ist-so-teuer-Sparsamkeit – nicht beherrschen. Aber das war's auch wirklich wert, dieser Film ist genau das, was ich haben wollte.

So, das war's von unserem Wochenende. War jetzt schon recht viel, drum nur noch eine kurze Skurrilität: heute habe ich meine erste Stromrechnung erhalten. Auf die Frage, wie ich das denn bezahlen kann, meinte mein Betreuer: entweder zur Bank gehen, oder zur Post, oder in den Supermarkt. - - - SUPERMARKT? Ja, zum Beispiel der Supermarkt, in dem ich auch die Handys gekauft habe. Da kann man an den Tresen gehen, seine Rechnung vorlegen und bezahlen. Sehr seltsam. Aber praktisch. OK, es ist schon spät, ich mache mich jetzt mal auf den Heimweg. Bis dann.

16 TAG **03** MONAT **2004** JAHR **10** NR

Hallo an Alle, ich schon wieder. Habe inzwischen von mehreren Seiten den Ausdruck „Deine täglichen Berichte" gelesen. Drum möchte ich an dieser Stelle mal klarstellen: es ist keineswegs gesagt, dass die Mails im Laufe der Zeit so häufig und so lang bleiben. Besonders gegen Wochenmitte gibt es nicht so viel zu erzählen, weil von Montags bis Freitags doch ein gewisser Alltagstrott herrscht. Schließlich mache ich nicht viel anderes als Arbeiten, Fernsehen und Schlafen. Und jede Menge Essen. Zugegeben, das liefert oft schon genug Stoff, da hier ja doch alles ein bisschen anders läuft als daheim, aber nach einigen Wochen haben getrocknete Krebse und einzeln verpackte Kartoffeln wahrscheinlich auch an Reiz verloren.

Falls es Euch interessiert was ich normalerweise so esse: Eigentlich habe ich in der Kantine zwei Mahlzeiten, die ich mehr oder weniger rhythmisch wechsle, die aber auch jeden Tag variieren. Das eine ist japanisches Curry, das bedeutet einen Haufen Reis, jede Menge ziemlich scharfe Currysauce mit wechselndem Inhalt, mal gulaschartiges Fleisch, mal Gemüse oder Pilze (sind Pilze Gemüse???), und immer eine andere Beilage dazu, immer gleich geformt, aber mit wechselnden Zutaten. Manchmal gibt's Schnitzel (so ungefähr könnt Ihr Euch dann auch die Form vorstellen, wie ein kleines paniertes Schnitzel), meistens irgendwelche frittierten Pasten, z.B. Kartoffelpaste (also im Endeffekt paniertes Kartoffelpüree), Hamburger oder Krebspaste. Glaube ich. Meine Kollegen konnten mir bisher nur sagen, dass es sich um ein Schalentier handelt, wir haben aber in Wörterbüchern noch keine Übersetzung gefunden.

Aber wie gesagt, es ist püriert und dann paniert, also esse ich es. Und es schmeckt. Das zweite heißt mit Überbegriff Soba, davon gibt es dann ungefähr 20 Variationen. Das kann man sich so vorstellen: eine große Schale, in der Spaghetti schwimmen, also nicht in Wasser, sondern in einer Art Brühe. Dazu kommen dann nach Wahl verschiedenste Zutaten, zum Beispiel Gemüse und Pilze (sind Pilze Gemüse???), meine bevorzugten weil klar erkennbaren Zutaten, frittiertes etwas (ich vermute mal Ei), frittierte Tofu-Scheiben (genauer konnten sie es nicht erklären, es ist eigentlich kein Tofu, aber das war die beste Beschreibung, die sie liefern konnten), Fleisch, gerösteter Fisch usw. Gegessen wird das ganze mit Stäbchen. Könnt Ihr ja mal ausprobieren: die Spaghetti im Wasser lassen (oder alternativ in Brühe kochen, damit es auch nach was schmeckt) und dann irgendwie mit Stäbchen in den Mund befördern. Inzwischen weiß ich zumindest in der Theorie, wie es geht: einfach reingreifen und das, was man erwischt, in den Mund schieben. Die 20 cm Nudeln, die dann noch runterhängen, möglichst geräuschvoll einsaugen, aber ohne die anderen zu bekleckern. Und das geht so: das untere Ende der Nudeln wird „einfach" wieder mit den Stäbchen gegriffen. So baumeln sie nicht hin und her und die Flüssigkeit bleibt auf dem eigenen Tablett. Wie gesagt, so die Theorie. In der Praxis habe ich noch viel zu lernen. Was ich nicht gedacht hätte: das eigentliche Problem sind nicht die Nudeln, denn das Einsaugen funktioniert schon irgendwie. Aber heute hatte ich so ein Tofu-aber-doch-kein-Tofu-Ding in meiner Schale. Das war ungefähr 2 mm dick, 4 cm lang und 6 cm breit. Also eindeutig zu viel, um es auf einmal zu essen (so ist es auch nicht gedacht, man soll ja nicht schlingen). Aber wie zerteilt man diese zähe Masse mit Stäbchen? Meine Notlösung: gar nicht. Einfach im Ganzen hochheben, ein Stück abbeißen und den Rest zurück in die Schale legen. Hat keiner blöd geguckt, also scheint das eine gängige Methode zu sein. Ist auch eigentlich egal, weil ich es in Zukunft nicht mehr essen werde, weil es ziemlich süß geschmeckt hat und für meinen Geschmack nicht zu herzhaften Nudeln passt. Letzte Woche musste ich gezwungenermaßen mal zugeben, dass für einen Europäer einiges hier etwas seltsam ist. Denn eine weitere Wahlmöglichkeit beim Mittagessen ist ein Kasten, der in mehrere Fächer unterteilt ist, in denen viele verschiedene Kleinigkeiten liegen. Soweit so gut. Wenn diese Kleinigkeiten – abgesehen von Reis und einem Eck Apfel – nicht Fisch wären. Meine Kollegin hatte neulich so eine Box, so dass ich mir das mal näher angucken konnte. Zum Beispiel waren darin 3 kleine Tintenfische, also in ganz, schön glibberig und schleimig aussehend. Sie meinte, die wären doch ok für mich, sie sind ja gekocht und nicht roh. Habe ich dann mal dankend abgelehnt. Dafür müsste ich glaube ich schon SEHR viel Hunger haben. Außerdem hatte sie da noch einen Haufen kleiner Fische, die ein bisschen wie kleine weiße Würmer aussahen (also keine Flossen und sowas), mit zwei schwarzen Punkten als Augen. Davon halt einen ganzen kleinen Haufen, also, was weiß ich, vielleicht 200 oder 250 Fische. Sind bestimmt nicht abgezählt. In Erlangen in der Mensa würden sie sie wahrscheinlich schon abzählen. Dazu sollten meine Nicht-Kommilitonen wissen: in der Mensa kann man von nicht-zählbaren Dingen eine extragroße Portion bekommen, also z.B. Kartoffelpüree. Versucht man das aber mit zählbaren Dingen, wie z.B. Kroketten, kann man sich auf vernichtende Blicke des Personals gefasst machen. Zählbare Dinge heißen zählbar weil man sie zählen kann, und

dann tut man das auch, und wenn aus Versehen mit der Kelle 10 statt 9 Kroketten in dem Schälchen landen, dann wird eine wieder rausgenommen. Ich stelle mir gerade den Dialog mit der netten Dame vor: „Entschuldigung, könnte ich von diesen leckeren Fischchen vielleicht noch 20 mehr haben?" – „Nein, die sind abgezählt!" Das wär doch mal ein Job, Minifischabzähler. Nun ja, zurück zum Thema, die Fische waren jedenfalls mit in der Box, und offensichtlich schmecken sie auch gut. Sieht allerdings komisch aus, wenn mit einem Haps 10 Fische im Mund verschwinden. Mehr gehen nicht zwischen die Stäbchen. Auf die Frage, ob ich die mal probieren möchte, habe ich meine Kollegin dann auf nächsten Monat vertröstet, ich muss mich hier langsam an alles gewöhnen. Und wenn man an irgendwas noch die Augen sieht, habe ich da eine leichte Sperre im Kopf (eigentlich blöd, ich esse ja auch Krabben). Heute im „Mittagspausen-Japanischkurs" haben wir über Schokolade geredet (eine hatte eine Packung Pralinen dabei, belgische Schokolade, und nachdem sie mir eine aufgedrängt hatten und ich vorsichtshalber erst mal nur ein kleines Stückchen abgebissen habe, um den Genuss für Japaner deutlich darzustellen, haben sie mir gestanden dass die pro Stück 2,50 Euro kosten), und plötzlich haben sie angefangen, ein und dasselbe Wort immer wieder zu sagen, in der Erwartung, dass ich das verstehen müsste. „Bekamm". – Was? „Bekamm!". – Sorry, was? „BEKAMM!" Ich kann an dieser Stelle wieder nur auf Lost in Translation verweisen, Loga Mull, es ist echt so. Was sie meinten verrate ich weiter unten, versucht erst mal selber, es rauszufinden. Der Grund, warum diese Mail heute früher kommt als sonst ist, dass ich meine Aufgaben zu schnell gelöst habe und momentan nichts mehr zu tun habe, weil mein Betreuer noch keine Zeit hatte, sich was auszudenken. Problematisch daran ist, dass er den Rest der Woche nicht mehr da ist (Konferenz). Hoffentlich fällt ihm bis dahin noch was ein, denn ich fände es etwas blöd, 3 Tage lang ins Büro zu gehen, obwohl nichts zu tun ist. Zum Schluss noch wie versprochen die Auflösung des Bekamm-Rätsels. Was sie meinten war David Beckham, der Fußballspieler. Da soll mal einer drauf kommen, wenn gerade von Schokolade die Rede war! Ja dann, einen schönen Start in den Tag wünsche ich Euch, macht's gut und bis demnächst,

PS: Freut mich, dass meine „täglichen" Berichte offensichtlich so gut ankommen, die Verteilerliste wird immer länger. Wie schon gesagt, wenn jemand noch E-Mail-Adressen von Interessenten hat, immer her damit statt dauernd weiterleiten.

Guten Morgen! Es ist mal wieder soweit, die Spannung steigt ins Unermessliche, welche Themen stehen heute zur Debatte? Zunächst mal das Wichtigste: Hier bricht so langsam der

東京
ニュース

Frühling aus, es ist schon morgens auf dem Weg zur Arbeit zu warm für eine Jacke. Blöd ist nur, dass es Abends, wenn ich nach hause fahre, eindeutig zu kalt ist, so dass ich also meine Jacke immer mitschlören muss. Das ist besonders im vollgestopften Zug lästig, denn da ist jeder Zentimeter wertvoll. Heute früh war's mal wieder tierisch (ich dachte, ich hätte die erträglichen Zeiten inzwischen raus ... offensichtlich nicht). Und man denkt „Boah, da geht jetzt echt nichts mehr, ich stehe ja schon kaum noch auf dem Boden, steigt doch mal alle aus bitte!". Und an der nächsten Station steigen tatsächlich 4 Leute aus, das bedeutet 2 Zentimeter mehr Platz für mich, und im nächsten Moment steigen 10 Leute zu, hurra, und es geht doch! Rücken zum Zug und einen kräftigen Ruck nach hinten ... normalerweise wäre da ein Dominostein-Effekt zu erwarten, aber dazu ist es zu voll. Und alles schwitzt, wer Glück hat hat ein Taschentuch um sich den gröbsten Schweiß aus dem Gesicht zu wischen, bevor er dem Nachbarn auf die Schulter tropft (also so gesehen: wer Glück hat hat Nachbarn mit Taschentüchern). Und dann, nachdem ich tapfer die 20 Minuten Sauna-Feeling ausgehalten habe, schalten die doch tatsächlich bei der Einfahrt in den Zielbahnhof die kühle Lüftung an, eine herrliche frische Brise, nur halt leider nicht mehr für mich. Ich steige um in den Bus, denke mir, wie warm es doch hier ist, und stelle fest, dass die Heizung läuft. Toll. Wie soll das alles erst im Sommer werden? Wer jetzt vorschlägt, ich solle mir ein Fahrrad kaufen, der komme bitte her und gucke sich an, wie hier mit Radfahrern umgegangen wird. Und außerdem sind es ungefähr 20 bis 30 Kilometer. Nein danke, dann lieber Sauna-Zug. Jedenfalls kommt hier der Frühling, jeder erzählt einem, dass am Wochenende die Kirschblüte anfängt. Ich glaube es ja noch nicht so ganz, aber die werden's schon wissen. Und wenn es dann soweit ist (spätestens übernächstes Wochenende) werden wir das voll auskosten, in den Park fahren, uns zwischen den ganzen Japanern irgendwie 2 Quadratmeter Platz erkämpfen, ein Picknick machen und den Japanern zugucken, wie sie Kirschbäume gucken. Ich hatte das ja für ein Klischee gehalten, aber offensichtlich sind die hier wirklich ganz wild auf ihre Kirschblüte. Und auf ihren Panda.
Hmm, im Zoo von Tokyo gibt es wohl große Pandabären (ich weiß, Pandas sind keine Bären), und ich kann schon nicht mehr zählen, wie viele Leute mich schon gefragt haben, ob ich schon die Pandas gesehen habe. Man muss doch den Panda gesehen haben! Also bitte, Du hast noch nicht den Panda gesehen? MACH DAS! Ich werde das alleine deshalb machen, damit ich sagen kann, dass ich die Pandas gesehen habe, um dieser Fragerei zu entgehen. Manchmal muss man eben Opfer bringen. Lustig ist aber, dass alle, die „Panda" sagen, egal ob auf englisch oder japanisch (heißt in beiden Fällen panda), dabei beide Fäuste vor die Augen halten, oder mit Fingern und Daumen Kreise formen und die vor die Augen halten, weil Panda ja ein schwieriges Wort ist, das im Deutschen bestimmt ganz anders heißt. Vielleicht sollte ich doch nicht in den Zoo gehen und dazu noch blöd fragen „Panda, was ist das?". Ist eigentlich viel amüsanter ...
Außerdem hat die Firma heute Besuch von irgendeinem Firmenpräsidenten aus ich vermute mal Südamerika, was Spanischsprechendes auf jeden Fall, da war dann heute morgen in der Eingangshalle auf dem Monitor ganz groß auf spanisch gestanden „Wir begrüßen Präsident sowieso. Wir fühlen uns geehrt über seinen Besuch und wünschen ihm einen angenehmen Aufenthalt" oder so ähnlich.

Und draußen hing neben der japanischen Flagge auch noch dem seine Staatsflagge, wie gesagt, keine Ahnung welches Land, habe die Flagge nur erkannt weil sie auch auf dem Begrü-
ßungsmonitor war. So fühlt man sich doch willkommen. Ansonsten ist zu sagen, dass die kleinen Erfolge das Lernen angenehm machen; ich glaube meine Japanerinnen lernen mehr
deutsch als ich japanisch (die fragen mir Löcher in den Bauch). Wenn man dann aber im Zug
steht und das Wort Aromatherapie lesen kann, oder auf der Saftpackung Zellulose, dann beruhigt das wieder. Keine Angst, diese Wörter heißen auf japanisch genauso, es geht nur
darum, dass ich so langsam auch das zweite Silbenalphabet beherrsche. Wir haben nämlich
im Japanischkurs nur eins gelernt, und hier musste ich dann feststellen, dass das andere deutlich nützlicher gewesen wäre. Deshalb lerne ich das jetzt so nach und nach, aber irgendwann
sind die Gehirnkapazitäten für seltsame Kringel und Striche erschöpft. Was mir hier noch aufgefallen ist – und das stützt meine Weigerung, Fahrrad zu fahren – ist folgendes: Bäume, die
auf den Gehweg wachsen (Radwege gibt es nicht, also entweder Gehweg oder Fahrbahn benutzen ... was ist schlimmer?), werden nicht etwa gestutzt, sondern an dem überstehenden
Teil wird ein schwarz-gelbes Polster befestigt, damit sich niemand den Kopf stößt, oder wenn
doch, dann wenigstens leicht gedämpft. Stellt sich nur die Frage: Was würde mir das abends
im Dunkeln helfen, wenn mich das Ding wie in einem schlechten Film vom Fahrrad haut? Ich
gehe mal nicht davon aus, dass diese Polster beleuchtet sind. Beleuchtet sind nur Zierbäume
bei Einkaufszentren usw. OK, das war's für heute, es sollen ja ein paar Themen für morgen
übrig bleiben. Macht's gut, einen angenehmen Arbeitstag und wahrscheinlich bis morgen.

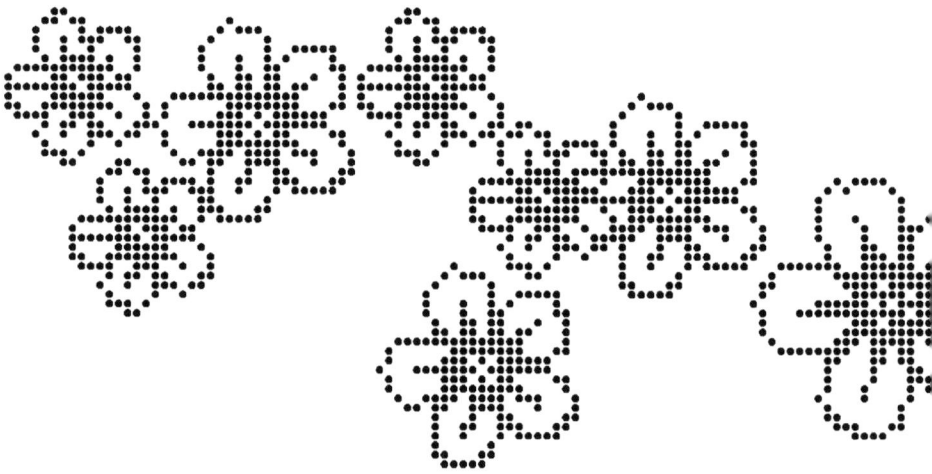

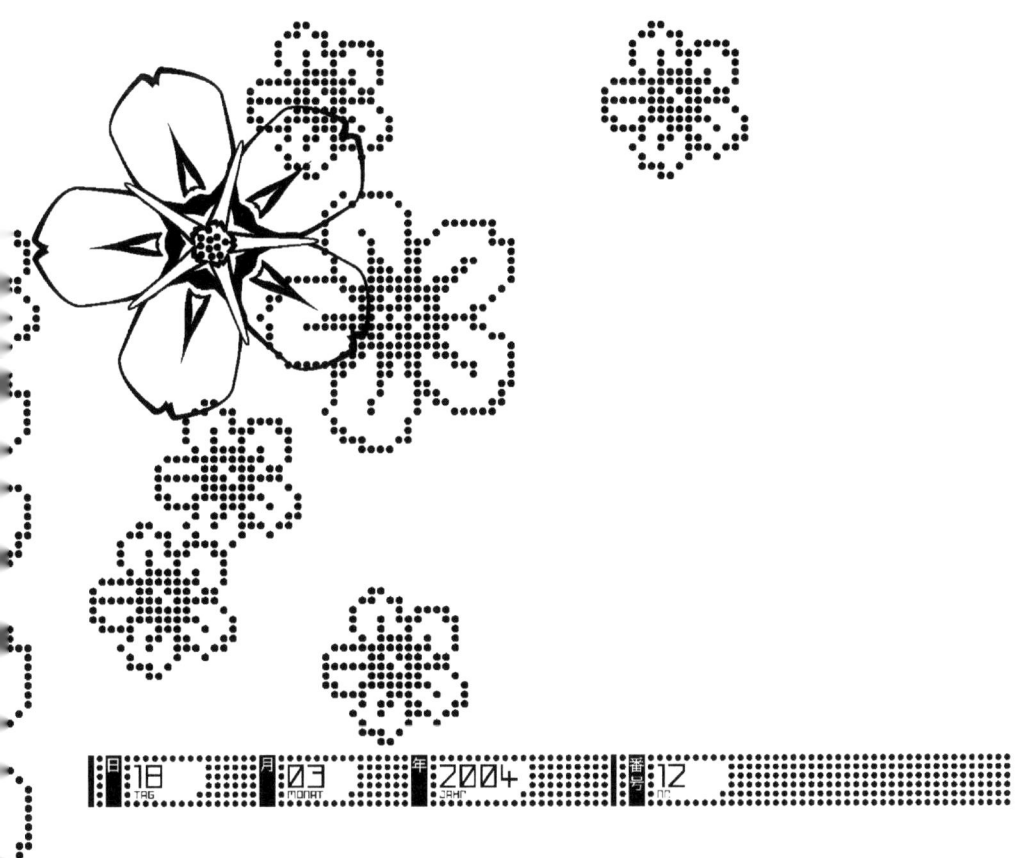

月 18 TAG | 月 03 MONAT | 年 2004 JAHR | 番号 12 NR.

Hallo mal wieder, ich hoffe mal, Euch nicht zu überfordern, da viele von Euch ja gerade Christians ausführlichen Newsletter bekommen haben. Aber da müsst Ihr jetzt durch.

Thema Nummer 1 (mal wieder): Kirschblüte! Nachdem ich gestern die gewagte These aufgestellt habe, dass es wohl noch ein paar Tage dauern wird, wurde ich gestern im Fernsehen eines Besseren belehrt: da gab es eine Japankarte, auf der farblich dargestellt wurde, wo wann die Kirschblüte anfängt. Von dunklem Kirschblütenrosa für sehr bald bis zu ganz hellem Kirschblütenrosa für ist noch ein paar Wochen hin. Und dabei wurde dann gesagt, dass in Tokyo schon die ersten Bäume blühen, dass aber die offizielle Starterklärung erst Donnerstag oder Freitag erfolgt. Ist schon toll, die Regierung gibt offiziell bekannt, dass die Kirschblüte angefangen hat. Und wenn man will, kann man eine

Kirschblüten-Japantour machen, denn das Ganze findet zeitlich versetzt statt, die letzten Regionen fangen erst am 16. April an. Es wurde dann auch ausführlich erklärt warum, und warum es dieses Jahr überall 2 bis 5 Tage früher anfängt als letztes Jahr, von wegen Temperaturen der letzten paar Wochen und so. Sehr interessant, und heute im Büro habe ich es auch von allen erfahren, die ersten Blüten blühen schon, wann gehst Du in den Park (und nebenbei, HAST DU SCHON DEN PANDA GESEHEN???)? Und nachdem ich gestern das Wetter so hochgelobt habe, hatten wir dann gestern Abend einen kräftigen Sturm, die Fensterscheiben haben gewackelt, war schon ein bisschen unheimlich. Aber zum Glück wohne ich ja in einem modernen Hochhaus, nicht in einem traditionellen japanischen Haus mit Papierwänden. Ist wirklich so, die traditionellen Häuser haben Papierwände, damit im Sommer die Luft besser zirkulieren kann. Und für den Fall, dass Sturm angesagt ist, werden dann Holzverkleidungen angebracht. Wäre mir trotzdem nicht ganz geheuer.

Jedenfalls hatten wir einen warmen Sturm, nennt man das dann Föhn? So war dann der Heimweg auch nicht allzu unangenehm. Und für heute war Regen angesagt. Das hat dazu geführt, dass ungefähr 2/3 der Japaner, die heute morgen unterwegs waren, vorsichtshalber ihren Regenschirm dabei hatten. Und zwar einen richtigen, nicht so'n kleines praktisches Ding für im Rucksack. Aber ich wette, das restliche Drittel hatte einen kleinen Schirm in der Tasche. Ich glaube, ich bin die einzige, die sich hier auf ihre Kapuze verlässt. Bei dem Wind ist ein Schirm eh überflüssig. Jetzt hoffe ich nur, dass der Wind und der Regen nicht die ganzen Kirschblüten entfernen, bevor ich eine Chance hatte in den Park zu gehen und das so richtig zu genießen. Wäre schon ärgerlich, zur Kirschblütenzeit in Japan gewesen zu sein, aber keine Kirschblüten gesehen zu haben.

Ab und zu laufe oder fahre ich hier durch die Gegend und stutze einen Moment, weil mir etwas seltsam vorkommt und ich nicht weiß warum. Nach einigen Sekunden stelle ich dann meistens fest, dass es daran liegt, dass mir mal wieder ein deutsches Wort begegnet ist. Zum Beispiel gibt es hier auf dem Weg vom Bahnhof zur Arbeit eine „Bäckerei Ofen", schön mit einer Deutschlandflagge im Logo. Leider fährt der Bus immer ausgerechnet an dieser Stelle so schnell, dass ich noch keinen genaueren Blick reinwerfen konnte. Und der Bus fährt durch, Aussteigen geht also nicht. Aber irgendwann werde ich mal eine andere Linie nehmen, denn diese Bäckerei möchte ich mir doch mal von innen angucken. Außerdem habe ich neulich im Zug jemanden mit einer Einkaufstüte gesehen, auf der draufstand „wohlschmeckend weil gesund". Mit so was rechnet man irgendwie nicht, wenn nur Japaner um einen rum sind. Und ich frage mich dann immer, ob die wissen, was sie da mit sich rumtragen. Umgekehrt ist es aber ja nicht anders, in Deutschland sind ja auch chinesische Schriftzeichen unheimlich modern, obwohl die meisten wohl nicht wissen, was da auf ihrem T-Shirt steht. Aber das beste Erlebnis hatte ich gestern, auch beim Blick aus dem Bus. Da stand am Straßenrand ein Lieferwagen mit einem Logo „Grüß Gott, Zur gemütliche Ecke". Das ist dann schon echt komisch.

Als weitere kleine bemerkenswerte Tatsache des japanischen Lebens ist zu erzählen, dass hier die Taxitüren automatisch aufgehen. Man gibt dem Fahrer ein Zeichen, dass man einsteigen will, dann geht die Tür auf. Und beim Aussteigen wird sie auch automatisch hinter einem geschlossen. Nein, ich habe noch kein Taxi benutzt (sind hier noch teurer als in Deutschland), aber Taxistände gibt es überall, und ich laufe hier ja mit offenen Augen durch die Gegend. Darüber hinaus ist zu sagen, dass Trinkgeld in Japan unüblich ist, weder für Taxifahrer noch in Restaurants. Service ist hier einfach eine Selbstverständlichkeit, nichts, wofür man sich noch extra bedanken müsste. Schön für die Gäste, aber wenn ich da an die ganzen studentischen Bedienungen denke, die in Deutschland doch zum Großteil von Trinkgeld leben; für die wäre es schon irgendwie blöd.

Dieser Newsletter wird etwas kürzer, weil ich pünktlich heim will. Heute kommen nämlich die Simpsons und Star Trek, und wenn schon was Gutes läuft will ich es auch sehen. Nichts gegen das japanische Fernsehprogramm, aber wenn man so gar nichts versteht wird es irgendwann langweilig.

Also dann, bis Montag (Ihr wisst schon, Freitag ist mein Newsletter-freier Tag), ein schönes Wochenende (auch wenn die meisten noch zwei Arbeitstage vor sich haben), und Tschüss.

日 **22** 月 **03** 年 **2004** 番号 **13**
TAG　　MONAT　　JAHR　　NR

Hallo erstmal, das Wichtigste gleich vorneweg: wir hatten Schnee und ich habe den Panda gesehen! Nicht gleichzeitig allerdings. Daher jetzt der Reihe nach.

Über Freitag gibt es nichts zu erzählen, ein ganz normaler Arbeitstag eigentlich. Samstag hat uns das Wetter einen Strich durch die Rechnung (Flohmarkt, Tempel, ...) gemacht, es hat schon morgens geregnet wie aus Kübeln. Das war so ungemütlich und trist, dass wir beschlossen haben, den Tag vor dem Fernseher zu verbringen. Und mittags hat es dann angefangen zu schneien. Erst habe ich das für eine optische Täuschung gehalten, aber mit der Zeit wurde es wirklich eindeutig. Schnee heißt jetzt allerdings nicht, dass irgendwas liegengeblieben ist, es heißt nur, dass weiße Flocken fielen. Das aber stundenlang. Und danach hat's wieder kräftig geregnet. Was bedeutet, dass wir wirklich nur kurz vor die Tür sind, um Wäsche zu waschen (natürlich nicht im Regen, im Waschsalon!), und ansonsten Couch-Potatos waren. Schade war nur, dass ausgerechnet Samstag nicht Vernünftiges im Fernsehen lief, nicht mal Sesamstraße, weil Feiertag war. Aber wir sind ja inzwischen daran gewöhnt, Programme zu gucken, die wir nicht verstehen, ob man das dann eine Stunde tut oder 10 ist eigentlich egal.

Das schlechte Wetter von Samstag wurde aber am Sonntag mehr als wiedergutgemacht. Strahlender Sonnenschein, Hitzeausbrüche beim Versuch eine Jacke zu tragen, kein Wölkchen am Himmel. Also auf in den Park, Kirschblüte gucken und zum Zoo, endlich den Panda sehen. Schien uns eine gute, wenn auch riskante Idee; würden wir sämtliche Einwohner Tokyos im Park treffen oder nur die Hälfte? Und wo wäre der Unterschied? Aber Kirschblüte ist ja nur einmal im Jahr, also auf ins Getümmel. Der

Zug war sogar noch relativ leer, das ließ ein bisschen hoffen. Die Hoffnung schwand allerdings beim Verlassen des Bahnhofs. Menschenmassen um uns rum, der einzige Vorteil: man muss den Weg nicht suchen, einfach nur mitlaufen. Wir wurden also die Kirschblütenallee entlanggeschoben, zum Glück in Richtung Zoo. Das habt Ihr Euch so vorzustellen: ein ca. 8 m (vielleicht auch 10, keine Ahnung) breiter geteerter Weg, der von Kirschbäumen gesäumt ist. Rechts und links sind jeweils ca. 2 m breite Streifen mit Absperrband abgesperrt (was sollte man auch sonst mit Absperrband machen?), und auf diesen Streifen sitzen dann Grüppchen von Japanern (nur wenige „Ausländer") auf Plastikfolien, die Schuhe natürlich fein säuberlich an den Rand gestellt, und essen und trinken. Vor allem letzteres. Weswegen der Rückweg einige Stunden später auch eindeutig lustiger war als der Hinweg. Am Wegrand sind Lampions aufgehängt, vermutlich wird da abends beleuchtet.

Nun ja, irgendwann waren wir dann am Zoo, und nach einem kurzen Blick auf die Schlange haben wir beschlossen, es zu riskieren. Und tatsächlich war es zwar voll, aber nicht so voll, wie ich es an einem Sonntag bei so schönem Wetter vermutet hätte. Und wieder einmal wurde die Vorliebe der Japaner für Automaten ersichtlich. Man bezahlt nicht etwa bei einer Kassiererin oder einem Kassierer, sondern an einem Automaten, der einem dann eine Eintrittskarte ausspuckt. Dann allerdings werden die Schlangen, die von den 10 Automaten kommen, zu zwei Schlangen zusammengefügt, weil zwei Damen bereitsitzen, um die Tickets abzustempeln. So gesehen wurden 8 Arbeitskräfte eingespart, aber mit automatischen Toren hätte man doch auch noch die zwei übrigen einsparen können!?! Für Sonderfälle wie Rentnerermäßigung gab es sowieso noch eine Extraschlange.

Gleich am Eingang ging es dann zum Panda, natürlich, er ist ja auch die Hauptattraktion. Das sieht dann so aus: Menschenströme quetschen sich in den schmalen Weg neben dem Pandakäfig, und am Anfang und am Ende stehen Zooangestellte mit Mikro und Lautsprecher, die die Leute weiterscheuchen. Stehenbleiben geht also nicht, die ganze Truppe schlendert in gleichmäßigem Tempo am Käfig vorbei. Man kann also ein paar Sekunden einen Blick auf den armen Panda in seinem gefliesten Gehege werfen, der Panda guckt gelangweilt zurück, und schon ist man wieder draußen. Um dann festzustellen, dass im Außengehege noch ein Panda ist, und dort darf man sogar mal für eine halbe Minute stehenbleiben! Oder besser gesagt: wir sind einfach stehengeblieben. Falls die mit ihren Mikros durchgesagt haben, dass wir bitte weitergehen sollen, haben wir es nicht verstanden. Manchmal ist der Ausländerbonus echt nützlich. Ansonsten war der Zoobesuch ein ziemlich typischer Zoobesuch. Viel zu kleine Gehege, lauter schreiende (solang sie die Eltern dabeihatten) und weinende Kinder (auf dem Infozettel stand, dass jedes Jahr mehr als 1000 Kinder im Zoo verloren gehen. Ich glaube, wir haben die Quote gestern schon erfüllt.), lustige Tiere und völlig überzogene Essenspreise (aber auch hier: Trinkwasser umsonst). Unser persönlicher Favorit: der japanische Riesensalamander. Erst haben wir gedacht „das kann ja kein Tier sein, es bewegt sich auch nicht, aber das

da sieht doch aus wie eine Flosse". Es war halt ein riesiges braunes Ding (eigentlich waren es zwei), das im Wasser lag, und erst bei genauerem Hinsehen waren die Füße zu erkennen. Riesig heißt in dem Fall vielleicht 1 m lang, lässt sich unter Wasser ja immer schlecht schätzen. Und es hat einen ganz breiten flachen Kopf mit einem ganz breiten Maul. Das haben wir dann gesehen, als der eine kurz „gegähnt" hat. Ganz schön gruselig. Habe gelesen, dass die Viecher zum Atmen an die Oberfläche kommen müssen. Dann hätten wir also nur lange genug warten müssen, um sie mal in Bewegung zu sehen ... fragt sich nur, wie lange die es ohne Luftholen aushalten, ein paar Minuten waren wir schon davorgehockt. Viel zu früh hat dann der Zoo zugemacht, wir haben noch so einiges an Tieren verpasst (aber immerhin haben wir den Panda gesehen!). Der Rückweg über die Kirschblütenallee war dann aber recht lustig, denn die Japaner hatten ja den ganzen Tag damit verbracht, diverse Getränke zu sich zu nehmen, das hat dann schon Wirkung gezeigt. Das äußerte sich dann in Lachen, Tanzen, Rumschreien und Winken („Hello, nice to meet you!") und seltsamen Spielen.
Auf der einen Matte wurde etwas gespielt – keine Ahnung was – bei dem dem Verlierer ein weißer Papierstreifen in die Haare geknotet wurde. Die saßen also alle da mit einem Kopf voller Papierstreifen, aber auch da gilt: einer geht noch. Auf dem Rückweg haben wir noch einen kleinen Zwischenstopp in der Ginza eingelegt, dem Haupteinkaufsviertel. Da haben wir leider aus Unwissenheit die falsche Gegend erwischt, lauter Nobelboutiquen, außer einem riesigen Spielzeugladen nichts Interessantes. Aber wir sind ja noch einige Zeit hier. So, das muss reichen, mein Magen schreit nach Essen und mein Gehirn nach japanischem Fernsehen.

23 TAG 03 MONAT 2004 JAHR 14

Hallo zusammen, heute wird es mal ein kurzer Bericht, ich bin kurz vor'm Verhungern und will heim. Wenn man mal einmal etwas voreilig ist. Von wegen Frühling und so. Seit Montag früh regnet es hier ununterbrochen, ich musste schon zahlreiche blitzartige Ausweichmanöver vornehmen, um nicht einen der Regenschirme ins Gesicht zu kriegen, ICH WILL WIEDER SONNE! Auf die Frage nach den Temperaturen hier kann ich nicht wirklich antworten, wie gesagt, am Samstag hatten wir Schnee, Sonntag schönsten Sonnenschein, und jetzt Regen. Aber hier hängen nicht an jeder dritten Straßenecke Thermometer rum wie bei uns. Vor ein paar Tagen habe ich allerdings hier im Büro eins entdeckt, seitdem behalte ich es unauffällig im Auge; wir haben konstant muckelige 29 Grad Celsius. Wenn das nicht gemütlich ist. Kein Wunder, dass ich nach dem Mittagessen immer fast einschlafe.
Ich gehe in den Mittagspausen immer noch fleißig zu meinem „Japanischkurs"; allerdings ist es im Moment so, dass die anderen mehr englisch und deutsch lernen als ich japanisch. Gestern habe ich aber ein absolut lebensnotwendiges Wort gelernt, es heißt otamajakushi (das u wird aber nicht ausgesprochen). Worum könnte es sich dabei wohl handeln? Auflösung gibt's später. Außerdem wollten

die heute von mir wissen, ob wir auch dieses tolle Spiel spielen, bei dem man bei uns Ching Chang Chong sagt, Schere Stein Papier halt. Als ich ihnen dann erklärt habe, dass es bei uns zusätzlich noch einen Brunnen gibt waren sie total begeistert, dieses grundlegende Wissen wurde dann erst mal auf dem Klo an die anderen Damen weitergegeben. (Eigentlich sind alle

05 mindestens so alt wie ich, also fragt mich nicht.)

Letzte Woche wollten wir ein Spiel spielen, das ich vorher im Fernsehen gesehen habe, eine Art Mischung aus Wortspiel und Reaktionsvermögen. Das ist letztendlich daran gescheitert, dass die anderen meinen Namen nicht aussprechen können. Für dieses Spiel müssen nämlich die Namen der Mitspieler auf 2 Silben reduziert werden. Sollte mit „Sil-ke" ja eigentlich kein

10 Problem sein. Aber wie gesagt, der Name ist nicht so einfach. Und so war ich dann je nach Grad der Panik mal „Schil", mal „Schlu", und habe daher jedes mal meinen Einsatz verpasst, weil ich nicht gecheckt habe, dass ich gemeint bin; hätte ja auch ein japanisches Wort sein können. Lustig war's trotzdem, oder gerade drum. Jedenfalls lustiger als Schere Stein Papier.

Heute habe ich zusätzlich noch ein bisschen Allgemeinbildung weitergegeben. Die hatten

15 nämlich ein bisschen Probleme mit „Belgien, Niederlande und Holland". Irgendwann habe ich dann verstanden, dass sie meinten, dass es sich dabei um 3 verschiedene Länder handelt. Als ich ihnen dann erklärt habe, dass Holland nur ein Teil der Niederlande ist, waren sie total verstört, das war ganz was Neues, war ihnen fast peinlich, das nicht gewusst zu haben. Andererseits: so ein kleines Land so weit weg, wieso sollte man sich damit auch auskennen? Anderer-

20 seits können sie ziemlich viele klassische Komponisten aufzählen, wollen dann aber von mir

wissen, woher die kommen. Was weiß denn ich, höre ich klassische Musik?!? Die Japaner offensichtlich schon, denn meine „Weiber" sind nicht die ersten, die versucht haben, so ein Gespräch mit mir anzufangen.
Morgen gibt es wahrscheinlich keinen Newsletter, weil wir nach der Arbeit alle zusammen essengehen, da ein paar Mitarbeiter verabschiedet werden. Kostet voraussichtlich 40 Euro pro Person, aber da passe ich mich der Gruppendynamik an, sieht ein bisschen blöd aus, gleich beim ersten Treffen nicht mitzugehen. Jaja, ich mutiere immer mehr zum Teiljapaner. Eins lasse ich mir allerdings nicht nehmen: Naseputzen. Angeblich ist es in Japan unhöflich, sich in der Öffentlichkeit die Nase zu putzen. Lieber hochziehen, bis man eine ruhige, unbeobachtete Ecke für sich findet. Und so hört es sich auch an. Aber da setze ich voll und ganz auf meinen Ausländerbonus, wenn die Nase läuft wird sie geputzt, dies ewige Schniefen ist doch nervtötend. So, nun noch wie versprochen die Auflösung der heutigen Vokabelstunde. Das o.g. Wort heißt Kaulquappe, und wer weiß, vielleicht kann ich es ja wirklich irgendwann brauchen (spätestens, wenn ich es im Restaurant auf einer Speisekarte lese und weiß, dass ich es nicht bestellen darf). Euch noch einen schönen Tag, meiner ist so gut wie rum, bis dann.

日 25 TAG 月 03 MONAT 年 2004 JAHR 番号 15 NR

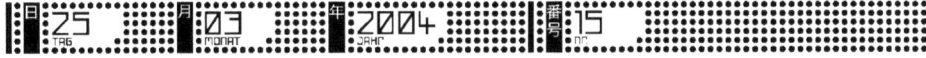

Hallo zusammen, ich bin sooo müde. Dass Essen so anstrengend sein kann ... Wir haben uns gestern

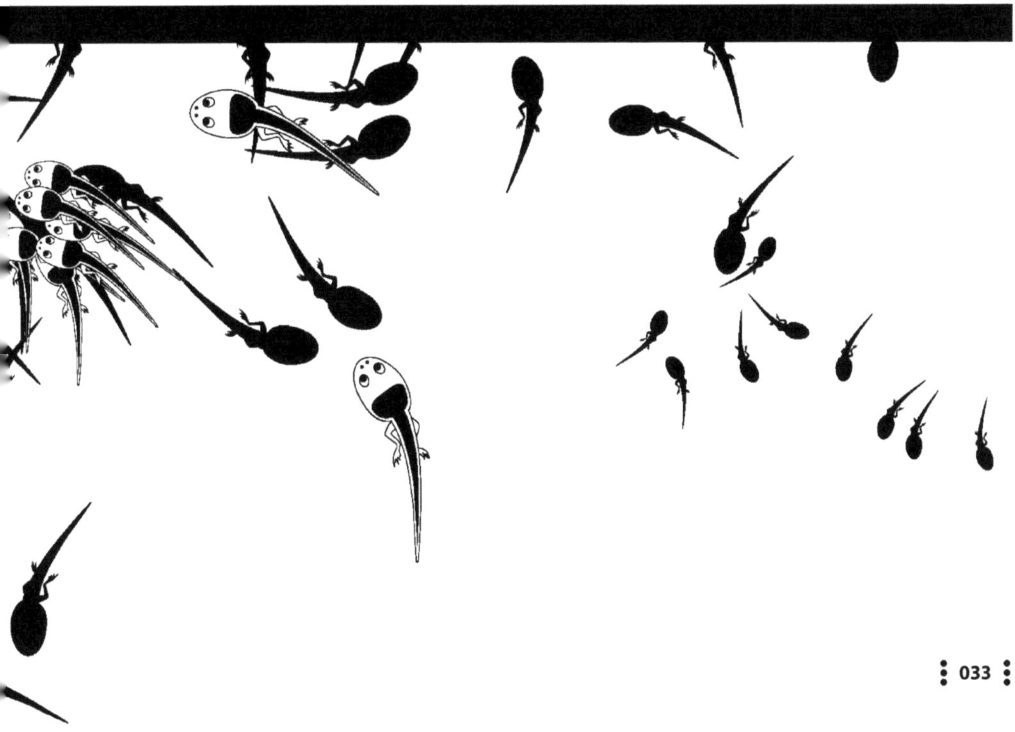

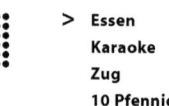
so den Magen vollgeschlagen, dass ich heute Nacht kaum schlafen konnte. Und das ist umso verwunderlicher, wenn Ihr gleich erfahrt, was es alles gab, zumindest für diejenigen unter Euch, die meine Essgewohnheiten kennen. Das Gute daran war, dass alles in die Mitte auf den Tisch gestellt wird und man sich von allem nehmen kann, soviel man möchte, oder auch mal was auslassen kann. Also dann:

:: Salat mit Tintenfischarmen (samt Saugnäpfen, aber gekocht), habe allerdings nur den Salat gegessen

:: Salat mit Riesenscampi und kleinen Tintenfischen, habe zumindest die Riesenscampi mal probiert, sind gar nicht so übel

:: rohen Thunfisch, echt lecker

:: Teigtaschen mit Krabben und Gemüse gefüllt

:: kleine Frühlingsrollen

:: Fischfiletstückchen in Teig frittiert

:: Riesenscampi mit scharfer Sauce

:: Krebsteile (also Beine, Scheren usw., habe drauf verzichtet)

:: mit Fleisch gefüllte Teigtaschen (war zu dem Zeitpunkt schon zu satt, also nicht probiert)

:: Tofu mit irgendwas angemacht (wie gesagt, ich war schon satt)

:: Reis mit Ei und Gemüse überbacken (der roch so gut dass ich doch weiteressen musste)

:: chinesische Nudeln mit Gemüse (nach dem Reis war ich wirklich satt)

:: zum Nachtisch chinesische Kugeln, die Anko heißen (oder so ähnlich), tierisch süß und zäh, innen hohl, mit Sesam außenrum, sehr lecker, habe gleich 2 gegessen (eigentlich war ich ja satt)

:: noch einen Nachtisch (hätte man mir auch sagen können, bevor ich die zweite Kugel gegessen habe!), gesüßtes Tofu mit ein bisschen Obst in süßer Flüssigkeit schwimmend, daher ein Schälchen für jeden und keine Möglichkeit, sich drum zu drücken (aber lecker).

Mehr fällt mir jetzt nicht ein, ich denke, im Wesentlichen war es das. Dazu waren sämtliche Getränke im Preis inbegriffen, was auch alle fleißig ausgenutzt haben. Alles in Allem würde ich zwar so freiwillig nicht die (je nach Wechselkurs) 30 bis 40 Euro für ein Essen ausgeben, aber es war wirklich richtig gut und ein schöner Abend, und für das, was sie da aufgetischt haben, bestimmt auch angemessen, vor allem inklusive Getränke. Was da an Bier geflossen ist … Ist für eine „Fränkin" (alles ist relativ!) ein ziemlich lustiger Anblick, das Bier wird in riesigen Krügen - ich schätze mal 2 Liter - auf den Tisch gestellt, und dann in winzige Gläser - dürfte ungefähr 0,2 sein - umgefüllt. Aber so ist es nun mal, und ich freue mich ja über jede Kleinigkeit, die nicht so ist wie zuhause, wozu bin ich schließlich hier? OK, vielleicht zum Arbeiten, aber in erster Linie doch für das Kennenlernen einer anderen Kultur. Trotzdem bin ich froh, dass wir nach dem Essen einfach alle nach hause gegangen sind und die in den Büchern oft erwähnten Karaoke-Bars ausgelassen haben. Ich und Karaoke … wohl kaum. Obwohl ich gelesen habe, dass man nicht unbedingt singen muss, angeblich geht es nur darum, die Gruppe zu unterhalten, das heißt, man kann z.B. auch versuchen, denen einen deutschen Zungenbrecher beizubringen oder so was. Aber darauf möchte ich es dann doch nicht ankommen lassen … nicht, dass ich doch noch irgendwann mit dem Mikro in der Hand auf der Bühne stehe und „Marmor Stein und Eisen bricht" schmettern muss. Oder so. Aber abends um halb 10 war der Zug erstaunlich voll, ist wohl so ne Art zweite Rushhour, wenn die ganzen Betriebsausflüge vorbei sind. War jedenfalls deutlich voller als oft um halb 7. Dabei fällt mir ein: könnt Ihr Euch vorstellen, was wirklich unangenehm ist an den viel zu vollen Zügen? Abgesehen davon, dass man rumgeschubst wird, die Luftfeuchtigkeit und Temperatur oft an ein finnisches Dampfbad erinnert und um einen rum alle tapfer die Nase hochziehen (sagt man das auch außerhalb des Ruhrgebiets so?)? Ist mir neulich passiert und war recht unangenehm und zwar: aufgrund der besagten Luftfeuchtigkeit und der Temperatur fängt man unweigerlich an zu schwitzen (soweit so gut, das tun ja alle). Fies ist es dann, wenn einem ein Schweißtropfen die Knie-kehle runterläuft, es kitzelt ganz übel und es ist zu voll, als dass man ihn wegwischen oder sich krat-zen könnte. Echt ein fieses Gefühl. Wirklich fies. Denn das Kitzeln bleibt ja, auch wenn der Schweiß-tropfen schon runtergelaufen ist. Themenwechsel. Gestern habe ich auf der Straße einen wirklich seltsamen Fund gemacht: ein 10 Pfennig-Stück. Also wirklich Pfennig, nicht Cent. Es ist ja schon selt-sam genug, dass hier deutsches Geld rumliegt, aber Pfennige?!? … Hmm, damit ist das Thema wohl auch schon abgehandelt, denn was soll man dazu noch groß sagen?

Morgen ist Wochenende! Juchu! Die Arbeit macht zwar Spaß, aber Wochenende ist schöner. Das heißt auch: keinen Newsletter für Euch. (Die Zeit, die Ihr sonst mit Lesen verbringt, könntet Ihr dann dazu verwenden, mich über Eure Neuigkeiten auf dem Laufenden zu halten … Hausbau, Hochzeiten, Urlaub, Praktika, neue Jobs, … - wenn das kein Zaunpfahl ist!) Zusätzlich zu der Tatsache, dass ich Frei-tags so schnell wie möglich hier raus will kommt nämlich noch erschwerend hinzu, dass die Busfah-rer morgen wahrscheinlich streiken. Das heißt, ich muss vom Bahnhof aus ins Büro laufen, komme also später an als sonst, und nach der Arbeit erwartet mich auch noch der Fußmarsch zum Bahnhof zurück, so dass ich mir dann wohl kaum die Zeit nehmen werde, noch eine Email zu schreiben.

So denn, ich wünsche Euch ein schönes Wochenende, erst mal natürlich noch zwei angenehme Ar-beitstage, und dass das Wetter bei Euch besser ist als hier (es regnet seit Montag ununterbrochen, das ist so deprimierend!). Tschüss.

Hallo und Mahlzeit! Das Wichtigste vorneweg: ich bin jetzt offiziell ein Alien! Nachdem ich ja schon länger stolze Besitzerin eines Mars-Grundstücks bin, das aber nur als Wochenenddomizil gedacht

war, habe ich nun die offizielle Bestätigung des Alien-Status. Habe nämlich am Wochenende meine Alien-Registration-Card abgeholt, die jeder Ausländer, der sich länger als 90 Tage in Japan aufhält, beantragen muss. Juchu, ich bin ein Alien! Das habe ich heute morgen erst mal gefeiert, indem ich in den falschen Zug eingestiegen bin. Das erste Mal, dass ich mich hier ver-
fahren habe, und das auf dem Weg zur Arbeit. Peinlich ... Eigentlich war es gar nicht der sooo falsche Zug, es war schon die richtige Richtung, aber hier fahren 6 verschiedene Typen von Zügen auf der Strecke (Local, Rapid, Special Rapid, Ome Special Rapid, Commuter Special Rapid und Chuo Special Rapid), und alle halten an „meinem Bahnhof". Und ich hatte gedacht, dass auch alle an meinem Zielbahnhof halten, bisher war das auch immer so. Nur der, den ich
heute morgen erwischt habe, ist leider der einzige, der bis in die Innenstadt durchfährt. Dumm gelaufen. Ist aber hier nicht so tragisch wie in Deutschland, weil die Tickets nur am Eingang und am Ausgang kontrolliert werden. Das heißt, man kann dann einfach mit dem nächsten Zug zurückfahren, ohne draufzahlen zu müssen. Hat mich halt insgesamt bloß ne halbe Stunde Zeit gekostet. Andererseits hatte ich zum ersten Mal das Vergnügen, auf dem Weg zur
Arbeit einen Sitzplatz zu haben. Rauswärts sind die Züge nämlich total leer.
Aber Ihr fragt Euch sicherlich schon, was wir an diesem Wochenende Spannendes unternommen haben ... zunächst mal: wir hatten Spitzen-Wetter, als wüsste das Wetter, dass es zum Wochenende schön werden muss. Strahlender Sonnenschein, kein Wölkchen am Himmel, nicht mal wirklich Wind. Und das haben wir auch kräftig ausgenutzt, waren das ganze Wochenende
draußen unterwegs, ich habe Muskelkater und bin immer noch völlig geplättet von der ganzen Rumrennerei, aber wir haben soooooo viel gesehen. Aber der Reihe nach.
Am Samstag sind wir wieder in den Ueno-Park gefahren (der Park neben dem Zoo), weil ja letztes Wochenende die Kirschblüte noch nicht so richtig ganz da war, und wir dachten, wir müssten uns das mal richtig geben. Haben wir dann auch. Ganz Tokyo war glaube ich an diesem Samstag in diesem Park, Wahnsinn, ein Trubel wie beim Volksfest. Wir haben versucht, die verschiedenen Tempel in dem Park abzuklappern, um nicht allzu ziellos durch die Gegend zu laufen (schleichen trifft's eher). Die ersten beiden waren relativ groß, da war auch dementsprechend viel los. Einer davon steht auf einer Insel in dem Teich, der zu dem Park gehört. Die Brücke, die zu der Insel rüberführt, war voller Essens-Stände, die für uns seltsamsten Sachen,
im Prinzip interessanter als der Tempel an sich. Ganze Tintenfische, aufgespießte kleine Fische, Tintenfischstückchen, Maiskolben (ok, ist für uns nicht so seltsam), Omeletts mit Gemüse und komischen Fischteilen, Teigbällchen mit Gemüse und komischen Fischteilen, ... Die nächsten beiden Tempel waren recht klein, und da waren auch nicht so viele Leute. Ist zwischendurch sehr entspannend, wenn sich im Umkreis von 3 Metern nur 4 Leute befinden
anstatt der üblichen 40. Der nächste und im Ueno-Park für uns am Samstag der letzte Tempel war auch der größte, auf dem Weg dorthin auch wieder etliche Essensstände, und Menschenmassen. Und was passiert? Wir treffen Christians Mitbewohner. Die Welt ist halt doch klein.

Hätten wir uns in dem Trubel verloren, wir hätten uns nie wiedergefunden, aber jemandem zufällig über den Weg laufen, das geht. Nun ja, wir sind dann auch auf das Tempelgelände drauf, obwohl es Eintritt gekostet hat. Aber man muss ja auch mal was gesehen haben. (Außerdem sind da dann auch nicht so viele Leute.) Dieser Tempel gehört wohl zum Kulturerbe Japans, ist auch sehr schön, mit geschnitzten Fischen und Drachen und Löwen, vieles davon vergoldet, an die Wände gemalten Bildern und Statuen von Menschen und Löwen-/Drachenköpfen. Nur die Musik ... fragt mal Christian, was er von der Musik hält, er war ganz begeistert, mir hat sie Kopfschmerzen bereitet. Kann man aber sehr schwer beschreiben, für mich klang es hauptsächlich nach Krach.

Vom Park aus wollten wir dann zum Yanaka-Friedhof laufen, der sehr schön sein soll und auch für seine Kirschblüten berühmt ist, und unterwegs noch zwei weitere Tempel angucken (ich zumindest). Die Tempel haben wir auch problemlos gefunden; schade war nur, dass bei dem ersten der zugehörige Friedhof, der im Reiseführer extra erwähnt wird, im Moment nicht zugänglich ist, weil da eine Baustelle ist (?!?). Der zweite war hochinteressant. Der Tempel an sich war sehr modern aus Beton, ziemlich uninteressant, aber das Gelände war beeindruckend. Der Gründer hatte sich damals vorgenommen, 1000 Statuen (die meisten ca. kniehoch) von dem Gott oder Schutzpatron oder so der Kinder zu machen und aufzustellen. Als er dieses Ziel erreicht hatte, hat er seine Zielvorgabe auf 84000 erhöht. Wie auch immer man von 1000 auf 84000 kommt. Jedenfalls hat er es auf 15000 Statuen gebracht, die jetzt alle auf dem Tempelgelände stehen. Sieht sehr beeindruckend aus. Irgendwann waren wir dann auch auf besagtem Friedhof, der an sich nichts besonderes war. Also haben wir beschlossen, über den Friedhof zum Bahnhof zurückzulaufen. Und dieser Fußmarsch hat sich wirklich gelohnt. Denn plötzlich waren wir mitten in einer Kirschblüten-Feier. Die sitzen dann wirklich zwischen den Gräbern unter den Kirschblüten, hören Musik, trinken und tanzen. Sehr seltsam für den europäischen Geschmack, aber da es so auch im Reiseführer stand hier wohl normal. Dazu ist aber auch zu sagen, dass es sich nicht um die Gräber von Angehörigen handelt, erkennbar daran, dass um einen deutschen Grabstein herum lauter Japaner saßen; die nutzen also „nur" jeden Kirschbaum der irgendwie in der Nähe ist.

Abends haben wir dann noch einen kurzen Abstecher nach Shinjuku gemacht, weil ich neue Filme brauchte und weil es da einfach spaßig ist, abends durch die Gegend zu laufen. Allerdings war ich nach der ganzen Rumrennerei dann auch ziemlich geplättet.

Am Sonntag war ich früh beim Rathaus meine Alien Registration Card abholen. Die haben hier gerade eine Testphase laufen, ob es sich lohnt, am Wochenende das Rathaus zu öffnen. Sehr vorbildlich! Dann sind wir zum Togo-Schrein gefahren, wo zweimal im Monat ein Flohmarkt stattfindet. Zusätzlich dazu waren da gestern auch noch diverse Hochzeiten. Ist wohl in, zur Kirschblütenzeit zu heiraten. Führt allerdings auch dazu, dass das Brautpaar später in diversen Photoalben auf der ganzen Welt wiederzufinden sein wird. Aber gut, selbst schuld. Hochinteressant war aber auch der Weg zum Schrein, da mussten wir durch eine Einkaufsstraße, die hauptsächlich von Jugendlichen besucht wird, und zwar von ziemlich coolen Jugendlichen (ist jetzt keinerlei Wertung). Da sieht man dann auch mal

was anderes als nur Schuluniformen und unauffällige Kleidung. Wir sind dann noch ein bisschen in der Gegend rumgelaufen, einfach um uns umzugucken, und irgendwann hat mich
der Hunger gepackt. Wie gesagt, coole Gegend, keine Curry-Imbisse in der Nähe, also rein in
den nächstbesten Noname-Fastfood-Laden und auf einen beliebigen Burger gezeigt „den da
bitte als Menü". Was soll schon groß passieren, Burger ist Burger. Dachte ich. Ich habe ja mit
Allem gerechnet, Rindfleisch, Fisch, Huhn, aber nicht mit dem, was mich dann erwartet hat:
Krabben. Wer von Euch hat schon mal einen Krabbenburger gegessen? Das heißt, in der
Knusperhülle, die man bei uns auch von Hähnchen-Burgern kennt, sind lauter Krabben. Aber
bevor Ihr Euch zu große Sorgen macht: es schmeckt gut. Etwas gewöhnungsbedürftig zwar,
aber gut.

Anschließend wollten wir zum Meiji-Schrein rüberlaufen, sind aber unterwegs noch aufge-
halten worden. Erst haben wir ja gedacht, wir sind im falschen Film, vielleicht im Zug eingeschlafen oder so, aber es war weder Film noch Traum. Es gibt hier nämlich eine Brücke, auf der
sich Sonntags lauter Jugendliche versammeln, um möglichst ausgefallene Kostüme zu prä-
sentieren. Gruftie-artige Kleidung mit auftoupierten Haaren war da noch das unauffälligste;
da gibt's echt nichts, was es nicht gibt. Zum Beispiel jede Menge Lack- und Leder-Kostüme,
Mädchen die sich wie Porzellanpüppchen angezogen haben, mit Spitzenkleidchen und
Häubchen, Eisbärenkostüme, Krankenschwestern, Vampire, und lauter undefinierbare Sachen, Hauptsache, bunt geschminkt und grell und auffällig. Und dazwischen die ganzen Touristen (inklusive uns), die aus dem Staunen nicht mehr rauskommen und fleißig Fotos machen. Mir war's ja zu blöd, aber es hat sich wohl inzwischen so etabliert; viele von denen
schmeißen sich geradezu vor jede Kamera und posieren wild in der Gegend rum.

Dann wollten wir aber wirklich zum Schrein weiterlaufen, aber irgendwie hat sich das komisch angefühlt, war ein so krasser Gegensatz. Ich jedenfalls konnte mir nur schwer vorstellen, nach diesem ausgeflippten Getümmel dann die Besinnlichkeit eines Tempels zu genießen. Wir sind trotzdem hin, und auf dem Weg durch den Wald (Park heißt in dem Fall mal
Wald, sehr angenehm) hat sich mein Puls auch langsam wieder beruhigt. Der Tempel an sich
war auch sehr schön, aber die ganzen Touristen da ... lästig. (Ich hoffe, Ihr erkennt die enthal-
tene Selbstironie.) Auch da waren einige Hochzeiten, wir haben dann bei einem Fotoshoo-
ting im Hof zugeguckt, sehr interessant. Auf japanischen Hochzeitsfotos wird nämlich nicht
gelächelt. Alle gucken ganz ernst in die Kamera, bloß nicht die Lippen verziehen oder gar
Zähne zeigen. Habe mir dann heute erklären lassen, dass das normal ist, das heißt nicht, dass
sie nicht glücklich sind, die Photos werden nun mal so gemacht. OK. Von mir aus. Anschließend sind wir noch in den daneben gelegenen Park gegangen, in dem auch buntes Kirsch-
blüten-Treiben war. Inklusive Open-Air-Disco mit Hunderten von Japanern, die zu „you gotta
fight for your right to party" hüpfen.

Da wir immer noch nicht genug Wegstrecke hinter uns gebracht hatten sind wir dann noch nach Shibuya gelaufen, um mal zu gucken, was es da so gibt (gleich nachdem wir noch über das One-Korea-Festival-Gelände gebummelt waren). Soll so ähnlich sein wie Shinjuku, und das war es auch, und doch ganz anders. Groß und laut und bunt und voll. Kann man nicht anders beschreiben. Und da habe ich eine Buchhandlung gefunden, die eine ganze Etage voller englischsprachiger Bücher hat. Sehr gut, ich lese nämlich hier so viel wie schon lange nicht mehr, da brauche ich irgendwann mal Nachschub. Anschließend habe ich irgendwie noch den Heimweg geschafft, total erledigt von der ganzen Rumrennerei, und bin dann nur noch vor den Fernseher gefallen. Gestern gab es Pearl Harbour. Aus irgendeinem Grund stehen die Japaner wohl auf amerikanische patriotische Filme, abgesehen von Pearl Harbour hatten wir nämlich auch schon Independence Day und Courage under Fire (mir fällt der deutsche Titel im Moment nicht ein, ein Film mit Denzel Washington und Meg Ryan), aber ich persönlich fand Pearl Harbour davon am seltsamsten hier in Japan anzugucken, wo doch die Hauptaussage „die Japaner haben uns wehgetan aber dafür haben sie von uns auch kräftig eins auf die Fresse gekriegt, legt Euch bloß nicht mit Amerika an" ist. Vielleicht wird das Fernsehprogramm ja von Amerikanern gemacht, man weiß ja nie, wo die so alles ihre Finger im Spiel haben.

So, das war's von unserem Wochenende, ich bin immer noch völlig erledigt, ist montags schon Normalzustand. Übrigens, wir haben hier keine Zeitumstellung, das heißt, wir sind Euch jetzt nur noch 7 Stunden voraus und Ihr kriegt die News ca. eine Stunde später als gewohnt. Bis demnächst.

日 30 TAG **月 03** MONAT **年 2004** JAHR **時 17** NR.

Hallo zusammen und Mahlzeit, ich weiß nicht so recht, wo ich heute anfangen soll, da ich gestern schon alles erzählt habe, was so passiert ist, so dass jetzt nur noch ein paar Seltsamkeiten und Beobachtungen mitzuteilen hätte. Ich fange einfach mal mit dem Wetter an: es regnet schon wieder, aber solange es am Wochenende schön ist, ist mir das relativ egal. Da kann man sogar noch ein paar interessante Dinge beobachten, zum Beispiel, dass vor dem Supermarkt wenn es regnet eine Kiste mit Plastikhüllen aufgestellt wird. Jeder, der reingeht, nimmt sich so eine Hülle und tut da seinen Regenschirm rein, damit er das Wasser nicht im ganzen Supermarkt verteilt. Da fragt man sich dann schon, warum sie nicht einfach Schirmständer aufstellen. Schließlich haben die Leute hier noch ein gesundes (?) Maß an Vertrauen in ihre Mitmenschen.

Wir haben zum Beispiel schon öfters beobachtet, dass Frauen bei McDonalds (ja, Schande über uns, ab und zu essen wir bei McDonalds, es kann ja nicht immer nur Curry und Nudeln sein) ihre Handtasche auf den Tisch legen, um den Tisch zu reservieren, und dann gehen um sich ihr Essen zu holen. Die Handtasche bleibt da unbeaufsichtigt liegen, in der Annahme, dass sie immer noch da ist, wenn die Besitzerin zurückkommt. Ich fordere Euch jetzt mal nicht auf, das in Deutschland zu versuchen, denn das würde sicherlich schiefgehen. Sehr interessant ist hier auch das Prinzip der Mülltrennung.

Grob gesehen läuft es so wie bei uns, mit Glas und Metall extra, Batterien im Sondermüll und einem Grüner-Punkt-Äquivalent. Der Rest des Mülls wird allerdings unterschieden nach „burnable" und „non-burnable". Das ist für uns dann schon schwieriger. Wenn man Metall mal rausnimmt ist doch eigentlich alles verbrennbar. Eigentlich. Meinen die Japaner aber nicht und entwerfen ein schönes Faltblatt mit Infos, was wohin gehört. Mülltonnen gibt es hier aber keine, dafür ist wohl nicht genug Platz. Das heißt, man muss immer informiert sein, wann der Müll abgeholt wird (z.B. burnable am Montag, non-burnable am Montag und am Donnerstag), und stellt dann morgens seine Mülltüten vor die Tür. Aber wirklich erst an dem Tag, weil sonst irgendwelche Tiere die Säcke aufreißen und der ganze Müll in der Gegend rumfliegt. Bei „irgendwelche" hatte ich in dem Zusammenhang als erstes auf Ratten und streunende Katzen getippt, aber neulich bin ich eines Besseren belehrt worden (oder zumindest eines Zusatzes): Raben. Damit wäre auch die Frage geklärt, was die vielen Raben hier fressen. Die machen sich über die Müllsäcke her und holen alles raus, was noch fressbar ist. Sieht schon gruselig aus, wenn so ein Rabe einen Müllsack zerlegt, „Die Vögel" lassen grüßen. Die Raben hier haben auch eine Fluchtdistanz von ca. 1 m, finde ich schon ziemlich wenig. Ratten habe ich erstaunlicherweise noch keine gesehen. Und Tauben eigentlich nur im Park, und da werden sie von den Japanern gefüttert und es werden fleißig Fotos gemacht. Sind also wohl noch nicht so eine Plage wie in Deutschland.

Wenn Ihr meint, dass deutsche Banken mit ihrem Gebührensystem unübersichtlich und manchmal nicht ganz nachvollziehbar sind, dann interessiert Euch vielleicht folgendes: als ich meinen Betreuer neulich gefragt habe, ob ich für das Abheben am Geldautomaten Gebühren zahlen müsste, sagte er, nein, das kostet nichts. Außer nach 17h, da kostet es 100 Yen (ca. 80 Cent). OK. Außerhalb der Öffnungszeiten zahlt man also Gebühr, warum auch immer. Seltsames Prinzip. Aber natürlich darf auch in dieser Email das Thema Essen nicht zu kurz kommen. Die Japaner lieben Essen, im Fernsehen läuft immer irgendwo mindestens eine Kochsendung. Und mich hat wirklich schon ein Kollege gefragt: warst Du schon mal in London, ich habe gehört, die hätten da sehr gute chinesische Restaurants? Komische Frage, zu London fällt mir jetzt vieles ein, warum man mal hinfahren sollte, aber nicht unbedingt das Essen als Grund. Jedenfalls ist Essen hier ein allgegenwärtiges Thema, man kommt nicht drumrum. Und neulich in meinem „Japanischkurs" hatten meine Kolleginnen einen komischen Plastikchip dabei und wollten mich raten lassen, was das sein könnte. Es war geformt wie ein Kartoffelchip, oval und leicht gewölbt, gleiche Größe, war aber orange-marmoriert und fühlte sich an wie Plastik. Sie haben mir aber gesagt, dass das was zum Essen sei. Naja, so konnte man es jedenfalls nicht essen, das stand mal fest, aber was es sein könnte? Keine Ahnung. Sie haben es mir dann erklärt, und wenn ich es richtig verstanden habe, ist das das Rohmaterial für Krabbenbrot. Dieser Chip wird in heißes Fett geschmissen und explodiert dann quasi zu Krabbenbrot, ähnlich wie auch Popcorn massiv an Volumen gewinnt. Wieder was dazugelernt. Außerdem streiken morgen und übermorgen wieder die Busfahrer, dann muss ich wohl laufen. Allerdings meinten meine Kolleginnen, dass übermorgen wohl ein Aprilscherz sein könnte, denn es hat noch nie einen Streik gegeben, der zwei Tage hintereinander lief, das kann also nur ein Aprilscherz sein!?! So, ich höre dann mal auf, ein paar Anekdoten müssen ja noch für den Rest der Woche bleiben, außerdem habe ich Hunger und muss daher heim. Es gibt hier auf dem Flur nämlich einen Automaten, der kostenlos Wasser und Tee ausspuckt, einen Automaten für ca. 30 verschiedene Sorten Kaffee und Tee, beides warm und kalt, und einen Automaten für sonstige Getränke, also Saft, Sojadrinks, Milch und so was. Was es nicht gibt, ist ein Automat, der was essbares enthält, weder Süßigkeiten noch Sandwiches noch sonstwas. Ich könnte ja mal einen Verbesserungsvorschlag einreichen … Bis dann.

Hallo zusammen, heute nur ganz kurz, ich muss los zur Kirschblütenparty mit meinen Kollegen. Es gibt auch sowieso nichts Neues, ich habe einen Haufen Arbeit, macht aber Spaß, und heute haben wir draußen unter den Kirschbäumen Mittag gegessen.
Die heutige Vokabelratestunde: namakemono. Ein Tipp: manchmal bin ich's, manchmal nicht. Manchmal hat es entfernt was mit Otto Waalkes zu tun. In Deutschland gibt's das eigentlich nicht, und das deutsche Wort hat 8 Buchstaben, egal, welche Übersetzung man nimmt (2 Übersetzungen sind möglich). Sachdienliche Hinweise an die übliche Adresse. Zu gewinnen gibt's nichts außer die Genugtuung, richtig geraten zu haben. Ich wünsche Euch ein schönes Wochenende, bis dann.

Hallo zusammen, es ist Montag, Zeit für eine neue Ausgabe der Tokyonews. Am Donnerstag konnte ich ja nicht mehr schreiben, weil ich kurzfristig zur Kirschblütenparty musste. Die war allerdings „nur" hier auf dem Firmengelände, und nur für die Firmenangehörigen, aber lustig war es trotzdem. Die ganze Abteilung saß im Kreis auf einer blauen Plastikfolie, wer mitgedacht hat hatte noch einen Karton oder eine Decke dabei, damit es nicht ganz so kalt und hart war. Es gab Wein und Bier; für mich ist dann extra jemand losgelaufen um Cola zu holen, habe ich aber erst gemerkt als er wieder zurückkam. Nett. Das einzige Problem bestand darin, dass man sich das Essen nicht selber nimmt, sondern dass jemand den Teller für einen füllt. Und so hatte ich dann doch plötzlich ein Sushi dabei. Meine Kollegin hat mich dann beruhigt „No seafood, you can eat it", aber am Sushi ist es ja nicht nur das seafood, das ich nicht mag, sondern auch der dafür benutzte Reis samt Algen drumrum. Aber gut, da

> **Essen**
Kaiserpalast
Kaulquappen
Tokyo-Eki
Shibuya
Fahrschule

// 05042004.19.042

*

muss man dann halt durch, ich habe ja Cola zum Runterspülen. Und es hat erstaunlich gut geschmeckt. Nicht gut wie in „gut würde ich gerne mehr von essen", eher wie in „gut kann ich
ohne großen Ekel runterschlucken aber dann reicht's auch", aber immerhin. Das Ding ist mir
allerdings beim Essen auseinandergefallen, und plötzlich lag da ein rot-weißes Stöckchen auf
meinem Teller. Krebsfleisch, wurde ich dann gleich informiert. Krebsfleisch zählt also nicht zu
seafood, gut zu wissen. Aber was soll's, probieren kann man es ja mal. Und hey, das war so
richtig gut, so wie in „gebt mir mehr davon". Werde ich mir für den nächsten Betriebsausflug
merken. Die eigentlich interessanten Beobachtungen des Abends waren aber eher gruppen-
dynamischer Natur. Zuerst war nur unser Team da, dann kam der Projektleiter dazu (also der,
der unserem Team und noch zwei anderen Teams übergeordnet ist), und der wurde schon
mit entsprechenden Verbeugungen begrüßt. Japaner können sich nämlich auch im Sitzen
noch verbeugen. Später kam dann noch ein höherrangiger Mann, einer der drei Oberen, so
ganz verstanden habe ich das nicht, jedenfalls ein ziemlich Wichtiger, da war das Verbeugen
dann aber tief (im Schneidersitz mit der Nase an den Boden, selbst die älteren Mitarbeiter).
Und sofort wurde neues Essen organisiert, der kann ja keine Reste essen. Alle waren ganz aufgeregt und haben ihn aufmerksam umsorgt; aber auch er musste auf dem Boden sitzen. Freitag war nichts besonderes, arbeiten und fernsehen. Für's Wochenende war für Samstag
Regen und für Sonntag bewölkt angesagt.
Samstag früh war dann aber strahlender Sonnenschein, so dass wir doch kurzfristig unsere
Pläne in einen Park verlegt haben. Wir sind dann zum Kaiserpalast gefahren. Das Palastge-
lände an sich ist nur zwei Tage im Jahr geöffnet (am 1. Januar und am 23. Dezember, dem Ge-
burtstag des Kaisers), aber die äußeren Gärten kann man das ganze Jahr über besuchen. Da
gibt es außer Grünflächen und ein paar Bäumen noch ein paar alte Wachhäuschen, in denen
früher die Samurai die ankommenden Besucher gefilzt haben, ein Häuschen für die Teezere-
monie, eine potthässliche Musikhalle (mit Mosaik außendran, wirklich übel) und den Sockel
eines Turms, an dem sie jahrelang, wenn nicht jahrzehntelang gebaut haben, und als der
Turm dann endlich fertig war, ist er bloß 16 Jahre später abgebrannt und ist nie wieder aufgebaut worden. Teile der Gärten waren aber wirklich schön, zum Beispiel die Wiese mit Japanischer Iris, eine sehr schöne Blume, oder der Teich mit ganz vielen otamajakushi. Habe sogar
verstanden, als einer der Japaner zu seinem Sohn sagt: Guck mal, ganz viele Kaulquappen.
War also doch zu was gut. Insgesamt war es aber recht unspektakulär, zum mal durchlaufen
ganz nett, aber auf die Dauer etwas langweilig. Also sind wir wieder raus und Richtung Palast
gelaufen, in der Hoffnung, dass man von außen wenigstens etwas sieht. Den Menschenmassen nach zu urteilen hätte man das auch vermuten könne. War aber nichts.
Also sind wir zum Tokyo-Bahnhof, der da ganz in der Nähe ist. Soll sehr interessant sein, weil
die eine Seite auf alt gemacht ist, die andere Seite auf modern. Die Seite, auf der wir angekommen sind, war ganz nett, ein ganz breites rotes Backsteingebäude, kannten wir aber

schon von Fotos. Den Ausgang zur anderen Seite haben wir nicht gefunden. Hatten auch keine Lust, allzu lange zu suchen, wir werden schon noch mal da vorbeikommen. Auch hier gilt: Ausgang suchen ist nicht so wie am Erlanger Bahnhof den oberen oder den unteren Ausgang zu nehmen. Das Innenleben des Bahnhofs ist eine mehrstöckige Stadt für sich. Da kann man sich richtig übel drin verlaufen. Gut ist aber, wenn man sich verläuft: es gibt so viele Läden mit den unterschiedlichsten Essenssachen, verhungern wird man nicht.

Anschließend sind wir nach Shibuya gefahren, weil ich Büchernachschub brauchte und da der Laden mit der riesigen englischsprachigen Abteilung ist. Habe mich dann gleich mal für die nächsten paar Wochen eingedeckt (im Schnitt lese ich hier 1 bis 2 Bücher pro Woche); die nächste Mission ist, einen Secondhand-Buchladen ausfindig zu machen, um die ganzen Bücher wieder loszuwerden und günstigeren Nachschub zu kriegen. Andererseits sind hier englischsprachige Bücher auch nicht teurer als in Deutschland, so gesehen kann man sich nicht beschweren. Bloß mit zurücknehmen kann ich die ja eh nicht, das wäre dann doch etwas schwer.

Wir waren dann pünktlich zuhause, weil doch letzte Woche „mein" Fernseher den Geist aufgegeben hat und eine Kollegin mir angeboten hat, mir einen von ihren zu leihen. Den hat sie am Samstag Abend vorbeigebracht. Jetzt habe ich wieder einen funktionierenden Fernseher, sehr gut. Allerdings kann er kein Englisch - die Frage nach den englischen Filmen hat sich nämlich so aufgelöst, dass hier vieles in Zweikanalton ausgestrahlt wird und mein Fernseher zufällig auf englisch geschaltet war. Geht jetzt halt nicht mehr, jetzt geht nur noch japanisch, oje, ziemlich anstrengend.

Sonntag wollten wir eigentlich nach Kawasaki zu einem Tempelfest fahren. Haben aber beim Aufstehen gemerkt, dass es sehr, sehr bewölkt und ungemütlich ist, also sind wir liegengeblieben. Hat sich auch richtig gelohnt, denn eine Stunde später gab es dann ein richtig schönes Erdbeben, das hätten wir ja verpasst, wenn wir im Zug gewesen wären. Jedenfalls hat das ganze Zimmer gewackelt, aber es hatte einen gewissen Rhythmus, wirklich lustig. Und da ich ja keine Regale habe kann auch nichts runterfallen, also kann man das ganz in Ruhe genießen. Hat aber bloß ungefähr eine Minute gedauert (oder nach einer Minute bin ich wieder eingeschlafen, keine Ahnung). Naja, und mit dem Wetter hatten wir auch Recht, es hat den ganzen Tag geschüttet wie aus Eimern, da wäre Tempelfest und Freilichtmuseum wohl wirklich keine gute Wahl gewesen. Das war's auch schon für dieses Wochenende, denn am Sonntag haben wir ja nichts erlebt. Das Fernsehprogramm war auch nicht so spannend, dass es erwähnenswert wäre.

Darum jetzt noch eine oder zwei kleine Beobachtungen aus dem täglichen Leben. Fahrschule heißt hier, dass man erst mal auf einem abgesperrten Parcours fährt; ist wohl auch für alle Seiten besser so. Mein Zug fährt jeden Morgen an so einem Fahrschulplatz vorbei. Da stehen dann jeden Morgen die Autos (alle gleiches Modell, gleiche Farbe) teilweise dekorativ auf dem Platz aufgestellt, z.B. pfeilförmig nebeneinander oder leicht versetzt hintereinander wie beim Autorennen, teilweise in einer Reihe bei den Putzgelegenheiten. Und die Fahrlehrer schwingen fleißig den Staubsauger, klopfen die Fußmatten aus oder putzen das Auto mit dem Schwamm ... das Alles in Anzug und Krawatte. Auf einem anderen Übungsplatz haben sie Autos in zwei verschiedenen Farben, die werden dann in Mustern aufgestellt. Sieht schon nett aus, aber andererseits lobe ich mir da doch meine Fahrschule, mit zwei Fahrlehrern und zwei Autos, jeder kennt jeden, nicht so'n Massenbetrieb. Allgemein kann man wohl sagen, dass Japaner auf Uniformen stehen. So ziemlich jeder hat hier Berufskleidung, viele davon sehen aus wie Polizisten, obwohl sie in Wirklichkeit nur Aufpasser an einer Baustelle sind (wenn zwei Leute bauen, stehen mindestens 3 Uniformierte drumrum, um den Verkehr mit Leuchtstäben umzuleiten bzw. vor der Baustelle zu warnen) oder Einweiser für den Bus. Das war gleich am ersten Tag meine erstaunlichste Beobachtung: der Bus fuhr über seine Haltestellenmarkierung hinaus, um dann rückwärtsfahrend von einem uniformierten Mann mit Trillerpfeife eingewiesen zu werden. Eigentlich hatte er schon vorwärts die Haltestelle perfekt getroffen, aber dann hätte der andere ja nicht so schön schrill trillern können.

Am besten fand ich allerdings den „Straßenkehrer", halt jemand, der mit einem Greifarm und einem Müllbeutel bewaffnet den Bürgersteig sauber hält. Auch das in Anzug und Krawatte … und das war nicht vor irgendeinem Büro, wo der Angestellte mal eben den Eingangsbereich säubern musste. Außerdem haben sie hier eine sehr praktische Erfindung in Anwendung: den Kindersitz-Einkaufskorb, oder ist es doch ein Einkaufskorb-Kindersitz?

Jedenfalls kann man ja sagen, dass die Fahrrad-Kindersitze, die in Deutschland benutzt werden, nicht sonderlich praktisch sind, denn wenn man das Kind mal nicht dabei hat, kann man trotzdem nichts transportieren, der Platz auf dem Gepäckträger ist also verschenkt. Hier gibt es die Lösung zu diesem Problem: durch eine geschickte Anordnung von Gittern und Klemmen kann der Kindersitz ruckzuck zu einem Korb umfunktioniert werden. Wenn das nicht praktisch ist. Kind in die Krippe gebracht, einkaufen gegangen, Einkäufe in den schnell umgesteckten Korb gepackt und nach hause gefahren, und später das Kind mit dem gleichen Ding wieder abgeholt. Gut, für das Kind evtl. etwas unbequem, so ein Drahtkorb, aber dafür gibt's ja Kissen. Sollte mir so ein Ding mal über den Weg laufen wenn ich den Fotoapparat dabei habe, mache ich Euch ein Foto, denn es ist bestimmt schwer, sich das vorzustellen.

Neulich habe ich übrigens den Vogel in Sachen Schusseligkeit abgeschossen. Es hatte schon damit angefangen, dass ich den ganzen Vormittag irgendwelche Sachen habe fallenlassen, nichts Tragisches, ist alles heile geblieben. Und kurz vor'm Mittagessen habe ich dann meinen Bleistift fallenlassen, allerdings eher weggeschleudert, schwer zu beschreiben, er ist mir halt so aus der Hand geschnellt. Und das Seltsame ist: er ist bis heute nicht wieder aufgetaucht. Ich habe keine Ahnung, wo er hin ist, mein Schreibtisch ist ziemlich leer, da ist er nicht, der Fußboden ist ganz leer, da müsste er also auch zu sehen sein, und auf den Nachbarschreibtischen ist er auch nicht. Vielleicht ist er ja in eine Raum-Zeit-Falte gefallen und dient jetzt im 28. Jahrhundert als Relikt einer längst vergessenen Zivilisation, „Guck mal da, die haben wohl noch mit der Hand geschrieben", ich weiß es nicht. Vielleicht sollte ich bald mal Ersatzminen hinterherschicken, sonst haben sie bald ein Problem. Andererseits, Museumsstücke werden ja nicht mehr benutzt, dann brauchen sie auch keine Ersatzminen.

Diese Mail kriegt Ihr heute übrigens schon so früh, weil ich sie tagsüber schreiben konnte, während meine Simulationen laufen. Währenddessen kann ich eh nichts anderes machen, weil ich auf die Ergebnisse warten muss. Und damit kommen wir zu der Frage, was ich hier eigentlich tue. Das ist nicht so leicht zu erklären, vor allem, weil Ihr alle verschiedenes „Hintergrundwissen" habt. Ich erkläre es mal für die Nicht-Uni-Leute: ich programmiere, und es kommen schöne bunte Bilder dabei raus. So ungefähr. Die Grundlagen dafür sind ziemlich mathematisch, aber inzwischen geht es. Vieles davon ist so ähnlich wie das, was ich in der Uni gemacht habe, es gibt 'ne Menge Übertragungsfunktionen und so, aber teilweise ist es dann doch wieder ganz anders. Im Moment versuche ich, gewisse Optimierungen vorzunehmen, wobei so ein Programmdurchlauf dann schon mal 20 Minuten dauern kann. Und während der Zeit ist mein Rechner lahmgelegt, abgesehen vom E-Mail-Programm. Deshalb die frühe Mail. Ja dann, das reicht wohl für heute, zurück an die Arbeit mit Euch! Bis dann.

PS: Ich habe noch keine Rateversuche für manakemono, außer von Christian, und er hat's im ersten Anlauf erraten. Kann also so schwierig nicht sein ...

Hallo Ihr Alle, eigentlich gibt es heute gar nichts zu berichten, weil gestern nichts, aber auch gar nichts passiert ist. Das ist wohl das übliche Dienstags-Tief, nachdem die Montags-Mails immer so lang sind wegen der Wochenendberichte. Ich fang dann einfach mal an mit irgendwelchen Geschichtchen, der Rest ergibt sich dann.

Also: Sonntag Abend habe ich aus Mangel an Alternativen Jumanji geguckt ... auf Japanisch. Ist ja eh schon ein schlechter Film, aber wenn man kein Wort versteht wird er nicht unbedingt besser. Vielleicht sollte ich mir abgewöhnen, krampfhaft den Fernseher laufen zu lassen, wenn mir das Programm sowieso nicht gefällt ... Beim Durchzappen habe ich dann aber doch eine erwähnenswerte Sache gesehen. Gehört allerdings weniger in die „och wie interessant" als in die „och wie eklig"-Ecke. Da hat ein Koch einen lebenden Fisch geliefert bekommen, ungefähr 30 oder 40 cm lang. Den hat er dann auf sein Holzbrett gelegt, ihm die Schnauze abgehauen und dann an der Seite entlang quasi ein Fischfilet abgeschnitten, während das arme Viech noch gezappelt hat. Da fragt man sich dann schon ... Dass der Fisch hier frischer ist als bei uns wusste ich ja, aber so frisch? Dann würde ich keinen Fisch mehr essen, das ist ja echt fies. Und wo wäre das Problem, ihm wenigstens den ganzen Kopf abzuschlagen, das Fleisch wäre doch dann genauso frisch. Hat da irgendjemand 'ne Antwort drauf? Vielleicht gibt's ja einen Grund, den ich nur nicht sehe. Eine weitere Geschichte aus der ich-verstehe-den-Grund-nicht-Ecke ist schon vor einigen Wochen passiert. Nach einem durchschnittlich anstrengenden

Arbeitstag bin ich wie üblich mit dem Zug nach hause gefahren. Beim Aussteigen schieben sich dann die Menschenmassen am Bahnsteig entlang in Richtung Treppe und somit Ausgang. So auch an jenem Tag. Plötzlich kommt schräg hinter mir jemand angelaufen und tritt einen Mann, der schräg vor mir läuft. Ich hab's erst nicht richtig gesehen und habe gedacht, er hätte vielleicht die Zugtür getreten (warum auch immer jemand eine offene Zugtür treten sollte). Aber der andere Mann hat sich umgedreht, in dem Moment hat der erste ihn richtig eingeholt und schlägt ihm mit voller Wucht die Faust ins Gesicht, so dass dessen Brille runterfällt und über den Bahnsteig schlittert.

Beide schreien irgendwas (dazu reicht mein Japanisch noch nicht), eine Frau hebt die Brille auf und gibt sie dem Mann zurück, und beide gehen völlig ruhig und normal weiter in Richtung Ausgang. Dazu ist zu sagen, dass es sich um zwei erwachsene Männer in Anzug und Krawatte handelte, nicht um übermütige Halbstarke. Mir fällt aber beim besten Willen nichts ein, warum der den anderen so hätte schlagen sollen. Der einzige halbwegs plausible Grund wäre gewesen, wenn der ihm zum Beispiel irgendwas geklaut hätte oder so. Aber dann wären sie ja nicht einfach so weitergegangen. Ich habe die Geschichte meiner Kollegin erzählt, weil ich dachte, dass Japaner da vielleicht mehr Einsicht haben, aber auch sie war völlig erstaunt und konnte es sich nicht erklären, so was hätte sie noch nie erlebt.

Außerdem habe ich jetzt einen japanischen Namen. Genau genommen eine japanische Schreibweise und die Bedeutung dazu. Da zumindest die traditionellen japanischen Namen alle eine Bedeutung haben (traditionell im Gegensatz zu Neueinführungen wie z.B. Monika, Erika und Anna, also doch so ziemlich alle Namen), waren meine „Weiber" etwas entsetzt, dass Vornamen bei uns nur eine sehr versteckte Bedeutung haben, die man extra in Büchern nachschlagen muss. Also hat die eine kurzerhand ausfindig gemacht, was die einzelnen Silben meines Namens bedeuten können (ein und dieselbe Aussprache kann viele verschiedene Bedeutungen haben), und mir daraus einen Namen gebastelt. Dafür hat sie natürlich die Silben so genommen, wie sie meinen Namen aussprechen, was sich nicht unbedingt mit der tatsächlichen Aussprache deckt, aber das ist der Name, den sie mir sozusagen zugewiesen haben, und damit ist das ok so.

Aussprechen tun sie im Prinzip shi ru ku. Dabei bedeutet shi entweder Gedicht oder Wissen, ru bedeutet festhalten/behalten, ku bedeutet lange Zeit. Hätte man statt ku ke genommen, wäre das der Geist. In jedem Fall eine recht schöne Bedeutung. Ist natürlich beabsichtigt, denn bei der ganzen Vieldeutigkeit hätte man auch etwas in der Art „Verlierer-der-planlos-durchs-Leben-irrt" basteln können, zum Beispiel, aber so ist das ja nicht gedacht. Man soll ja mit einer positiven Grundeinstellung an die Sache rangehen.

Gestern und heute habe ich versucht, meinen Japanerinnen den Unterschied zwischen ü und ö beizubringen. Aber sie hören ihn wohl nicht und können ihn daher schlecht nachahmen. Alles klingt wie ü (und das war schon schwierig genug hinzukriegen). Hat vielleicht jemand einen Tipp? Gestern hat der neue Deutsch-Anfänger-Kurs im Radio angefangen. Der erste Dialog ist:

:: Tor! Tor! Tor!
:: Ja, das ist Fußball. Fußball in Deutschland.
:: Ja, noch ein Tor! (oder so ähnlich).
Der zweite Dialog ist
:: Das ist Oliver Kahn. Oliver ist Torhüter.
:: ...

Und so ungefähr geht das weiter. Das Wichtigste zuerst halt. Wohingegen unser Japanischkurs gleich im ersten Dialog das Wort für Rechtsanwalt hatte, im zweiten dann Sekretärin. So ist das hier, die Männer sind Rechtsanwalt und die Frauen Sekretärin, und in Deutschland mögen alle Fußball. Schlimm ist, dass beides fast wahr ist. Natürlich nicht 100%, aber tendenziell. Frauen haben hier nämlich noch mehr Probleme, einen gleichwertigen Job zu kriegen wie Männer, als bei uns. Selbst gut ausgebildete Frauen mit Diplom werden oft nur als Empfangsdame eingestellt, weil sie ja sowieso bald heiraten und Kinder kriegen. Eine Kollegin hat mir erzählt, dass ein Hauptgrund, warum sie hier ist, der ist, dass diese Firma eine der ganz wenigen ist, die überhaupt Ingenieurinnen einstellt. Die meisten anderen nehmen nur Männer. Bei so was kriege ich dann schon ein leichtes Wutgrummeln im Magen (oder ist es Hunger?). Außerdem habe ich gestern in der Japan Times gelesen, dass es jetzt eine Webpage gibt, auf der Japaner Ausländer verpfeifen sollen, die irgendwas angestellt haben, zum Beispiel hier zu bleiben obwohl das Visum abgelaufen ist. Es gibt eine Liste mit Kritikpunkten zum Ankreuzen, und der „Ankläger" bleibt absolut anonym. Tolle Methode. Besonders, wenn man sich die „Anklagepunkte" mal ansieht. Ich habe versucht, sie für Euch ins Deutsche zu übersetzen. Dann also los:

:: man darf den Kriminellen nicht der Justiz entkommen lassen
:: Störungen der Nachbarschaft
:: Abscheu/Angst
:: persönliche Interessen in Gefahr
:: Polizei hat sich noch nicht drum gekümmert
:: habe Schaden erlitten
:: Sympathie/Mitgefühl
:: man darf den Arbeitgeber bzw. die Firma nicht der Justiz entkommen lassen
:: man darf den Arbeitsvermittler nicht der Justiz entkommen lassen
:: wurde wegen dem „Angeklagten" gefeuert
:: konnte wegen dem „Angeklagten" keine Arbeit finden
:: etwas anderes
:: unklar

Das bedeutet also, dass jeder, völlig anonym, jeden Ausländer dort melden kann, selbst ohne jeden Grund (oder den tollen Grund, ihn aus Mitgefühl in seine Heimat zurückschicken zu wollen), so dass dieser von den Behörden/der Polizei (?) überprüft wird. Das ist eine ganz offizielle Seite von irgendeinem Ministerium, und als ich das gelesen habe wollte ich eigentlich schon sofort wieder hier weg. Wer kommt denn auf so was? Wenn es ja wenigstens echte Vorwürfe wären, aber „Abscheu" oder „unklar" ist wohl kaum ein Vorwurf. „Hey Du, ich zeige Dich an, warum ist mir unklar, aber ich melde Dich trotzdem mal!" Haha.

Oder „Ich ekle mich vor Dir, das melde ich doch gleich mal den Behörden. Aber meinen Namen nenne ich denen nicht." Da frage ich mich dann, ob sich meine Nachbarn vielleicht auch vor mir ekeln (oder vielleicht wegen mir keinen Job finden???) und ich schon auf der Beobachtungsliste dieses Ministeriums stehe. Falls ich mich also nicht mehr melden sollte, fragt mal beim Ministerium nach, ob sie mich wegen „etwas anderem" oder „unklar" verhaftet haben … oder vielleicht aus Mitgefühl?!?

So denn, ich werde mich dann möglichst unauffällig nach hause begeben, mich da ganz unauffällig in meine Wohnung schleichen (nicht, dass ich noch die Nachbarschaft störe) und ganz leise Fernsehen gucken. Oder zählt Fernsehen zu „unklar"? Ich find's lustig, manche Sachen sind einfach so unglaublich blöd und absurd dass man drüber lachen muss. Tschüss bis zum nächsten Mal.

PS: Immer noch keine Rateversuche für manakemono, so schwierig ist es doch nicht, strengt Euch an, oder, wie der Japaner sagen würde „Ganbatte!"

Hallo miteinander, die folgende Geschichte erzähle ich Euch auf die Gefahr hin, dass mich einige anschließend für blöd halten, aber es ist das einzig Interessante, was passiert ist.

Meine gestrige Mission (selbstauferlegt): Ostereier färben. Von Ostern kriegt man hier nämlich gar nichts mit, weil die das ja nicht feiern. Ich war dann ziemlich überrascht, dass dieses Wochenende schon Ostern ist, und Ostern ohne Eier geht nicht, habe ich mir gedacht. Ich finde es zwar auch ganz angenehm, im Supermarkt nicht wochenlang von Hasen und Küken angegrinst zu werden (zum Glück gibt es keine Osterlieder!), aber ein bisschen was muss schon sein. Außerdem hätten sich meine Kollegen bestimmt gefreut, wenn ich ihnen ein paar Ostereier mitgebracht hätte. Es ist hier nämlich Sitte, dass jemand, der über's Wochenende wegfährt, den anderen ein kleines Andenken in Form von Süßigkeiten oder anderen essbaren Sachen mitbringt. So trägt jeder mal was bei, und Ostereier wären so schön gewesen. (Anm.: Dass sie Ostern nicht feiern heißt nicht, dass sie irgendeine Abneigung gegen Ostern haben, hier ist nur Religion nicht so wie bei uns, man gehört nicht einer Kirche an und das war's, die nehmen von verschiedenen Religionen jeweils das, was ihnen je nach Anlass und Laune am besten gefällt.)

Der Haken an der Sache: es gibt hier nicht einen Schokohasen, nicht ein Osternest, keine Schokoladeneier oder ähnliches, und daher auch keine Eierfarbe. Nicht 'mal in der superteuren Importabteilung. Also zurück zu den Ursprüngen, Naturfarben geplant. Die Theorie klingt ganz einfach: Zwiebelschalen für gelbe Eier, Spinat für grüne, Rote Bete für rote. Also nach der Arbeit auf in den Supermarkt, und zwar in den extragroßen-extrateuren, weil es in dem Normalen kaum Frischgemüse und gar kein Konservengemüse gibt. Dass ich hier keine Rote Bete finde hatte ich schon befürchtet, aber vielleicht gibt es ja ähnliche Alternativen. Dem ist nicht so. Also gut, Zwiebeln habe ich schon mal gesehen, die gibt's also, was kosten die? Drei Stück für zwei Euro, ist zwar etwas teuer, aber man gönnt sich ja sonst nichts. Dann die Ernüchterung: die sind schon so gut wie geschält. Lohnt sich also nicht. Spinat war auch nirgendwo zu finden, in keinerlei Aggregatzustand. Also habe ich mir gedacht, was soll's, schlage ich sie halt mit ihren eigenen Waffen. Und was ist grüner als Seetang? Also habe ich eine Packung Eier und eine Packung Seegrasmatsch gekauft und mich zuhause an den Herd gestellt. Bis auf zwei Eier sind zwar alle aufgeplatzt (wie schmeckt das dann, wenn man es in Seegras gebadet hat???), aber von Kleinigkeiten lassen wir uns doch nicht unterkriegen! Also das Seegras mit ein bisschen Wasser in den Topf gepackt und los. Mit steigender Temperatur stieg leider auch das Gestanksniveau, es roch so wie am Meer, wenn es stinkt (? Ihr wisst, was ich meine, oder?). Aber egal, ich will grüne Eier! Man muss halt manchmal Opfer bringen. Irgendwann war mir von dem Geruch tierisch schlecht (irgendwann heißt in dem Fall nach ca. 3 Minuten), aber selbst das sofortige Aufreißen der Balkontür hat den Gestank nicht mehr rausgebracht. Ich habe dann die einzigen zwei heilen Eier in die Pampe gelegt, in der Hoffnung, dass sie wenigstens grün werden, damit sich das ganze gelohnt hat. Der einzige Effekt: sie sind auch noch aufgeplatzt und schmecken jetzt wahrscheinlich nach Seegras. Aufgrund der völlig aussichtslosen Situation erfolgte an der Stelle der Abbruch des Experiments. Das Seegras wurde in mehrere Plastikbeutel gepackt (es war schon zu spät, um sie noch runterzubringen), und die Balkontür blieb noch eine halbe Stunde offen. Aber auch das hat den Geruch nicht restlos entfernt.

Jetzt stehe ich ziemlich blöd da, mit 8 weißen kaputten Eiern und zwei auch kaputten Eiern, die wahrscheinlich ungenießbar sind, sowie der Befürchtung, dass der gesamte Inhalt meines Kleiderschranks nach Seegras stinkt. Schön blöd. ICH WOLLTE DOCH NUR OSTEREIER!!! Ist offensichtlich zu viel verlangt in diesem Land, in dem es eigentlich alles gibt, zumindest wenn man bereit ist, genug zu investieren. So werde ich also am Montag ganz normal ins Büro trotten, während Ihr alle frei habt und Euch Eure bunten Eier schmecken lasst ;-(Aber bevor irgendjemand für Weihnachten die Flucht nach Japan plant, das könnt Ihr Euch schenken, Weihnachten ist kitschig genug, dass sie es hier auch feiern. Irgendwie. Zumindest mit Lichtern und geschmückten Bäumen und Weihnachtsliedern. Angeblich. Ansonsten versuche ich gerade, japanische Schrift auf meinem Rechner zu installieren, weil

ich doch für meine Japanerinnen inzwischen Hausaufgaben anfertige (auf ihren eigenen Wunsch hin, damit sie nicht so faul sein können), und da wäre es schön, zwischendurch mal das eine oder andere Wort auf japanisch aufschreiben zu können. Ist jedenfalls gar nicht so einfach, wenn der Rechner komplett auf englisch installiert ist. Da muss man dann mehrere Installationsfiles in der richtigen Reihenfolge runterladen und installieren, aber alles schön der Reihe nach, nur keine voreiligen Versuche („Wie, Sie wollen File xy.exe runterladen und haben yx.exe noch nicht installiert? So geht das aber nicht, folgen Sie erst mal diesem Link, laden Sie yx.exe runter und installieren Sie es, und dann dürfen Sie wieder hierher kommen!"). Warum einfach, wenn es auch kompliziert geht … Aber ich habe ja Zeit. Meine Simulationen brauchen eh so lange, da kommt es auf ein paar Minuten (Stunden? Wir werden sehen.) Installationszeit auch nicht an.

<Eine Stunde später> OK, ich geb's auf. Es ist zum Mäusemelken, ich habe so ziemlich alles installiert was es da zu installieren gibt, aber irgendwas fehlt wohl immer noch. Werde morgen mal meine Kollegen um Hilfe bitten, vielleicht haben die noch ne Idee, vielleicht bin ich einfach zu blöd, das anzuwenden. Heute mag ich nicht mehr, ich kann's nicht mehr sehen.

Damit werde ich diesen Newsletter auch beenden, es können ja nicht immer zwei Seiten sein. Seht es positiv: ich schenke Euch Freizeit. Bis demnächst dann, Tschüss.

PS: Achtung! Ein aufmerksamer Leser hat festgestellt, dass ich mir meiner Sprachkenntnisse offenbar nicht sicher genug bin: im ersten Anlauf hatte ich's noch richtig, namakemono, in den Erinnerungs-PS habe ich einen Buchstabendreher drin, und zwar auch noch ausgerechnet den Anfangsbuchstaben. Das erschwert natürlich die Suche in Online-Wörterbüchern u.ä. extrem. Tschuldigung!

日 08	月 04	年 2004	番号 22
TAG	MONAT	JAHR	NR.

Hallo erstmal, heute gibt's nur ganz kurze News, weil ich pünktlich hier weg muss. Wenn alles gut geht werde ich nämlich heute zum ersten Mal hier Indiaca spielen. Wenn alles gut geht heißt wenn ich den Weg finde. Theoretisch dürfte das kein allzu großes Problem sein, aber praktisch weiß man hier nie so ganz. Heute morgen habe ich meinen Rechner hochgefahren und einfach mal probehalber ein wenig in Word rumgeklickt, und was soll ich sagen, es funktioniert! Ich kann also jetzt problemlos japanische Texte schreiben. Haha. Für jedes Wort, das ich vokabelmäßig schon kenne, gibt es leider vieeeeele verschiedene Kanji (chin. Schriftzeichen), die dann auch unterschiedliche Bedeutungen haben. Super. Aber gut, ich habe ja ein Kanji-Lexikon. Dann muss ich ja nur schnell nachschlagen, welches der 15 Zeichen das Richtige ist … Ansonsten gibt es auch nicht viel zu erzählen; arbeiten, essen, lesen, schlafen und wieder von vorne. Gut, dass es Wochenenden gibt, sonst hätte ich wohl nicht so viel zu erzählen. Außerdem habe ich noch Tipps gekriegt, wie ich doch noch an meine Ostereier komme, mal sehen, ob ich die Zeit dazu finde. Ja dann, wahrscheinlich bis Montag, denn morgen ist ja schon wieder Freitag. Macht Euch ein schönes Wochenende, ich tu's auch, bis dann.

Hallo zusammen, gestern war ich tatsächlich beim Indiaca. Man kann nicht behaupten, dass „alles gut gegangen" ist, denn ich bin doch am Zielbahnhof tatsächlich 'ne halbe Stunde rumgeirrt, bis ich den Bus gefunden habe. Das war nämlich kein normaler Bus, sondern ein Muh-Bus. So heißen hier offensichtlich die Kleinbusse, in die so ca. 20 Leute reinpassen.
Laut meinem Plan musste ich zu Bushaltestelle Nr. 20, die gab es aber nirgends. Also bin ich erst mal ein bisschen hin- und hergelaufen, um sie vielleicht doch noch zu finden, aber da war nichts. Irgendwann wollte ich's dann aufgeben, da kam zufällig gerade ein kleiner Bus angefahren. Also habe ich den Fahrer gefragt, welcher Bus zu der Haltestelle fährt, zu der ich musste. Er hat mir dann gleich in fließendem Japanisch zu verstehen gegeben, dass das sehr wohl sein Bus ist („blablabla keine Ahnung ikimasu yoh"), dass die Haltestelle aber 10 m weiter ist und ich da einsteigen müsste (wo er stand war wohl nur zum Aussteigen und für ihn zum Überbrücken der 10 Minuten bis zu seiner Abfahrtszeit). Also habe ich mich brav in die Warteschlange 10 m weiter eingereiht. Als ich dann eingestiegen bin, ist er auch gleich aufgesprungen, hat dabei 2 andere Fahrgäste umgerempelt (macht ja nichts, der Fahrer ist König, solange er einen armen hilflosen Ausländer bedient), und mir auf einem Plan gezeigt, welches meine Haltestelle ist. Und in dem Moment wurde mir auch das System klar. Haltestelle Nr. 20 heißt nicht, dass die Haltestelle so heißt (deshalb habe ich wohl auch nirgends eine 20 angeschlagen gesehen), so heißt sie nur für diese Buslinie. Und die nächste Haltestelle, die er anfährt, ist die 21 usw.. Gut zu wissen. Habe es dann auch tatsächlich geschafft, pünktlich auf den ich-möchte-an-der-nächsten-Haltestelle-aussteigen-Knopf zu drücken (Zahlen verstehe ich nämlich inzwischen recht gut), nur das Aussteigen war dann ein Kraftakt, weil auch bei diesen Bussen das einer-geht-noch-rein-Prinzip gilt und alle anderen wohl erst nach mir aussteigen wollten.
Aber der Fahrer hat die Türen lange genug offen gelassen, damit ich mich rausmogeln konnte, um mich dann mitten in einem Wohngebiet einsam und verlassen vorzufinden. War es wirklich die richtige Haltestelle? Wo ist das Gemeindezentrum? Keine Panik, kann so verkehrt nicht sein, sonst hätte er mich bestimmt zurückgepfiffen. Also um die nächste Straßenecke gebogen, und tatsächlich, ein beleuchtetes Gebäude. Einfach mal rein, rausschmeißen können sie mich immer noch. An der Wand hing ein Wochenplan (auch die Kanji für die Wochentage erkenne ich langsam), und für Donnerstag stand da Indiaca angeschlagen (gut, dass ich Katakana gelernt habe ...). Das hat mich dann dazu

veranlasst, mutig durch die nächste Glastür zu gehen, um einen fragenden Blick ins Foyer zu werfen. Kurz rechts um die Ecke gelugt, schon schrie mich jemand an „Ah, Silke-san, come here, ich freue mich, sie kennen zu lernen". Und im nächsten Moment waren 5 Leute um mich rum, die mich alle gleichzeitig mit Fragen bombardiert haben (auf Japanisch, -> nichts verstanden), wir haben uns dann gemeinsam langsam wieder abreagiert (oh, ein Ausländer, wie aufregend!), bis wieder „normale" Konversation, d.h. halb übelstes Englisch, halb übelstes Japanisch, möglich war.

Der Chef, mit dem ich schon länger Emails geschrieben habe wegen Ort und Zeit und überhaupt, hat mich dann erst mal vorgestellt, warum ich in Japan bin und so. Dann hat er mir die Namen der anderen präsentiert, ich habe nicht einen davon behalten. War ja klar. Dann hat er mir erzählt, dass sie am Sonntag gegen eine andere Mannschaft spielen, ob ich nicht auch kommen möchte. Ich erst mal zögernd „vielleicht", weniger aus dem Gedanken, mir erst das Niveau angucken zu wollen, als vielmehr wegen „am Wochenende Indiaca statt Sightseeing?". Er hat aber wohl gedacht, mir geht's um das erst mal Kennenlernen, drum haben wir dann mal angefangen zu spielen (außerdem waren inzwischen auch die Nachzügler eingetrudelt, so dass wir insgesamt 4 Männer und 6 Frauen waren. Zwei davon ungefähr in meinem Alter, der Rest schätzungsweise 50+). Vom Niveau her hat es ziemlich gut gepasst, ich hatte nur leichte Probleme damit, dass das Netz bloß 1,85 m hoch war (für die Nicht-Indiaca-Leute: wir spielen normalerweise auf ca. 2,35 m). Eigentlich sollte man ja meinen, dass das zumindest für den Angriff gut ist, aber dazu konnte ich mich nicht so schnell umstellen. Und beim Blocken sind mir einige Bälle einfach zwischen den Unterarmen durch, weil ich aus Gewohnheit ein bisschen hochgesprungen bin. Aber ansonsten hat es ganz gut geklappt, einige Bälle habe ich verpeilt, weil man hier auch als hinterer Spieler angreifen darf, ich aber das Wort dafür nicht schnell genug gelernt habe und deshalb auch nicht angegriffen habe. Aber gut, auch das wird irgendwann.

Am Ende die Frage: „Und wo soll ich Dich am Sonntag abholen?" Moment, hatte ich jetzt doch schon zugesagt? Konnte mich zwar nicht daran erinnern, aber die waren so nett, dass ich spontan beschlossen habe, mitzugehen (und bevor Ihr Euch wieder Sorgen macht von wegen Christian kommt in meinen Mails gar nicht vor und so: er kommt am Sonntag auch mit). Außerdem habe ich seit gestern auf der Arbeit eine neue Aufgabe, und die ist echt zum Zähneausbeißen. Heute bin ich mitten in der Nacht wachgeworden und habe gemerkt, dass ich gerade im Schlaf dabei war, über Lösungsmöglichkeiten nachzudenken. Das ist dann schon ein wenig erschreckend.

Aber einen ersten klitzekleinen Ansatz habe ich inzwischen gefunden, und jetzt ist ja erst mal Wochenende. Wenn auch nicht so ein schön langes wie bei Euch. Die Tipps, wie ich doch noch Ostereier hinbekomme, habe ich dankbar zur Kenntnis genommen, und dieses Wochenende wird zeigen, welche davon ich in die Tat umsetzen werde. Darum verabschiede ich mich jetzt auch langsam, werde mich wahrscheinlich am Montag wieder melden (wenn ich keine Osterei-Na-turfarben-Lebensmittelvergiftung habe). Bis dann.

Hallo, na, genießt Ihr Euren Feiertag? Schön für Euch. Meine Ostereier waren ein voller Erfolg. Hatte zwar nur gelbe und blau-graue (Kamillentee und Traubensaft), aber da einige zweifarbig waren und der Rest mit Aufklebern beklebt hat das wohl gereicht. Musste sofort einen Haufen Fragen über mich ergehen lassen, wie man das macht und warum. Dabei habe ich extra vorher eine Email geschrieben, was Ostern ist und warum wir da Eier essen … Jedenfalls waren sie begeistert wie kleine Kinder, bunte Eier waren wohl neu („first time eat Easter-egg" war ein vielgehörter Satz). Schade war nur, dass die Eier innerhalb von ca. 20 Sekunden verteilt bzw. abgeholt waren.

Dabei hatte ich mir solche Mühe gegeben, habe extra noch grünes Papier durch den Schredder ge-jagt, um Ostergras zu haben, und kaum geht die Kunde von bunten Eiern rum, kommen alle wie die Motten ans Licht und - zack - ist das Nest leer. Nest heißt in diesem Fall die Eierpackung, die hier nicht aus umweltfreundlicher Recycling-Pappe besteht wie bei uns, sondern aus durchsichtigem Plastik, mit besagtem Ostergras. Es sah so schön aus … für ungefähr 30 Sekunden. Immerhin habe ich auch noch eins abgekriegt, soviel zu meinem Ostereikonsum für dieses Jahr. Über Samstag gibt es nicht so viel zu berichten, wir haben verschlafen und hatten daher nicht so viel Zeit für Sightseeing wie ei-gentlich gedacht. Zuerst sind wir in die Ginza gefahren (Ihr erinnert Euch: Haupteinkaufsgebiet, aber nicht für uns, weil hauptsächlich Designerklamotten), weil da eine Typographie-Ausstellung war. Lei-der hatten wir keine genaue Adresse, weil es in Tokyo ja kaum Straßennamen gibt. Wir wussten also nur den Block, der aber ziemlich groß war. Also haben wir beschlossen, das Polizeihäuschen zu su-chen, weil doch die Polizisten hier die Auskunft sind, wenn man eine Adresse sucht.

Naja, beide auf dem Plan eingezeichneten Häuschen existierten nicht mehr. Also haben wir angefan-gen, den Block in Schlangenlinien abzulaufen, und ca. nach der Hälfte haben wir die Galerie dann auch gefunden. Angenehme Überraschung: Eintritt frei. Wie erwartet hat die Ausstellung Christian etwas besser gefallen als mir, aber interessant war es schon. Nur manche Sachen sind etwas zu selt-sam. Gut gefallen hat mir aber eine Animation zum Lernen der Schriftzeichen (warum hatte ich so was nicht, als ich sie lernen musste, es wäre so viel leichter gewesen); da hat jemand für jede Silbe des Alphabets eine Animation gemacht, in der das entsprechende Zeichen mit dem zugehörigen Laut eine irgendwie mit dem Laut in Verbindung stehende Sache gemacht hat. Zum Beispiel ist bei der Silbe „ma" ein großes Zeichen über den Bildschirm gelaufen, gefolgt von einem kleinen Zeichen, das „mama, mama" gerufen hat. Und so weiter. Anschließend haben wir gedacht, wenn wir schon mal hier sind, laufen wir doch zum Meer. Ist ja ganz in der Nähe. Haben wir gedacht. War es auch. Bloß leider in der Gegend wo wir waren durch einen Hafen oder durch einen sündhaft teuren Park abgetrennt. War also nichts. So haben wir aber zufällig noch den großen Fischmarkt gefunden, wo man angeblich unbedingt mal hingehen muss.

Da wissen wir jetzt, wo wir hinmüssen, wenn wir uns Sonntags mal aufraffen können, um 4h aufzustehen ... haha. Wir sind aber trotzdem ein Stück parallel zum Meer gelaufen, irgendwas muss man ja mit seiner Zeit anfangen. Dabei haben wir dann wenigsten eine Brücke gefunden, die über einen Fluss (oder Kanal? Keine Ahnung.) führte. So haben wir dann doch noch Wasser gesehen, wenn auch nicht das offene Meer.

Erwähnenswert ist auch noch, dass mich irgendwann so der Hunger geplagt hat, dass wir beschlossen haben, in den nächsten Curry-Laden zu gehen. Es war aber keiner in Sicht, also habe ich mir in einem Supermarkt ein Sandwich gekauft. Allerdings habe ich das dann erst noch eine Weile mit mir rumgetragen, weil ich ja lieber Curry gegessen hätte. Irgendwann wurde es mir aber zu blöd, und ich habe angefangen zu essen. Und ich denke noch so zu mir: „Wenn ich jetzt das Essen anfange, finden wir bestimmt 100 m später einen Curryladen." Und was soll ich sagen, es hat nicht mal 100 m gedauert, gleich 5 m um die nächste Ecke war einer. Da hatte ich das erste Sandwich aber schon auf, somit hat sich Essengehen dann nicht mehr gelohnt. Abends sind wir noch nach Shinjuku gefahren, unsere Standardlösung um Abends Zeit totzuschlagen. Da sind wir wieder einfach ein bisschen durch die Straßen gelaufen, und ich bin doch noch zu meinem Curry gekommen.

Sonntag sollte ich ja Indiaca spielen. Die Aussage war: wir spielen gegen ein anderes Team. Naja, im Auto kam dann die Frage, ob wir denn unser Mittagessen dabeihätten. Bitte? Wenn man um 9h morgens anfängt zu spielen, wie lange soll das dann dauern? Wir haben dann unterwegs noch schnell Kekse u.ä. gekauft, und das war auch gut so, denn das „wir spielen gegen ein anderes Team" hat sich als komplettes Turnier erwiesen. So waren wir dann bis 16h in der Sporthalle, aber es war spaßig und wir haben fast nur verloren, insgesamt sind wir in unserer Fünfer-Gruppe auf dem vorletzten Platz gelandet (da fühlt man sich gleich wie zuhause), hatten aber Spaß. Erwähnenswert ist noch, dass hier bei einem Turnier von einem Teil von Tokyo mehr Mannschaften teilnehmen als bei einem fränkischen Turnier. Gestern waren ca. 30 Mannschaften da, ist schon eine Leistung.

Etwas peinlich war die Turniereröffnung, denn alle Teams sitzen in Reihen in der Halle (Mitglieder eines Teams hintereinander, die Teams nebeneinander) und vorne erzählt jemand was. Irgendwann habe ich dann das Wort doitsu (Deutschland oder deutsch) rausgehört. Habe mich dann etwas kleiner gemacht, in der Hoffnung, dass mich niemand sieht, wurde dann aber irgendwann von einem Mitspieler darauf hingewiesen, dass jetzt der Zeitpunkt gekommen sei, an dem ich aufstehen soll. Muss das sein? Also gut, aufstehen und brav in alle Richtungen verbeugt (garantiert mit hochrotem Kopf), und ganz schnell wieder hinsetzen. Dann kam aber mein persönliches Highlight des Tages: gemeinsames Aufwärmen. Alle stehen auf, und vorne steht eine Reihe von Vorturnern. Dann wird klassische Musik eingespielt, und alle machen im Rhythmus die Übungen. Sehr ulkig. Die Japaner kennen die Reihenfolge wohl zum Groß-teil schon auswendig, die haben meist gar nicht mehr auf die Vorturner geguckt, ich musste aber. Christian meinte hinterher, ich sei wohl immer zwei Sekunden hinterher gewesen, aber ich finde, ich habe mich ganz tapfer geschlagen (dafür, dass ich einen Großteil meiner Konzentration darauf ver-wenden musste, einen Lachkrampf zu unterdrücken). Das Spielen an sich hat Spaß gemacht, sehr entspannt, das Netz bloß 2 m hoch, und keine Spieler, die sich gegenseitig blöd anmachen. Danach war ich aber nur noch platt, weil ich mich bloß um einen Satz drücken konnte, ansonsten haben sie drauf bestanden, dass ich mitspiele. So, das war's für heute, bin heute etwas schreibfaul, bis dann.

Ja, hallo erstmal, hey, ein Jubiläum, und ich habe eigentlich gar nichts zu erzählen. Ich hoffe, Ihr habt die Feiertage gut überstanden und hattet genauso schönes Wetter wie wir (Sonnenschein und ca. 20 Grad) ... Zu der Mail von gestern sind noch zwei Punkte zu ergänzen.

Erstens: am Sonntag beim Turnier ist es mir zum ersten Mal hier passiert, dass ich das Gefühl hatte, wirklich aufzufallen. Irgendwann bin ich nämlich aus der Halle raus Richtung Klo, und auf dem Flur waren zwei kleine Mädchen, die mich mit ganz großen Augen angeguckt haben. Sie sind mir dann bis zum Klo gefolgt, haben draußen gewartet und sind mir auf dem Rückweg zur Halle wieder hinterhergelaufen. Sehr seltsam.

Zweitens: die Angewohnheit des Schuheausziehens macht auch vor Sporthallen nicht halt. Erst mal muss man im Eingangsbereich seine Straßenschuhe ausziehen, bekommt dafür sogar eine Plastik-tüte, damit man sie mit sich rumtragen kann. In den Umkleiden, auf den Fluren und in der Halle gehen also nur Socken oder Hallenschuhe. Und das Allerschönste - ich kann meine Begeisterung kaum in Worte fassen - ist, dass man sogar in der Sporthalle extra Schuhe für's Klo hat. Das bedeutet: Sportschuhe ausziehen, in die bereitstehenden Schlappen schlüpfen, Klogang erledigen, Schlappen für den nächsten wieder ordentlich hinstellen, Sportschuhe wieder anziehen. Da überlegt man sich das doch gleich zweimal. Denn selbst Japaner tragen beim Sport keine Schlüpfschuhe, sondern Schuhe mit Schnürsenkeln. Ist also mit einem gewissen Zeitaufwand verbunden. Und außerdem nicht unbedingt hygienisch. Aber das hilft ja alles nichts, da muss man sich halt anpassen.

Meine Japanerinnen haben gestern beim Oster-Mittagessen gelernt, dass Ostern nicht der Geburts-tag von Jesus ist. Dafür wollten sie dann aber auch gleich wissen, wann denn immer Ostern ist, damit sie nächstes Jahr eine Gedenkstunde für meine Ostereier einlegen können. Ob das immer der zweite Sonntag im April ist. Dass dem nicht so ist wusste ich wohl, aber wie es wirklich festgelegt wird? Weiß es jemand von Euch? Erstaunlicherweise stand die Auflösung im Englisch-Japanischen Wörterbuch, das eine von denen dabei hatte. Dort war erklärt, dass es immer der Sonntag ist, der auf den ersten Vollmond nach dem 21. März folgt. Hmm, das klingt so kompliziert, dass es schon wieder wahr sein könnte. So kriege ich hier auch noch ein bisschen Allgemeinbildung ab, neben meiner sprachlichen und fachlichen Weiterbildung. Oft lernt man ja erst von anderen Kulturen etwas über seine eigene Kultur. Meine Zähneausbeißen-Aufgabe habe ich inzwischen fast gelöst, zumindest so weit, dass wir jetzt an die Rechnerkapazitäten bzw. an unsere Geduld bzgl. Rechenzeit stoßen. Wusstet Ihr, dass in Matlab die maximale Anzahl der Einträge in ein Array bei $2,1475*10^9$ liegt, zumindest bei einem Windows-PC? Ist ein Problem, wenn man eigentlich ungefähr $3*10^{15}$ Einträge braucht … Nun ja, wir haben vermutlich schon einen Weg gefunden, das Problem zu umgehen, aber heute fange ich das nicht mehr an. Ihr seht, ich fühle mich hier wohl.

Über meinen Japanisch-eigentlich-mehr-Deutsch-Kurs kann ich noch erzählen, dass ich momentan versuche, meinen Teilnehmerinnen die Verben sein, essen, trinken und mögen beizubringen, und zwar für alle Personen (ich, du, er/sie/es, …) die Gegenwartsform. Dafür kriegen sie zum Üben Lückentexte. Schön war, dass sie einhellig für die Aufgabe:

_____Sie Japan? - Ja,_____ Japan.

geschrieben haben:„Sind Sie Japan? - Ja, ich bin Japan." Auf die Idee wäre ich nie gekommen, da sowohl im Englischen als auch im Japanischen Japan und Japaner unterschiedliche Wörter sind. Nächstes Mal werde ich ihnen wohl ALLE neuen Vokabeln vorher erklären, auch die, die mir offensichtlich erscheinen. Das war's dann auch schon für heute, der Hunger treibt mich heim. Bis dann.

□ 14   ◷ 04   年 2004   番号 26
TAG   MONAT   JAHR   NR.

Hallo Ihr alle, gut, dass Ihr mich im Moment nicht sehen könnt. Ich habe nämlich sooo winzig kleine Augen, weil ich gestern Abend nicht einschlafen konnte (zum ersten Mal hier). Also habe ich mir gedacht, OK, liest Du noch ein Kapitel oder zwei, irgendwann wirst Du schon müde. Dann hat allerdings der Ach-ein-paar-Seiten-gehen-schon-noch-Effekt zugeschlagen, und plötzlich war das Buch zu Ende, und ein vorsichtiger Blick auf die Uhr ergab 2:30h. Nicht schön, wenn man um 7:30h aufstehen muss. Aber dafür weiß ich jetzt wenigstens wie's ausgeht (und Ihr nihicht, ätsch!) und kann vielleicht heute zu einer humaneren Zeit einschlafen. - Na, das muss ja ein interessantes Buch gewesen sein.- Ja, das war es, zwar mit einem etwas blöden Schluss, aber man kann ja nicht alles haben. Dafür habe ich „unterwegs" eine Menge gelernt, z.B. dass bei fast allen Menschen die Körpergröße geteilt durch den Abstand vom Bauchnabel die gleiche Zahl ergibt, nämlich den goldenen Schnitt phi, ungefähr 1,618, die

gleiche Zahl, die auch sonst noch unglaublich oft vorkommt, z.B. Abstand Kopf zur Fingerspitze geteilt durch Abstand Kopf zum Ellbogen, oder die Anzahl der Sonnenblumenkerne eines Kreises geteilt durch die Anzahl des nächstinneren Kreises, und noch viel mehr. Und bevor Ihr vor Neugierde
platzt - hat überhaupt jemand bis hierher gelesen?- , das Buch heißt The Da Vinci Code; habe gerade
noch für Euch den deutschen Titel rausgefunden: Sakrileg, warum müssen die Buchtitel immer bis zur
Unkenntlichkeit anders benennen, wenn eine einfache Übersetzung es doch genauso getan hätte?
So, und damit wieder zu Erkenntnissen über Japan, ob richtige oder eingebildete.
Verglichen mit Deutschland kann man sagen, dass in Japan deutlich mehr für Behinderte getan wird
als bei uns. Zum Beispiel werden im Fernsehen viele Sendung in Gebärdensprache übersetzt, und die
meisten anderen haben Untertitel. Außerdem sind so ziemlich sämtliche Bürgersteige, Bahnhöfe etc.
mit Noppen-Fliesen ausgelegt, die zum Beispiel eine bevorstehende Treppe, die Bahnsteigkante, eine
Ampel oder ähnliches markieren. Oder den Weg zum Ausgang vom Bahnhof, was sicherlich auch
ganz nützlich ist. Man muss einfach nur auf den Noppen entlanglaufen, dann besteht keine Gefahr,
gegen eine Mauer zu laufen oder eine Treppe runterzufallen. Gegen blöd im Weg stehende Mitmenschen hilft das natürlich nicht ... Am Auffälligsten fand ich aber, dass teilweise sogar die Treppenge-
länder in Blindenschrift beschriftet sind, macht ja auch Sinn, ist simpel und effektiv, aber da muss man
erst mal drauf kommen. Die Knöpfe an Geldautomaten, Fahrkartenautomaten und selbst die Knöpfe
an den Toiletten - zumindest hier in der Firma, habe ich aber z.B. auch schon im Rathaus gesehen -
sind in Braille beschriftet.
Von Vorteil ist auch, dass immer ein Bahnangestellter am Bahnsteig ist, der Rollstuhlfahrern bei der
Benutzung der Treppen helfen kann. Auch hier gilt: bei zu vielen anwesenden Mitmenschen kommt
man trotzdem nicht gut vorwärts.
Ein gängiges Vorurteil ist ja, dass Japaner oft nach der Arbeit zusammen weggehen und sich wegen
dem Gruppentrieb nicht drum drücken können. Geschweige denn, dem Chef zu sagen, dass sie nach
dem dritten Bier genug haben. Bisher hatte ich das für ziemlich übertrieben gehalten, weil meine Kollegen in den 6 Wochen (ist es echt schon so lang?) die ich jetzt hier bin erst dreimal weg waren, und
beide Male war pünktlich Feierabend, und niemand wurde genötigt zu trinken. Nun hat mir aber eine
Kollegin erzählt, dass ihr Verlobter Golf eigentlich überhaupt nicht leiden kann. Sein Chef sagt aber, er
solle gefälligst üben, also tut er das ... und das ist schon bitter, wenn man seine knappe Freizeit in ein
Hobby investiert, das einem überhaupt nicht gefällt, nur weil der Chef meint, das gehöre sich so. OK,
Golf ist hier so was wie Allgemeinbildung, wenn man durch die Stadt fährt, also durch die Außenbe-
zirke wie dort, wo ich arbeite und wohne, sieht man sehr viele riesengroße Metallgerüste mit grünem
Behang in der Gegend rumstehen. Dabei handelt es sich um Golfabschlagplätze, wo die Männer
während der Mittagspause oder zu Geschäftsbesprechungen hingehen und ihren Abschlag üben.
Weiter kommen sie nicht, denn „echte, komplette" Golfplätze gibt es zumindest hier in der Stadt
nicht, und ich nehme mal an, dass sie noch teurer sind als bei uns. Aber zumindest der Abschlag will
gelernt sein. Wenn man durch's Fernsehprogramm zappt, bekommt man den Eindruck, dass Japaner

Golf lieben müssen, Golf und Baseball und Pferderennen. Das läuft eigentlich immer auf irgendeinem Kanal. Ab und zu auch Fußball, wo sich Japan doch gerade für die WM und damit die Reise nach Deutschland qualifiziert hat.

Ansonsten frustet mich das Programm im Moment etwas; im März war es so schön, eine amerikanische Sitcom pro Tag, einmal pro Woche Friends (habe ich in Deutschland noch nie gesehen, aber hier nimmt man alles, was auf Englisch läuft), einmal Simpsons, einmal Star Trek. Eigentlich sehr gut. Dann wurde mir erklärt „March: special programm", ab April wieder „normal programm", will heißen: keinerlei Sitcom, keine Simpsons, kein Star Trek, kein gar nichts auf Englisch. Donnerstags Abends ein Spielfilm, und das war's. Blöd. Aber da ja mein „neuer" Fernseher eh kein Englisch kann (habe jetzt eine Fernbedienung, die ihn eigentlich umschalten können müsste, tut sie aber nicht, also liegt es wohl doch am Fernseher) ist es vielleicht gar nicht so verkehrt; Simpsons auf Japanisch wäre vielleicht doch etwas zu anspruchsvoll bei meinem momentan leicht stagnierenden Kenntnisstand.

So, für heute reicht's, ich gehe nach hause, den Fernseher einschalten, oder mein nächstes Buch anfangen, mal sehen. Tschüss bis dann.

日 15 TAG   **月 04** MONAT   **年 2004** JAHR   **番号 27** NR

Hallo und Mahlzeit! Heute gibt es keinen Newsletter, weil ich hier pünktlich los muss, um mich sportlich zu betätigen. Außerdem habe ich im Moment sowieso nichts zu erzählen; hoffen wir, dass das Wochenende neuen Stoff liefert. Eine Rateaufgabe a la Loga Mull habe ich aber noch für Euch: ein Film, in dem es ums Tauchen geht, mit dem Schauspieler John Lennon. Gesucht sind Titel des Films und richtiger Name des Schauspielers (also nicht „richtig" wie in Pseudonym oder nicht, sonder wie in richtige Schreibweise). Auflösung gibt's frühestens am Montag. Tschüss.

日 16 TAG   **月 04** MONAT   **年 2004** JAHR   **番号 28** NR

Hallo (trotz Freitag), ICH WILL SOMMERZEIT! Nicht Sommer, der ist schon so gut wie hier, ich will unsere Uhren eine Stunde vorstellen. Heute morgen bin ich aufgewacht (ohne Wecker) und habe gedacht, ich hätte verschlafen, weil es schon so hell war. Naja, ein Blick auf die Uhr ergab 5:15h. Also probehalber ein Blick auf die andere Uhr (vielleicht ist die erste ja stehengeblieben): 5:15h. Aha. Dumm. Ich hellwach, mein Zimmer hell (hellgraue Vorhänge halten das

Licht nicht wirklich ab), also was tun? Aufstehen und ins Büro gehen? Die lassen mich so früh wahrscheinlich gar nicht rein. Also versucht weiterzuschlafen, ist mir auch irgendwann geglückt, aber als ich dann aufstehen musste war ich so richtig geplättet. Dafür fängt es hier um 18h schon das Dämmern an, und spätestens um 19h ist es richtig dunkel. Warum können wir unsere Uhren nicht vorstellen?!? Indiaca gestern war spaßig und nicht ganz so anstrengend wie die Woche davor (oder genauso anstrengend, aber ich gewöhne mich langsam wieder dran), jedenfalls habe ich heute keinen Muskelkater. OK, der Feierabend ruft, wird auch langsam Zeit; arbeitstechnisch gesehen war heute ein blöder Tag. Gestern haben wir nämlich festgestellt, dass die Berechnungen, wenn wir sie so durchführen würden, wie wir das gerne hätten, ca. 20 Millionen Jahre dauern würden. Plus/Minus. Ganz so lange wollte ich dann doch nicht hier bleiben. Und da mein Betreuer jetzt etwas unentschlossen ist, wie wir weiter vorgehen sollen, habe ich eine Art Übergangs-Aufgabe bekommen. Und die beinhaltet C-Programmierung, mit ganz vielen Pointern und Pointern auf Pointer, also alles, was ich mit der jeweiligen Prüfung sofort wieder abgehakt hatte. Das beweist mal wieder, dass man nicht nur für Prüfungen lernen sollte. Aber wer konnte denn das ahnen? So denn, ein schönes Wochenende.
PS: Drückt uns die Daumen was das Wetter angeht, dann habe ich am Montag ganz viel zu erzählen.

TAG 19 MONAT 04 JAHR 2004 NR. 29

Hallo, ich hab's geschafft: mein erster Sonnenbrand hier! Zwar nur ein ganz leichter, aber immerhin. Wir hatten nämlich super Wetter am Wochenende und haben uns daher zwei ganze Tage nur draußen rumgetrieben; pünktlich zum Wochenanfang heute ist das Wetter wieder schlechter geworden. Ich habe nun zwei Möglichkeiten: entweder bleibe ich heute bis 20h im Büro, um Euch alles auf einmal zu erzählen, oder Ihr kriegt heute nur die Samstags-Erzählung, und morgen dann die vom Sonntag. Mal sehen.
Gut, fangen wir mit dem Samstag an. Laut Veranstaltungskalender im Internet sollte am Samstag um 11h im Park von Asakusa (Stadtteil von Tokyo) traditionelles japanisches Bogenschießen vorgeführt werden, um 13h dann Bogenschießen vom Pferd aus. Jeweils eine halbe Stunde vorher sollte auch noch eine Parade stattfinden. Also sind wir entsprechend früh aufgestanden, denn Asakusa liegt am anderen Ende von Tokyo und erfordert somit mehr als eine Stunde Zugfahrt. Da wir den Weg bzw. den Park nicht gleich gefunden haben, waren wir erst um 11h da. Von Bogenschießen weit und breit nichts zu sehen, und auch so waren erschreckend wenig Leute da. Sollten da etwa falsche Infos kursieren? Aber so leicht geben wir uns ja nicht geschlagen (ich stehe doch nicht um 8h auf, um dann nichts zu sehen), daher sind wir weiter durch den Park gelaufen (ist ein sehr schmaler, langgezogener Park), bis wir zumindest einen Infostand gefunden haben. Und ein paar Meter weiter standen Pferde in improvisierten Boxen. Waren wir also doch richtig. Nur vom Bogenschießen keine Spur. Aber

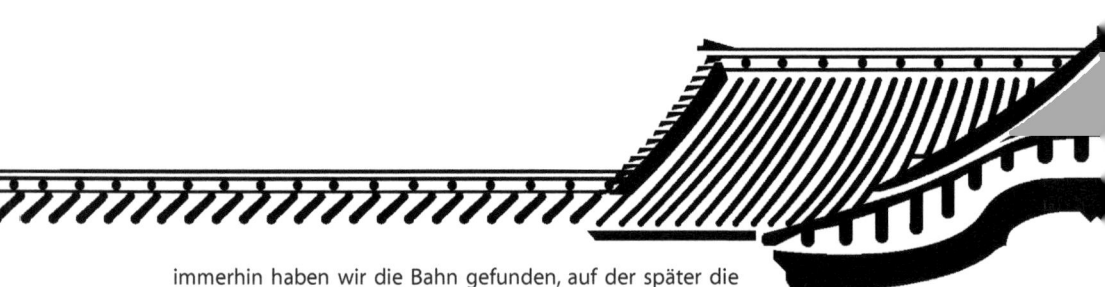

immerhin haben wir die Bahn gefunden, auf der später die Pferde laufen sollten, und da wir so früh waren, gab es sogar noch Plätze in der ersten Reihe. Nicht an den Stellen, an denen man wirklich gut gesehen hätte (also da, wo dann die Zielscheiben aufgebaut wurden), die waren alle reserviert, aber in der Mitte. Dass wir dafür zwei Stunden rumsitzen mussten, ohne weiteres Unterhaltungsprogramm, in der Sonne (ich hatte es sowieso nach einer halben Stunde schon bereut, überhaupt eine Jeans angezogen zu haben, so warm war es), geschickterweise ohne was zu lesen dabei, haben wir dann mal in Kauf genommen. Und es hat sich auch gelohnt, denn später war es schwierig genug, überhaupt was zu sehen, weil immer so viele Köpfe im Blickfeld waren, da hatten wir es in der ersten Reihe noch recht gut verglichen mit denen hinter uns. Irgendwann fing dann die Parade an, d.h. eine Menge Leute in traditionellen Kostümen sind die Sandbahn entlanggelaufen, und einige haben eine Art Begrüßungsritual durchgeführt. Nehme ich mal an, denn die genaue Bedeutung des Geschehens und auch der Kostüme bleibt uns ja vorenthalten. Sah aber auf jeden Fall sehr interessant aus, die verschiedenen Gewänder und Kopfbedeckungen. Und auch die Bögen waren ziemlich beeindruckend, ungefähr so groß wie die Männer, die sie trugen.

Dann fing das eigentliche Spektakel an. Der Reiter reitet von einem Ende der Bahn zum Anderen, in vollem Galopp, und muss dabei alle 100 m auf eine Zielscheibe schießen. Zielscheibe heißt in dem Fall ein Holzbrett, das mit dem Pfeil kaputtzuschießen ist. Bei der Geschwindigkeit der Pferde hatten die meisten schon große Mühe, schnell genug nachzuladen; einer hat gemogelt und ist langsamer geritten, hat dementsprechend auch alle Scheiben getroffen. Am Ende der Bahn steht ein Mann, der sich dem Pferd in den Weg stellt, die Arme ausbreitet und winkt, um das Pferd zu stoppen; blöder Job. Zwar wird das Pferd wohl kaum absichtlich jemanden umrennen, und auch der Reiter wird wohl versuchen, es zum Anhalten zu bewegen, aber die hatten so ein Tempo drauf, dass ich da nicht ruhig hätte stehenbleiben können. Jedenfalls war eine super Stimmung, das Publikum ist richtig mitgegangen, und selbst wenn man nicht sehen konnte, hat man immer erkannt, ob die Scheibe getroffen

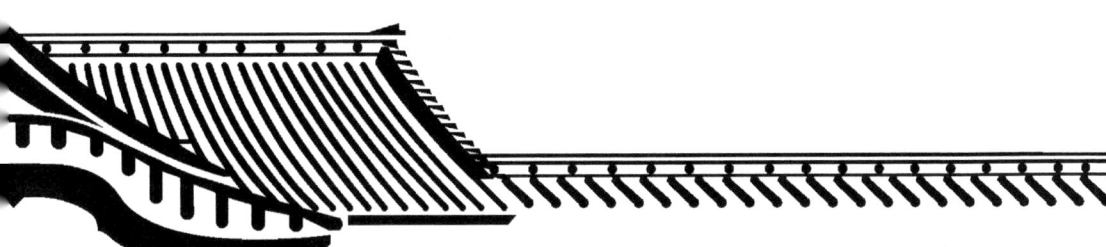

wurde oder nicht, weil alles mit der entsprechenden Geräuschkulisse quittiert wurde.

Nach jeweils einem Durchgang (d.h. 3 bis 5 Pferde) sind die Reiter dann in einer Reihe langsam zum Startpunkt zurückgeritten; unterwegs haben sie am Richterhäuschen angehalten, und der Sieger hat eine weiße Fahne bekommen.

So wurden mehrere Durchgänge durchgeführt, mit verschiedenen Pferd-Reiter-Kombinationen. Ich persönlich fand es schon eine reife Leistung, sich bei dem Tempo überhaupt auf dem Pferd zu halten, vor allem, weil auch die Sättel anders waren als heutzutage; die Steigbügel waren eher schalenförmig, und die Reiter hatten so sockenartige Schuhe an. Sah ziemlich instabil aus. Und dann noch den riesigen Bogen halten, nachladen usw., ob man dann die Scheibe trifft oder nicht ist doch eigentlich eher nebensächlich. Fand offensichtlich auch das Publikum, denn beim langsamen Zurückreiten wurden ganz fair alle mit dem gleichen Applaus bedacht.

Irgendwann war aber leider Feierabend, also haben wir den Weg zu der eigentlichen Sehenswürdigkeit von Asakusa angetreten, dem Tempelkomplex. Dort gibt es ein Tor, in dem ein riesiger roter Papierlampion hängt, der über 100 kg wiegt. Da geht man dann drunter her (nein, ist kein komisches Gefühl) und läuft die Straße entlang zum eigentlichen Tempel. An dieser Straße (eigentlich eher eine Gasse) sind ganz viele kleine Läden, die allen möglichen Kram verkaufen, von Souvenirs über Essen bis hin zu Kleidung. Aber irgendwann hat man auch die hinter sich gebracht (Touristen haben offensichtlich zu viel Zeit und schleichen durch die Gegend als hätte der Tag gerade erst angefangen) und kann zu dem Tempel vordringen. Auch da gilt wieder: es gibt Interessanteres, von außen sehen sie alle fast gleich aus, manche sind halt kleiner, manche größer. Bei diesem konnte man wenigstens ein bisschen reingehen und sich umgucken, aber auch das ist nicht sonderlich spektakulär. Hinter einem Gitter sind Dinge aufgebaut, die wir nicht verstehen, das meiste sehr kitschig in Gold, und an die Decke sind schöne Drachen und hässliche Engel gemalt. Auf dem Gelände des Tempels sind dann die interessanten Sachen zu sehen, lauter verschiedene Buddha-Figuren, kleine Schreine usw. Und plötzlich haben wir gedacht, wir sind nach hause versetzt worden (will in diesem Falle heißen, nach Bayern, bzw. Franken), denn von irgendwoher war Blasmusik zu hören. Und tatsächlich, da kam ein Spielmannszug den Weg Richtung Tempel gelaufen, begleitet von jungen Männern in Anzügen/Schuluniformen und --- Cheerleaderinnen. Seltsamer Anblick. Der ganze Tross ist dann zum Tempel gezogen, hat dort das übliche Ritual vollzogen, und hat sich anschließend auf dem Vorplatz des Tempels breitgemacht. Dort wurde dann musiziert, und die Cheerleaderinnen sowie die jungen Männer haben getanzt. Warum auch immer. Auf den Uniformen stand der Name einer Universität, wir haben erst gedacht, dass die vielleicht zum Tempel gehen, um um einen guten Abschluss zu bitten, oder um sich für die Aufnahme an der Uni zu bedanken, oder irgendwie so was, aber das erklärt ja nicht unbedingt die Cheerleaderinnen und das Tanzen. Werde wohl mal mit meinen Kollegen sprechen müssen, ob die eine Idee haben worum es da ging. Auf dem Rückweg durch die kleine Gasse habe ich dann an einem Stand etwas zu essen gekauft. Hatte auf dem Hinweg schon drüber nachgedacht, weil es so lecker aussah, aber für mich war nicht erkennbar, was das sein könnte, und was der Bauer nicht kennt, das isst er nicht. Auf dem Rückweg hat aber die Neugier gesiegt, und ich habe mich durchgerungen, es einfach mal zu probieren. Es waren halbkugelförmige frittierte Teigdinger, ca. 3 cm im Durchmesser, und es gab sie in gelb und grün und braun und in weiß mit schwarzen Punkten, einzeln auswählbar. Ich habe dann mal drei verschiedene gekauft, mit einem etwas mulmigen Gefühl. In Tokyo gibt es nämlich fast nirgends öffentliche Mülleimer, also wohin damit wenn es nicht schmeckt? Und es ist schon ein bisschen komisch, in etwas reinzubeißen, wenn man nicht weiß, ob es eine Süßigkeit ist oder vielleicht Fisch. Die Dinger waren geruchsneutral, somit musste ich mich alleine auf meine Geschmacksnerven verlassen. Gleich beim ersten Bissen waren sämtliche Bedenken sofort vergessen, der einzige Gedanke „hmmm, oishii" („hmmm, lecker", im Fernsehen dank der vielen Kochsendungen oft zu hören). Es war süß, ziemlich süß sogar, aber ich weiß immer noch nicht, was es war. Teig, der mit irgendwas gefüllt war. Die nächsten beiden waren nicht ganz so lecker, aber auch gut. Also bin ich noch mal zu dem Stand zurück, um Nachschub zu holen, und dort habe ich mitgekriegt, wie ein Tourist neben mir einer anderen Touristin Tipps gegeben hat, welche wohl besonders gut sind. Also habe ich ihn gefragt, was das denn überhaupt ist, und er meinte, er wüsste es auch nicht, irgendwas mit Soja, er hätte sie auch gerade zum ersten Mal probiert und wäre jetzt extra noch mal zurückgelaufen, um noch mehr zu kaufen. Ach nee. Naja, jedenfalls habe ich 5 von den Dingern gegessen (und das war mein erstes Essen an dem Tag) und war danach dann den ganzen Tag so pappsatt, dass mein Magen bis 22h zu keiner weiteren Nahrungsaufnahme zu bewegen war.

Den Tempelkomplex hatten wir also hinter uns gebracht; den „Tempel für harmonische Ehe und leichte Geburt" wollte Christian partout nicht mehr angucken, also was nun? Es war noch nicht so schrecklich spät, aber es hätte sich nicht mehr gelohnt, noch woanders hinzufahren. Also haben wir uns eine U-Bahn-Fahrkarte gespart und sind zu Fuß nach Ueno gelaufen. So haben wir unterwegs noch ein paar interessante Dinge gesehen (z.B. einen riesigen Koch-

Kopf auf einem Haus) und waren nicht zu früh zuhause. Eigentlich war für Abends noch ein Besuch im Curry-Imbiss geplant (3 Euro für Hähnchencurry mit Salat und Suppe, oder 4 Euro für die große Portion, billiger kommt man selbst auf'm fränkischen Dorf nicht weg). Aber wie gesagt, mein Magen war ja mit den 5 Halbkugeln zufrieden, also wurde dieses Vorhaben abgesagt. Das war's von Samstag, den Sonntag erzähle ich Euch morgen, denn inzwischen ist es schon recht spät, und wenn ich jetzt weiterschreibe erwischt mich morgen doch nur das Dienstagstief. Also dann, Euch noch einen schönen Tag, ich habe jetzt Feierabend, bis morgen.

Hallo zusammen, hier nun wie versprochen unsere Sonntags-Erlebnisse: Am Sonntag war am Mount Takao Frühlingsfestival. Und da wir sowieso mal auf den Berg wollten, sind wir am Sonntag hingefahren, wenn schon mal was los ist. Der Berg liegt ca. 40 km westlich von meinem Wohnort, mit ziemlich guten Zugverbindungen. Trotzdem mussten wir früh aufstehen, um pünktlich zur Parade da zu sein. Aber macht ja nichts, frühes Aufstehen am Wochenende sind wir ja inzwischen gewohnt. Diesmal waren wir auch schlauer und haben für unterwegs was zu Essen mitgenommen, was wir ja am Samstag vergessen hatten. Nur die Sonnencreme, die haben wir vergessen ... Mitte April.
Am Fuße des Berges stellte sich uns dann die Frage: Cable Car oder Sessellift? Sessellift wäre bestimmt interessanter, aber bin ich mit meiner Höhenangst sessellifttauglich? Auf einen Versuch kommt's an, also Sessellift. Ticket gekauft und die 50 m bis zum Eingang gelaufen. Den hatten sie geschickt hinter einem Gebäude und Bäumen versteckt, sonst hätte ich mir den Ticketkauf wohl noch mal überlegt. Die Dinger sahen nicht sonderlich stabil aus, eher für kleine leichte Japaner gebaut als für kräftige Europäer wie uns. Halten die unser Gewicht aus? Hilft nichts, das werden wir auf die harte Tour feststellen. Das Einsteigen war jedenfalls recht einfach, auf ein Laufband stellen, der Sitz kommt von hinten und man lässt sich reinfallen. Das hat er zumindest mal ausgehalten. Das eigentliche Problem war: teilweise war der Sitz so dicht am Boden, dass wir mit den Füssen hängen geblieben wären, hätten wir sie nicht angezogen. Japanische Durchschnitts-Schienbeine sind wohl kürzer als unsere. Von den Pfosten wurden wir auch mit den Sicherheitsvorkehrungen vertraut gemacht. Erst auf japanisch, dann auch auf englisch. „Achten Sie darauf, dass Ihre Schuhe fest sitzen. Wenn Sie etwas fallen lassen, steigen Sie nicht aus, sondern merken Sie sich die Nummer des nächsten Pfostens und melden Sie sich beim Personal." Wir schwebten zu dem Zeitpunkt gerade ca. 12 m über dem Boden, unter uns zwar ein Sicherungsnetz, aber freien Blick nach unten. Dementsprechend auch mein Pulsschlag. Und was tut Christian? Findet die Lautsprecherdurchsage unglaublich komisch „ich habe meine Freundin verloren, irgendwo bei Pfosten 12". Haha. Hat meinen Pulsschlag nicht unbedingt beruhigt. Aber auch diese Fahrt war irgendwann überstanden (und im Nachhinein auch gar nicht so

schlimm), dann kam die Anweisung, wie man auszusteigen hätte „walk on conveyor belt". Das war dann schon schwieriger. Aus einem fahrenden Sitz auszusteigen, unter dem sich ein Laufband mit anderer Geschwindigkeit bewegt, und der Sitz ist nicht in Kniehöhe sondern deutlich niedriger; na gut, es war bestimmt nicht der grazilste Eindruck, den wir da gemacht haben, aber immerhin haben wir es ohne hinzufallen geschafft.

Anschließend sind wir dem Pulk gefolgt, in der Annahme, dass die schon wissen, wo die Parade ist. Wir haben uns dann entlang des Wegs einen halbwegs ruhigen Platz mit nicht allzu vielen Touristen gesucht (was da an Amis rumlief, unglaublich), und haben so tatsächlich die ganze Parade ziemlich in Ruhe sehen können. Da gab es die verschiedensten Sachen, traditionelle Mönchs- und Priesterkostüme, einen tragbaren Schrein, Männer mit Löwenköpfen, Kinder in traditionellen Gewändern, neue und alte Musik - sowohl einen Spielmannszug als auch zum Beispiel einen Männergesangsverein, dessen Gesang eigentlich nur aus Brummen bestand, ohne für mich erkennbare Melodie, aber trotzdem alle synchron, begleitet von Hornbläsern, die statt einem Horn eine große Muschel verwendet haben – und Amerikaner. Was auch immer die in der Parade zu suchen hatten, aber sie waren dabei. Besonders ulkig fand ich die Tatsache, dass die Kinder eigentlich traditionelle japanische Holzsandalen anhatten, die absolut unbequem aussehen. Einige haben aber wohl genug rumgenörgelt, um das Mitleid ihrer Eltern zu erwecken, die haben dann wieder ihre bequemen Sportschuhe angezogen bekommen. Und zu fortgeschrittener Stunde wurden einige der krönchenartigen Kopfbedeckungen durch Sonnenhüte und Baseballcaps ersetzt. Das ist dann schon eine seltsame Kombination. Irgendwann war die Parade an uns vorbei, wir haben uns dann noch ein bisschen an unserem Beobachtungsstandort rumgedrückt, um nicht im Schneckentempo hinterherlaufen zu müssen (hinterher hält man uns noch für Teilnehmer). Nach einiger Zeit haben wir beschlossen, dass wir so langsam die Verfolgung aufnehmen könnten, denn oben sollten noch Aufführungen sein, die wir dann doch nicht verpassen wollten. Und was soll man sagen, durch die intuitive Wahl unseres Weges haben wir am Ende den Zug eingeholt und waren mittendrin anstatt hintendran. Wir haben sie dann wieder vorbeilaufen lassen, um später hinterherzulaufen.

Und an der Stelle gab es auch einen kleinen Kiosk, wo sich viele Leute ein sehr lecker aussehendes Eis gekauft haben. Da bin ich dann wieder auf klitzekleine Sprachprobleme gestoßen; „ein Eis bitte" kriege ich inzwischen auf japanisch hin. Die Antwort war dann „blabla oder blabla oder mix", wobei er auf drei Photos gezeigt hat, die für mich alle gleich aussahen. Naja, also ganz überzeugt „mix" geantwortet, kann ja so verkehrt nicht sein.

Die Erfahrung hat dann gezeigt, dass meine Auswahlmöglichkeiten Milch und Traube gewesen wären. So hatte ich halb und halb, was aus geschmacklicher Sicht nicht so optimal war, weil Milch deutlich besser geschmeckt hat als Traube, aber aus ästhetischer Sicht eindeutig eine sehr gute Wahl war, da ich ein schön weiß-lila-gestreiftes Eis hatte. Und das Auge isst ja

東京
ニュース

schließlich mit. Vor dem Hauptgebäude waren dann tatsächlich ein paar Aufführungen, z.B. haben 8 Männer eine Leiter senkrecht gehalten, und ein weiterer Mann hat obendrauf Kunststücke aufgeführt, in ca. 6 Meter Höhe, ohne Sicherungsseil. Dann wurden Veranstaltungen zur Feier der Japanisch-Amerikanischen-Freundschaft durchgeführt, also haben wir die Flucht angetreten. War eine gute Gelegenheit, sich den Rest der Sehenswürdigkeiten angucken zu können, ohne lärmende Amis um sich rum zu haben. Es gab auf dem Berg noch ein paar Tempel, und natürlich die Aussicht von der Bergspitze, die wir uns nicht haben entgehen lassen. Zur Info: der Berg ist ca. 600 m hoch, der Sessellift geht ungefähr bis zur Hälfte, den Rest muss man laufen. Leider war die Sicht nicht sonderlich gut, eigentlich hätten wir den Fuji sehen können, haben wir aber nicht.

Bei einem der Tempel haben wir ein paar Japanern dabei zugeguckt, wie sie den tragbaren Schrein auseinandergenommen haben. Plötzlich kam einer der Männer auf mich zu und hat mir einen superkitschigen Plastik-Pfirsichblütenzweig in die Hand gedrückt. Ich habe mich natürlich artig bedankt, und habe mich tatsächlich bis heute noch nicht getraut, das Ding wegzuwerfen, weil es sowas von japanisch und damit eigentlich ein gutes Souvenir ist. Er wollte es wahrscheinlich einfach nur loswerden, und da bietet sich eine vorbeilaufende Touristin ja geradezu an. Ich kam mir dann auch etwas blöd vor, den Zweig die ganze Zeit mit mir rumzuschleppen, besonders zurück in Kokubunji, wo niemand wusste, dass wir vom Frühlingsfestival kamen. Den Rückweg ins Tal haben wir komplett zu Fuß zurückgelegt, was sich als schwerer Fehler rausgestellt hat, da ich die Hälfte des Wegs zwischen Sesselliftstation und Tal humpelnd hinter mich bringen musste, weil meine Knie mit unserer Entscheidung nicht einverstanden waren. Im Zug bin ich auch sofort eingeschlafen, soviel frische Luft ist offenbar zu viel für mich. Ja, das war unser Sonntag, mehr gibt's dazu eigentlich nicht zu erzählen, und deshalb beende ich diese Email an dieser Stelle. Tschüss.

Hallo zusammen, Ihr fragt Euch sicher schon, was mit mir los ist, oder? Es ist ganz einfach erklärt, am Mittwoch haben Christian und ich beschlossen, mal was ganz Verrücktes zu machen ... und uns mitten in der Woche zu treffen. Nachdem wir uns hier sonst nur am Wochenende sehen wollte ich das natürlich auskosten und bin lieber pünktlich um 18h nach getaner Arbeit gegangen als noch ne Stunde Newsletter zu schreiben.

Und gestern hatten wir eine Willkommensparty für die beiden Neuen, mit gutem (Gratis-)Essen, das lasse ich mir nicht freiwillig entgehen. Daher musstet Ihr jetzt mal zwei Tage auf Euren gewohnten Lesestoff verzichten. Auch heute wird es natürlich eine kurze Mail, es ist ja schließlich Freitag. Und wo ich gerade dabei bin, Euch zu schocken, nächste Woche Donnerstag ist Feiertag, und die Woche drauf von Montag bis Mittwoch auch. Ihr solltet also Euren FT (für die Nicht-Franken: Tageszeitung in Franken,

sprich:„ef deee") nicht abbestellen, wie es schon angedroht wurde. Dafür gibt's danach wahrscheinlich wieder um so mehr zu erzählen.
Am Dienstag oder Mittwoch habe ich ein Gespräch mit meinem Chef (und meinem Betreuer),
er möchte wissen, was ich die letzten zwei Monate so gemacht habe. Finde ich gut, dass es jemanden interessiert. Alle anderen fragen immer nur, was ich schon an Sightseeing gemacht
habe und ob ich japanisches Essen mag. Vor ein paar Tagen hatte eine aus meinem Deutschkurs (sie lernen langsam, aber sie lernen) eine Zeitschrift dabei, die wohl eigentlich eine Rei-
sezeitschrift war. Aufgeführt war dann, was man wo essen kann. Toll. Gestern hat mir eine Kollegin einen Plan von Yokohama mitgebracht, weil wir da evtl. während der vielen Feiertage
mal für einen Tag hinfahren wollen. Ich habe sie dann gefragt, wo es denn dort am interessantesten ist, was man da machen kann. Die Antwort war: da ist Chinatown, da kann man gut
chinesisch essen. Da und da gibt es viele Geschäfte zum Einkaufen. Da kann man viele Souvenirs kaufen. OK, und wo gibt es interessante Gebäude, Tempel, Parks, Kunstwerke??? Keine Ahnung. Gut, müssen wir dann wohl selber rausfinden. Heute im Deutschkurs haben wir noch
mal die Deutschland-Karte durchgenommen, inkl. angrenzender Länder:

J:„Niederlande, ach ja, Holland. Die sprechen holländisch, oder?"
S:„Ja."(keine Diskussion über holländisch, niederländisch o.ä.)
J:„Belgien, ach ja, Schokolade. Was sprechen die?"
S:„Französisch und flämisch."
J:„Flämisch?!?"
S:„?!?" (Wie erklärt man flämisch?)
J:„Österreich, die reden aber deutsch, oder?"
S:„Ja."
J:„Schweiz, auch deutsch?"
S:„Naja, etwas anderes deutsch. Und italienisch und französisch."
J:„In so einem kleinen Land?"
S:„Ja."
J:„Polen, stimmt, da ist ja Prag!"
S:„Nein, ist es nicht."
J:„Aber in Polen sprechen sie doch deutsch."
S:„Nee, eigentlich haben die eine eigene Sprache, die heißt polnisch."
J:„Was, echt? Dann hat ja jedes Nachbarland eine eigene Sprache!"
S:„Ehm, ja ..."

Luxemburg hat sie auch sehr fasziniert, ein Land, das kleiner ist als Tokyo! Sie haben beschlossen, wenn sie mal zuviel Zeit und Geld haben und nach Deutschland kommen muss ich ihren

Guide machen. Weil ich mich ja in Erlangen und Stuttgart und Dortmund auskenne. Und wenn es bei Dortmund noch so viele andere Städte gibt, gibt's da ja viel zu sehen. Ich habe dann versucht, ihnen das Konzept Ruhrgebiet klarzumachen, dass es kein Ausflugsziel im eigentlichen Sinne ist. Die Frage, was für Industrie, hatten wir dank Wörterbuch schnell geklärt (Kohle und Stahl sind zum Glück keine so abwegigen Begriffe). Dann die Schlussfolgerung: dann muss es da ja Berge geben. Warum? Leichtes Unverständnis auf meiner Seite. Irgendwann dämmerte es mir, dass unser Prinzip, sich einfach mehrere hundert Meter senkrecht in die Erde zu bohren, nicht ganz so offensichtlich ist wie ich dachte. War insgesamt gesehen eine lustige und auch für mich lehrreiche Mittagspause, Europa ist wohl doch was Besonderes, aber „wozu lernen wir dann deutsch wenn man es nur in Deutschland und Österreich benutzen kann, und vielleicht noch in der Schweiz und Holland, aber im ganzen Rest englisch sprechen muss?" Weiß ich doch nicht, Ihr habt's ja so gewollt (habe ich aber nur gedacht, nicht gesagt). So dann, damit verabschiede ich mich ins Wochenende, ich hab's mir verdient.

Hallo zusammen, lasst mich diese Mail mit einer kleinen Statistik anfangen. Meine Newsletter gehen an 30 Email-Adressen. Als ich heute morgen (Montag) ins Büro kam, was schätzt Ihr, wie viele Emails sich über's Wochenende in meiner Mailbox angesammelt haben? Die meisten von Euch denken wahrscheinlich „Hmm, wenn ich von mir auf die anderen schließe, wahrscheinlich Null". Und damit habt Ihr gar nicht so Unrecht, denn ich hatte genau EINE Email, und zwar von meiner Mutter. Damit will ich nicht sagen, dass ich mich nicht über Emails von meiner Mutter freue, im Gegenteil, aber sie meldet sich nun wirklich oft genug. Euer nächster Gedanke ist vermutlich: „Aber ich hatte doch dieses Wochenende so viel zu tun / Ich war doch über's Wochenende verreist / Ich habe am Wochenende keinen Internet-Zugang." OK, akzeptiert.

Daher lasst mich die Statistik fortsetzen. Im Laufe der letzten Woche hatte ich Emails von insgesamt 5 Personen; davon waren zwei Antworten auf direkte Anschreiben, nicht unbedingt auf die Newsletter. Als ich letzten Montag (also am 19.) ins Büro kam, hatte ich auch genau eine einzige Mail. Und in der Woche davor haben sich inklusive dem Wochenende 10./11.4. genau 8 Personen aufgerafft, mir zu schreiben (einige davon sogar mehrmals, stellt Euch vor!).

Ich habe heute vor 2 Monaten Deutschland verlassen, bin also morgen vor zwei Monaten hier angekommen. Von den 30 Personen, die den Newsletter erhalten, haben es 6 Personen in diesen zwei Monaten nicht einmal geschafft, mir zu schreiben, nicht mal ein kurzes „hallo Silke lesen deinen Newsletter gerne weiter so". Vier Personen haben sich genau einmal gemeldet, dann nie wieder. Wollt Ihr mir wirklich erzählen, dass Ihr so gestresst seid? Erstaunlicherweise melden sich nämlich diejenigen, die ich jetzt mal als nachvollziehbar gestresst bezeichnen würde, weil sie zum Beispiel gerade ihre Hochzeit

planen, oder den Hausbau anfangen, oder ein kleines Kind zu betreuen haben, oder wegen einer Wochenendbeziehung dauernd Hunderte von Kilometern pendeln, ziemlich regelmäßig und ausführlich. Alles, was ich Euch bisher geschrieben habe, füllt in meinem Word-Dokument (Arial, Schriftgröße 11) 56 sind A4-Seiten. Ihr könnt ja mal schätzen, wie viel Zeit mich das gekostet hat - und zwar Freizeit, nach jeweils 8-9 Stunden Arbeit! Und dann lest die obige Statistik noch mal durch und stellt Euch die Frage, ob mich das zum Weitermachen motiviert. Wer jetzt denkt „Mir doch egal, ich habe Dich nicht drum gebeten mir zu erzählen wie's ist, selbst Schuld", OK, bitte, dann meldet Euch wenigstens einmal und sagt mir das, dann werdet Ihr vom Verteiler entfernt und habt Eure Ruhe. An Alle, die sich in den letzten, sagen wir mal, drei Wochen gemeldet haben, fühlt Euch bitte nicht angesprochen (auf meinen letzten Zaunpfahl kamen nämlich Antworten von Leuten, die wirklich nicht gemeint waren). Aber alle anderen bitte ich doch, mal kurz 2 Minuten nachzudenken, ob sich nicht doch alle ein bis zwei Wochen mal 5 Minuten finden für einen kurzen Lagebericht. Dass ich so weit weg bin heißt nämlich nicht, dass mich nicht interessiert, was daheim passiert und was Ihr so macht. So, jetzt habe ich mich so aufgeregt dass ich keine Lust mehr habe auf die Erzählungen über's Wochenende, die müssen bis morgen warten, diese Mail hat mich jetzt ca. 30 Minuten gekostet und ich gehe jetzt nach hause und nutze meine Freizeit für mich. Tschüss.

27 04 2004 33

Hallo Alle miteinander, ratet mal, was ich gestern hatte ... Kommt Ihr eh nicht drauf: eine Schale Erdbeeren, ganz für mich alleine! Scheint im Moment Saison zu sein, denn sie kosten ungefähr die Hälfte bis ein Drittel von dem, was sie noch vor kurzem gekostet haben. So kriegt man jetzt 43 mittelgroße Erdbeeren für ca. 2,60 Euro - und die sind alle gut, kein Fitzelchen Schimmel dran. Nicht, dass Ihr jetzt meint, ich hätte mir die Mühe gemacht, die zu zählen. Das ist hier etwas einfacher, weil sie in der Schale schön in einer Reihe geordnet liegen, 3 Lagen, ganz einfach zu zählen. Naja, und die habe ich mir gestern mal gegönnt, verglichen mit einem Euro für einen Apfel sind sie ja fast schon billig.

Nun aber zum Wochenend-Bericht. Am Samstag sind wir nach Kamakura gefahren, einer alten Stadt am Meer mit ganz vielen Tempeln und Schreinen. Morgens war in Tokyo strahlender Sonnenschein, deshalb haben wir beschlossen, den Ausflug zu wagen.

Wir sind am nördlichen Bahnhof von Kamakura ausgestiegen, um die Stadt quasi von hinten aufzurollen. Da war es schon etwas bewölkt, aber trocken.

Als erstes haben wir den sogenannten Scheidungstempel besucht. Früher gab es ja keine Scheidungen im heutigen Sinne, und daher gab es da dieses Frauenkloster, eine Art Frauenhaus, in das sich Frauen vor ihren Ehemännern flüchten konnten. Sobald sie ihre Sandalen über das Tor geworfen hatten, galten sie als Nonne und der Mann konnte ihnen nichts mehr anhaben. Nach drei Jahren in dem Kloster galten die Frauen dann als offiziell geschieden und konnten ihrer Wege ziehen, wenn sie denn noch wollten. So steht's in den Reiseführern.

Auf der Hinweistafel stand eher was in die Richtung, dass die Ehemänner dort ihre nicht mehr ge-wollten Frauen abliefern konnten, was Christian zufrieden mit einem „Haha, Altweiber-Recyclingsta-tion" quittiert hat. Wahrscheinlich stimmt beides irgendwie. Jedenfalls leben da heute keine Nonnen mehr, es ist eine reine Touristenattraktion, und Hauptsehenswürdigkeit ist der zugehörige Friedhof. Da liegen die ganzen Nonnen begraben, aufgrund der Geschichte teilweise in sehr alten, teilweise in recht neuen Gräbern. Jedenfalls ein sehr schöner Friedhof, an einem Hang gelegen, mit ganz viel Wald drumrum und auch so sehr grün bewachsen. War fast schon wie eine Urwaldlichtung, leider kann man so was auf Photos ja nur sehr schwer festhalten. Aber nach dem ganzen Asphaltdschungel hier tat es zur Abwechslung auch mal ganz gut, Grünzeug zu sehen. Außerdem haben wir da auch die interessante Beobachtung gemacht, dass ein Rabe ein Eichhörnchen gejagt hat. Fressen Raben Eich-hörnchen?!? Anschließend waren wir noch bei einem anderen Tempel, der war aber wirklich nichts Spektakuläres. Außer, dass man da mal in den eigentlichen Tempel reingucken konnte und dass dort ein paar sehr schöne Statuen aufgebaut waren. Und dass das Klo ein Patent hatte, das man auch bei uns mal einführen könnte (wie gesagt, manchmal liegen die wahren Sehenswürdigkeiten im alltäg-lich Banalen): Die Oberseite vom Spülkasten war eine Mulde, die als Waschbecken diente, das von einem Wasserhahn gespeist wurde. Wenn man also die Spülung betätigt, fängt der Wasserhahn an zu laufen, und das Wasser, mit dem man sich die Hände wäscht, läuft durch ein Loch in den Spülkasten und wird dort wiederverwendet. Sehr lobenswert! (Macht aber insgesamt nicht die Tatsache wett, dass hier alles doppelt und dreifach in Plastik verpackt ist.)

Dann wollten wir zum Grossen Buddha (Daibutsu), der Hauptattraktion von Kamakura. Wir haben be-schlossen, den Wanderweg zu nehmen, um noch ein bisschen mehr frische grüne Luft abzubekom-men (außerdem waren da keine Touristengruppen). Sehr bald hat sich aber rausgestellt, warum da keine Touristengruppen waren, denn etwas anstrengend war der Weg schon, auf und ab und noch mal auf, das ganze 2,5 km lang. Insgesamt aber sehr erholsam, weil grün und still und ziemlich leer. Und die paar Leute, die wir unterwegs getroffen haben, haben alle freundlich gegrüßt, wie man das unter Wanderern halt so macht.

Kaum waren wir von dem Wanderweg runter wieder auf Asphalt hat es angefangen zu regnen. Wir sind dann trotzdem zum Daibutsu, wo sollten wir auch sonst hin. Dabei handelt es sich um eine 11 (oder 13?) Meter hohe Buddha-Statue, die um 1280 rum gebaut wurde. Ursprünglich stand sie in einem Gebäude, das aber von einem Tsunami weggewaschen wurde. Aus irgendeinem Grund hat die Statue das aber ausgehalten, und steht seitdem bei Wind und Wetter draußen. Sie ist innen hohl und für 15 Cent darf man reingehen. Meine Kolleginnen meinten, das machen nur Touristen, aber hey, wir sind doch Touristen, zumindest am Wochenende, und wenn etwas nur 15 Cent kostet nehmen wir die

Erfahrung mit. Drinnen gab's nicht wirklich was zu sehen, aber immerhin waren wir mal drin. Die Statue hat am Rücken zwei Türen, bzw. Fenster, das sieht von außen schon lustig aus, wenn da die zwei Klappen offenstehen. Die heimliche Hauptattraktion waren dort allerdings die Eichhörnchen. Die waren so verfressen, dass sie den Leuten aus der Hand gefressen haben. Hat prompt eine riesige Menschentraube um den Baum bewirkt, wann kommt man sonst so an sich scheuen Tieren schon mal so nahe? Da kann der Buddha ruhig warten, der läuft ja nicht weg.

Es war immer noch am Regnen, hat auch nicht den Eindruck gemacht, dass sich das so schnell ändern würde, aber immerhin war der Regen schon etwas schwächer geworden. Wir wollten uns so leicht nicht geschlagen geben, sondern noch ein bisschen mehr von der Stadt sehen, also sind wir runtergelaufen zum Meer. Da war's dann so richtig ungemütlich, weil zum wieder stärker gewordenen Regen noch der Wind dazukam. Was die ganz Abgehärteten nicht davon abgehalten hat, Windsurfing zu betreiben. Brrr ... Wir haben an dem Punkt beschlossen, dass es so langsam reicht, irgendwann hat alles sein Ende, und dies war definitiv ein guter Zeitpunkt, diesen Kamakura-Besuch zu beenden. Also sind wir zum Bahnhof zurückgelaufen, und natürlich hat es genau in dem Moment aufgehört zu regnen. Also sind wir doch noch zu einem weiteren großen Tempel gelaufen, sind dort sogar trockenen Fußes angekommen, haben uns umgesehen und dann wirklich den Heimweg angetreten. Unterwegs musste ich noch mal unbekanntes Essen probieren, sah so ähnlich aus wie das, was ich in Asakusa gegessen hatte, aber nicht ganz so, doch inzwischen bin ich da ja mutiger. Also von allen vier Ausführungen eine gekauft, ganz stolz meinen Papierbeutel in Empfang genommen und ein paar Meter weiter das erste Ding rausgeholt und genüsslich reingebissen. Lecker. Dann eine Stimme hinter mir: „Anko ski des?" Redet der mit mir? „You like Anko?" OK, er redet wohl mit mir. Also umgedreht, denn ich sehe doch ganz gerne, mit wem ich rede. Ein europäischer/amerikanischer Mann Mitte 50 mit einer japanischen Frau am Arm. Also geantwortet, „Wenn das Anko ist, ja dann mag ich Anko." Er meinte dann, dass er seit 25 Jahren in Japan lebt, aber immer noch kein Anko ausstehen kann. Kann ich nicht nachvollziehen, ist echt lekker. Da gibt's hier wirklich andere Sachen, an die ich mich nicht gewöhnen könnte. - Einschub - Die Schwester von einer aus meinem Deutschkurs ist mit einem Deutschen verheiratet und lebt in Deutschland. Gestern ist sie nach Japan zu Besuch gekommen, und hat mir ein Geschenk überreichen lassen: Eine Packung Pumpernickel und eine Tube Kräutermayonnaise, weil ihr Mann weder japanisches Brot noch japanische Mayonnaise mag, daher haben sie sich gedacht, das wäre doch ein schönes Geschenk für das deutsche Mädel. Nett. Wenn auch seltsam. - Einschub Ende- Jedenfalls waren wir dann ganz froh, als wir endlich wieder am Bahnhof waren, denn der Regen hatte zwar aufgehört, aber wir waren völlig durchgefroren, und so tat die Heizung im Zug echt gut.

Am Sonntag war wieder ein Indiaca-Turnier, und unsere Teamkollegen waren ganz glücklich, dass wir diesmal beide mitspielen. Und was soll ich sagen, bis auf ein Spiel haben wir alle gewonnen. Für die war es selbstverständlich, dass wir durchspielen und sie der Reihe nach aussetzen, was eigentlich ein bisschen blöd ist, weil sie ja eigentlich die Mannschaft sind. Also habe ich irgendwann einen ganz akuten Anfall von Müdigkeit vorgetäuscht, so dass ich wenigstens einen Satz aussetzen konnte. Eigentlich wollte ich ihnen ja ein ganzes Spiel überlassen, aber nach dem ersten Satz haben sie mich so bedrängt „Du kannst doch jetzt wieder spielen, oder, ja, oder?", dass ich doch wieder mitgespielt habe. Dazu ist zu sagen, dass ich nicht wirklich besser gespielt habe als die japanischen Frauen (war ein Mixed-Turnier, also mussten immer zwei Frauen auf dem Feld stehen), aber entweder meinen sie das oder das ist die japanische Höflichkeit, keine Ahnung.

Die Begrüßungszeremonie war diesmal aber noch peinlicher als letztes mal, diesmal war es nicht mit Aufstehen und Verbeugen getan, diesmal mussten wir nach vorne kommen, während der Organisator etwas über uns erzählt hat. Toll. Wenigstens mussten wir aber nichts ins Mikro sagen, sondern nur verlegen lächeln. Das gemeinschaftliche Aufwärmen war nicht so lustig wie letztes mal, denn wir hatten keine Musik! Nur eine Vorturnerin, die erklärt hat, was wir machen sollen.

Später gab es auch gemeinschaftliches Cool-Down, was ein paar von uns dann gleich wieder zunichte gemacht haben, weil die jüngeren (japanischen) Spieler unbedingt noch weiterspielen wollten, und uns dabeihaben wollten. Also haben wir noch eine Dreiviertelstunde einfach drauflosgespielt, das war dann erst wirklich anstrengend, weil mit sinkendem Durchschnittsalter der Spieler das Tempo des Spiels doch ziemlich steigt. Spaß gemacht hat es aber. Allerdings wollte unser Team noch zusammen ein Bier (oder Kaffee) trinken gehen, so dass wir dann vor den anderen aufgehört haben, damit unsere Teamkollegen nicht noch länger auf uns warten mussten. Es war dann auch echt nett, es ist schon erstaunlich, wie viel man mit einem Mischmasch aus Deutsch, Englisch, Japanisch und Körpersprache kommunizieren kann.

Obwohl wir nur ein Spiel verloren haben, kam unsere Mannschaft in der Siegerehrung nicht vor, was diesmal schon etwas ärgerlich war, weil es für die Sieger Medallien gab. Vielleicht sind wir ja außer Konkurrenz gelaufen, oder die hatten ein Wertungssystem, das nicht auf der Anzahl der gewonnenen Spiele basiert. Zum Schluss haben Christian und ich als Ehrengäste aber doch noch Medallien bekommen, und zwar Gold, Silber und Bronze! Als Souvenir. Und zum Glück einfach unauffällig in die Hand gedrückt, nicht vor Allen aufstehen, hingehen und Danke sagen.

Ja dann, das war unser Wochenende. Und nächste Woche wird so richtig genial. Hier ist jetzt nämlich Golden Week, das bedeutet: diese Woche Donnerstag und nächste Woche Montag bis Mittwoch sind Feiertage. Am Freitag ist eigentlich ein Werktag, aber da nimmt praktisch jeder Japaner Urlaub. Mein Betreuer meinte dann, ob ich auch Urlaub nehmen möchte. Im Vertrag steht aber nichts von Urlaub, was ich ihm dann auch gesagt habe. Er meinte - wenn ich das richtig verstanden habe - dass ich auch keinen Urlaubsanspruch habe, dass aber er und mein Chef entscheiden können, mir Urlaub zu geben. Und den Freitag würden sie mir gönnen. Da sage ich doch nicht nein! Für Euch heißt das aber, dass Ihr vielleicht morgen noch einen Newsletter bekommt, und dann erst wieder am Donnerstag

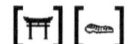
nächster Woche. Also macht Euch keine Sorgen, mir geht's gut, ich habe bloß mal 'ne Woche frei (und ich rechne ganz fest damit, dass ich nach der Woche mehr als eine Email in meiner Mailbox habe). So denn, seid gegrüßt, bis demnächst.

06 05 2004 34

Ja, hallo erstmal, nach einer langen (Zwangs-)Pause hier nun die neusten Erzählungen aus der Ferne. Vermutlich gestückelt, denn alles in eine Email zu packen würde wahrscheinlich den Rahmen sprengen. Also gut. Zunächst mal vorneweg: es war eine sehr schöne freie Woche, ich habe sie sehr genossen; Christian hatte auch frei, was bei Grafikern ja nie sooo sicher ist. Daher konnten wir ganz viel zusammen unternehmen, was genau erfahrt Ihr gleich.

Am Donnerstag (also heute vor einer Woche ... ist es wirklich schon so lange her?) war ich einfach nur faul, habe bis mittags geschlafen, war Wäsche waschen und einkaufen und habe ansonsten nur rumgelegen und ferngesehen und gelesen. Sehr erholsam. Am Freitag sind Christian und ich zum Meiji-Schrein gefahren. Da waren wir zwar schon, aber da sollte die ganze Woche über Frühlingsfest sein, mit Kostümen, Tanz, Musik und so. War aber nicht. Also, zumindest nicht am Freitag. Demzufolge standen wir da mutterseelenallein - naja, nicht ganz, ein paar Leute waren natürlich schon da, aber nicht viele - wie bestellt und nicht abgeholt. Also was tun? Was man halt so tut bei schönem Wetter: einfach drauflos laufen und gucken, wo man rauskommt. Zwar haben wir uns auf dem Stadtplan ein Ziel ausgeguckt, aber eigentlich ist ja der Weg das Ziel. Ist ein blöder Spruch, aber hier trifft es häufig zu, weil die interessantesten Sachen oft unauffällig am Wegrand sind, nicht die eigentlichen Touristenattraktionen. In diesem Fall hieß unser Ziel der Friedhof von Aoyama. Keine Sehenswürdigkeit im klassischen Sinne, aber bestimmt nicht uninteressant und von der Entfernung her auch ideal. Unterwegs waren auf dem Grünstreifen zwischen Fußgängerweg und Straße (ja, bei manchen Straßen gibt es das, aber nur bei den ohnehin ziemlich breiten) Skulpturen installiert; also eigentlich nicht richtige Skulpturen, sondern Kunst zum Großteil aus Naturmaterialien. Wie bei Kunst halt meistens war nicht wirklich zu erkennen, was das alles sollte, aber einiges sah schon interessant aus.

Irgendwann waren wir dann fast am Friedhof, wir mussten nur noch ein Treppe runter. Da haben wir dann erst mal blöd geguckt, denn plötzlich hat es sich nach Regen angehört. Es war aber kein Wölkchen am Himmel, und wir haben auch keine Tropfen gespürt. Genaueres Hinsehen hat dann ergeben: Raupen. An den Bäumen waren unzählige Raupen, ungefähr 2-3 cm lang und haarig. Die sind die Bäume rauf- oder entlanggekrochen, und wenn sie den Halt verloren haben haben sie beim Runterfallen Blätter gestreift, was sich dann wie Regentropfen anhört. Und weil da eine ganze Menge Raupen jede Menge Halt verloren hat, hörte es sich halt an wie richtiger Regen. Das einzige Problem bei der Sache: wir mussten unter den Bäumen durch. Nicht, dass wir uns hier falsch verstehen: ich mag Raupen, besonders die haarigen, sind wirklich niedliche Tierchen, ich gucke die gerne an und würde sie auch gerne über meinen Arm krabbeln lassen oder so. Aber wenn sie auf einen runterregnen ist das weniger lustig; es hat noch minutenlang am ganzen Körper gekitzelt, weil man sich automatisch einbildet, da könnte ja noch was sein. Der Friedhof an sich war sehr unspektakulär, klein und verkommen. Steht wohl nur im Reiseführer, weil da einige berühmte japanische Persönlichkeiten liegen. Daher sind wir dann auch gleich weitergelaufen, über Shinjuku nach Nakanoshimbashi - klingt harmlos, ist aber fast halb Tokyo ... naja, nicht ganz, aber jedenfalls ziemlich weit - , wo Christian wohnt, und haben da mit seinen Mitbewohnern (zwei sehr nette junge Männer) zusammen The Specialist geschaut. Ist schon lustig, wenn 4 Leute gleichzeitig auf Sylvester Stallone rumhacken.

Den Samstag haben wir in Akihabara begonnen. Dieser Stadtteil heißt auch Electronic City, und wenn man da ist merkt man warum. Es gibt jede Menge Läden für alles mögliche Zeug, vor allem aber Computerkram. Da stehen dann teilweise draußen die Wühlkisten mit Hunderten von Mäusen oder Tastaturen o.ä. rum. Außerdem gibt es dort etliche Läden für Computerspiele, die oft auch draußen Demo-Bildschirme aufgebaut haben. Da steht dann eine Traube Japaner auf dem Bürgersteig und starrt wie gebannt auf den Demobildschirm. Wir bahnen uns den Weg da durch, gehen bis zum Ende der Straße, und kommen 20 Minuten später wieder an der Menschentraube vorbei, und die meisten stehen immer noch da. Und starren. Vielleicht sind sie eingeschlafen? Japaner können ja immer und überall schlafen. Neulich ist die Frau neben mir im Zug eingeschlafen und hat ganz vertrauensselig ihren Kopf auf meine Schulter gelegt. Wird auf die Dauer ziemlich unbequem, besonders wenn der Zug anfährt und der Kopf durch die Beschleunigung noch an (gefühltem) Gewicht zunimmt. Aber nach ca. einer halben Stunde musste ich sowieso aussteigen, da konnte ich sie dann vorsichtig wegschieben. Sie ist auch nicht zur Seite gekippt, wie man das hätte vermuten können.

Zurück zum Thema. Computerläden und so. Wir sind in die Läden an sich gar nicht rein, weil wir ja sowieso nichts kaufen wollten. Menschen beobachten ist viel interessanter. Ein Gebäude haben wir uns aber nicht entgehen lassen: den Sega-Turm. In den ersten beiden Stockwerken gibt es da ganz viele von diesen Automaten, bei denen man mit einem Greifarm etwas herausangeln kann oder auch nicht. Und die Japaner schmeißen da Geld rein, unglaublich. In Deutschland sind in diesen Automaten ja meistens Stofftiere, hier kriegt man alles. Stofftiere auch, aber auch Sammelfiguren (von 2 cm Höhe bis zu 30 cm-Puppen), Karten, Süßigkeiten, Tassen, sogar so 'ne Art Karnevalskostüme. Auf diesen Stockwerken war die Lautstärke noch halbwegs erträglich. Es lief zwar Musik, aber die Geräte an sich machten keine Geräusche. Im Stockwerk darüber war es dann schon etwas lauter, da haben auf zwei Bildschirmen jeweils 4 oder 5 Leute ein Rollenspiel gespielt. Sah aus wie ein animiertes Rollen-Brettspiel in 3D, schwer zu beschreiben, hieß The Ring of Avalon oder so ähnlich. Jedenfalls gab da das Spiel an sich schon Töne von sich, wird dann insgesamt ein ziemlicher Mischmasch. Denn die beiden

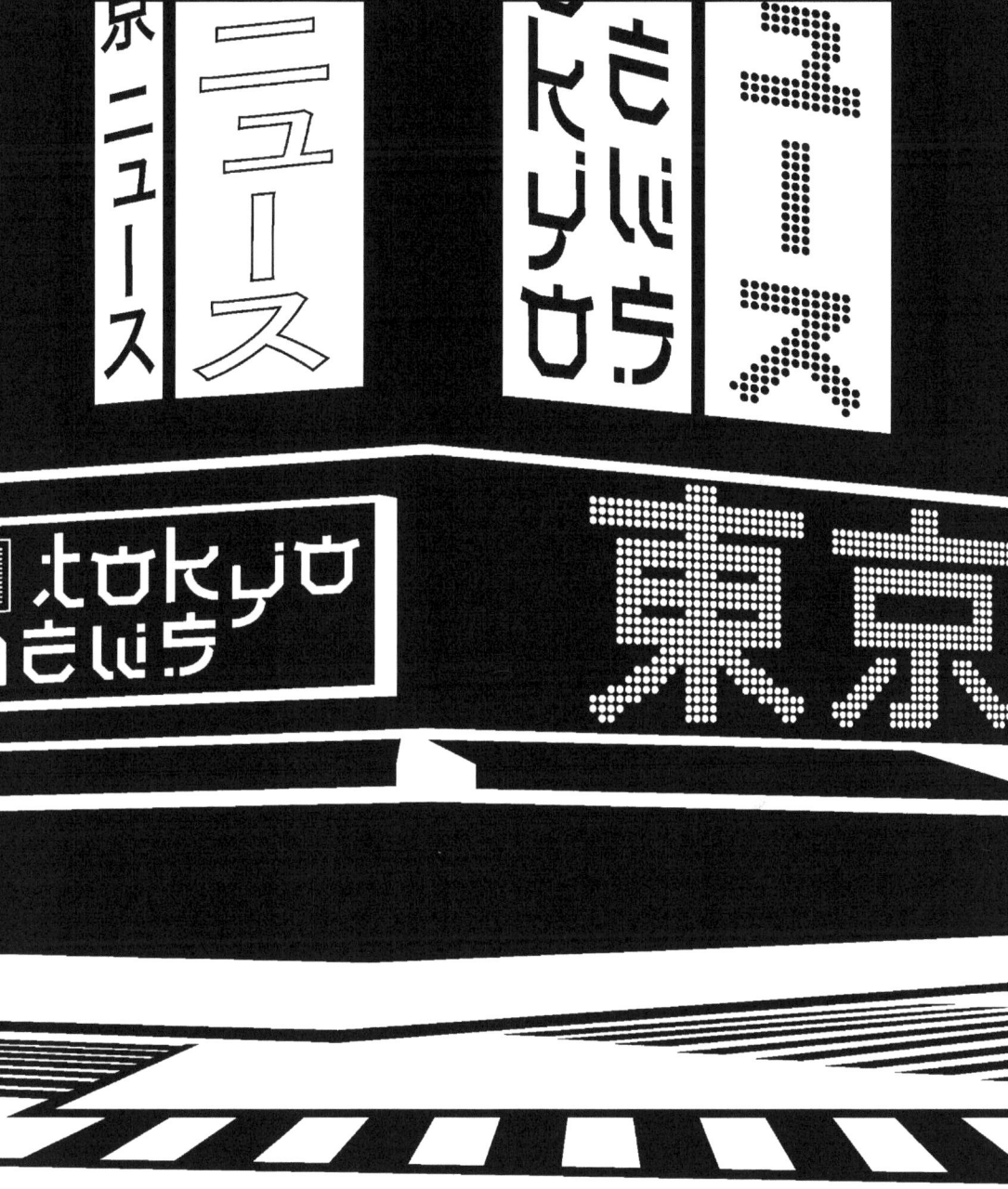

Bildschirme waren auf der Etage nicht alles, es gab auch noch Fußball-Wettkämpfe. Wie das genau funktioniert hat war nicht so klar zu erkennen, wahrscheinlich immer zwei Leute gegeneinander. Jedenfalls sitzt jeder an einem Tisch, auf dem das Fußballfeld skizziert ist, und legt auf dem Feld Karten von Spielern aus, um so seine Mannschaft zusammenzustellen (das heißt wohl, dass man nicht nur für's Spielen an sich bezahlt, sondern dass man auch die entsprechenden Sammelkarten haben muss, wenn man eine Chance haben will). Die Bedienung von so ziemlich sämtlichen Geräten funktioniert fast ausschließlich über Touchscreen, sehr faszinierend (vor allem, wenn man bedenkt, dass die Touchscreens beim Fahrkartenschalter meistens etwas rumspinnen; aber ja, auch Fahrkartenschalter und Geldautomaten sind hier alle per Touchscreen, wozu braucht man auch echte Knöpfe?). Auf diesem Stockwerk war es also schon etwas lauter, aber das war noch gar nichts verglichen mit dem, was uns darüber erwarten sollte. Da gab es nämlich die ganzen Ballerspiele. Super animiert, so schnell konnte man gar nicht gucken, aber insgesamt nicht so mein Geschmack, diese Rumballerei. Das einzige ruhigere Spiel, was sich noch erhalten hat, ist Mahjongg. Scheint hier sehr beliebt zu sein (es gibt sogar Mahjongg-Battle; bestimmt nicht sehr actionreich). Der gute alte Sonic wird nur noch in der Werbung benutzt, spielen kann man den im Sega-Gebäude nicht mehr. Auf jeden Fall ist das ein unvorstellbarer Lärmpegel, wenn da 20-30 Leute gleichzeitig in diesem kleinen Raum Ballerspiele spielen. Und das auf drei Stockwerken. Es ist zwar ganz interessant zuzugucken, aber irgendwann musste ich die Flucht antreten weil der Krach mir tierische Kopfschmerzen verursacht hat. Also rein in den Aufzug.

Kaum gingen die Türen zu ... was ist das? Man hört ja gar nichts? Wow, himmlische Ruhe. Von einer Sekunde auf die andere von einem tierischen Krach in solche Ruhe versetzt zu werden ist ein komisches Gefühl. Aber zum Glück waren wir ja schnell wieder draußen, wo uns vor jedem Laden entweder Lautsprecherwerbung entgegenschallte oder ein Angestellter entweder mit Mikro oder mit Megaphon stand, um uns anzuschreien, was es denn für tolle Sachen bei ihnen gäbe. Nehme ich mal an, sicher bin ich nicht, denn ich höre aus Protest nicht zu, wenn mir jemand mit 'nem Megaphon ins Ohr brüllt.

Sagt mal den Leuten von irgendeinem großen Kaufhaus in Eurer Stadt dass sie sich mit Megaphon vor den Laden stellen sollen - oder noch besser mit Mikro und Lautsprecher, so kann man noch bessere Lautstärken erreichen - um die aktuellen Sonderangebote oder auch das normale Angebot anzupreisen („Bei uns gibt es Kameras, Digitalkameras und Videokameras. Im dritten Stock befindet sich die Duty-free-Abteilung. Bitte kommen Sie herein und überzeugen Sie sich von unseren Angeboten!"). Und aus Gründen der Fairness dürfen natürlich die angrenzenden Läden auch mitmachen, jeder mit einem Lautsprecherturm. Und natürlich möchte jeder der lauteste sein, denn wenn man gehört wird kriegt man auch Kunden. Dann habt ihr schon fast einen Eindruck, was hier so abgeht.

Aber halt nur fast. Denn in Tokyo sind die Grundstückspreise astronomisch. Das führt dazu, dass mehr in die Höhe als in die Breite gebaut wird. Ein Laden ist also oft nur, sagen wir mal, 3-10 m breit, dafür aber 7 oder 8 Stockwerke hoch. Für Euch bedeutet das: den imaginären Lautstärkepegel deutscher Läden müsst Ihr noch mit 3 bis 5 multiplizieren, da auf 50 m Bürgersteig nicht 3 sondern 10 Läden (beispielsweise) sind. Und dann geht dort mal ein bis zwei Stunden spazieren. Dann wisst Ihr, was wir hier als Freizeitbeschäftigung tun und warum wir ab und zu mal in einen Park gehen, auch wenn das Wetter nicht überwältigend gut ist.

Auch am Samstag hatten wir irgendwann genug von dem ganzen Getummel. Also haben wir zu Fuß den nahegelegenen (? -> Alles ist relativ!) Fluss gesucht. Denn wenn wir schon da sind, wollen wir auch Wasser sehen. War gar nicht so einfach zu finden, trotz Stadtplan, aber wie gesagt: der Weg ist das Ziel. Und als wir am Wasser angekommen waren, sind wir auch ziemlich schnell wieder abgezogen, weil es da aufgrund des Windes doch ziemlich frisch war. OK, das ist etwas untertrieben, wir waren durchgefroren und wollten in einen warmen Zug. Außerdem gibt es an so einem Fluss ja sowieso nichts zu tun, einmal rumgucken und man hat alles getan. Daher sind wir dann mit der U-Bahn nach Shinjuku gefahren, sind da noch ein bisschen rumgelaufen, und irgendwann wegen akutem Schüttelfrost heimgefahren. Das war also der Samstag. Am Sonntag sind wir noch mal zum Meiji-Schrein gefahren. Schließlich sollte da Frühlingsfest sein, und wenn am Freitag schon nichts war könnte doch am Sonntag mal was stattfinden, oder? Wir hatten auch hervorragendes Wetter, so dass Park sowieso eine gute Idee war. Zum Glück, denn es war wieder nichts mit Frühlingsfest. Diesmal war zwar wenigstens etwas Deko zu sehen, aber keinerlei Aktionen. Vermutlich waren die nur zu bestimmten Uhrzeiten, und wir hatten sie gerade verpasst.

Daher sind wir mal wieder zu der nebenan gelegenen Brücke von Harajuku gegangen (in diesem Fall mal wirklich nebenan), wo die ganzen kostümierten Jugendlichen rumhängen. Hatte ich schon mal irgendwann erzählt. Anschließend sind wir durch den Yoyogi-Park gelaufen und haben auf einer Bank in der Sonne gelegen und Löcher in die Luft gestarrt. Sehr erholsam. Geht aber nur begrenzte Zeit, weil ich hier „Hummeln im Hintern" habe (sagt man bei uns so, ist nicht wörtlich zu nehmen!) und nicht längere Zeit stillsitzen kann, wenn es noch so viel zu sehen gibt.

Vor dem Park waren auch wieder die Rock'n'Roller, die offensichtlich jeden Sonntag da sind. Eine Gruppe von Männern (und dieses Wochenende auch eine Frau) in schwarzen Lederklamotten, mit Elvis-Tolle (oder auch noch größer), die laut Rock'n'Roll hören und dazu tanzen. Sehr lustig.

Außerdem eine Gruppe von Skatern (nur Skateboards, keine Inline-Skates), die ihre Tricks üben, gemischt mit BMX-lern. Sprünge über Pappkartons sind für die völlig normal. Und auch die haben natürlich ihre komplette Musikanlage dabei und unterhalten die vorbeilaufenden (rennenden?) Passanten mit lautem Punk. Und etwas Neues hatten wir dieses Wochenende noch: ein Trampolin, auf dem Jugendliche mit einem Snowboard rumgehüpft sind. Lustige Idee.

Auf dem Bürgersteig, der am Park entlangführt, hatte eine Liveband ihr Zeug aufgebaut und hat da ihr Konzert gespielt. Natürlich auch mit kompletter Ausrüstung, eine Lautstärke war das ... Die Musik hat mir aber recht gut gefallen, also sind wir ein bisschen stehengeblieben und haben uns das angehört und -gesehen. Denn interessanter als die Musik war eigentlich das Publikum. Lauter 14jährige Mädels (also ungefähr, das Alter kann man ja schlecht schätzen), die alle die gleiche Bewegung gemacht haben; ich versuche mal, sie zu beschreiben, also: aufstehen und mitmachen! Gerade stehen, Füße geschlossen, die Arme runterhängen lassen. Eure Ellbogen sollten jetzt die Rippen berühren, bzw. leicht drunter. Die Ellbogen bleiben da, nicht wegbewegen! Ab sofort wird sich nur noch ellbogenabwärts bewegt. Die Finger spreizen und ganz leicht biegen; also nicht gerade strecken und nicht zur Faust ballen, sondern dazwischen. So bleiben! Jetzt den rechten Unterarm heben, bis die Hand an der Schulter ankommt. Fingerhaltung immer beibehalten! Wenn die Hand oben ist, beide Unterarme gegengleich bewegen, also rechte Hand runter Richtung Knie (allerdings beim rechten Winkel, also parallel zum Boden, stoppen), während die linke hochgeht zur Schulter. Gleichzeitiges Ankommen, Richtungswechsel, usw. Spürt Ihr den Rhythmus? Die Energie? Die Lebensfreude? Ich auch nicht, aber das ist die japanische Reaktion auf Punk. An bestimmten Stellen wird die Choreographie leicht abgeändert, da wird dann ein Arm leicht gebeugt hochgestreckt (nicht ganz senkrecht hoch, nur fast) und mit der Faust in der Luft rumgerührt. Nach ein paar Sekunden wird allerdings wieder die Grundposition eingenommen - nicht vergessen, die Finger wieder zu spreizen! - und das Auf und Ab der Unterarme beginnt von vorne. Können wir ja beim nächsten Bad Religion-Konzert mal ausprobieren, mal gucken, wie die um uns rum gucken.

Irgendwann sind wir dann weitergelaufen, und ein paar Meter ums Eck war eine verkehrsberuhigte Straße, auf der alle 10 m eine Band stand, manchmal auch einzelne Sänger, oder zwei Jungen, die sich in Comedy versucht haben. Die waren zum Glück aber alle in ihrer Lautstärke eingeschränkt, das wäre ein schönes Trara gewesen, wenn die alle komplette Lautsprecheranlagen gehabt hätten. An denen sind wir aber zügig vorbei, war nichts G'scheits dabei. Am Ende sind wir wieder nach Shinjuku gelaufen, und von da aus mit der U-Bahn zu Christian gefahren, weil ich nicht mehr laufen konnte („kann ich nicht heißt will ich nicht", stimmt in dem Fall). Gerade habe ich mal für Euch die ungefähren Entfernungen ermittelt; das sind allerdings U-Bahn-Kilometer, kann also zu Fuß auch länger sein, denn man läuft ja nicht Luftlinie. Von Harajuku (also dem Meiji-Schrein) bis Shinjuku sind es gute 2 Kilometer, von da aus zu Christian gute 3. Aber das ist ja bloß der Heimweg, zusätzlich zu dem, was wir den Tag über schon gelaufen sind. Abends gab's dann einen Planet der Affen-Film im Fernsehen; wie gesagt, ich nehme, was ich auf Englisch kriegen kann. Ein sehr schöner altmodischer Film, die Frau sagt im ganzen Film genau ein Wort, ansonsten wird sie immer nur an der Hand gepackt und mitgezerrt, weil Frauen ja alleine nicht laufen können. Vor allem, weil sie schon ihr ganzes Leben in der Wildnis lebt und er als NASA-Astronaut gerade erst gelandet ist. Aber er wird schon besser wissen, was zu tun ist. Nein, ich rege mich nicht auf, ich amüsiere mich nur.

So, das war Donnerstag bis Sonntag. Und was ist mit Montag bis Mittwoch? Die gibt's morgen (wahrscheinlich), sonst wird das hier zu viel. Außerdem habe ich über's Wochenende (also ei-

gentlich die ganze Woche) gigantische 20 Emails bekommen, von 14 Leuten (nicht alle vom Verteiler). Danke Euch Allen! Aber die kann ich natürlich nicht alle jetzt sofort einzeln und ausführlich beantworten, ich hoffe, Ihr versteht das. Gelesen habe ich sie aber alle aufmerksam und gerne, nur das
Antworten kann halt noch bis nächste Woche dauern, da ich ja heute und morgen sehr viel mit dem
länglichen Newsletter über meine Golden Week zu tun habe.
Nun gut, das war's für heute, bis dann.

07 TAG **05** MONAT **2004** JAHR **35** NR.

Mahlzeit! Hier nun wie versprochen der Bericht über Montag bis Mittwoch. Drei aufeinanderfolgende
Feiertage, unglaublich, oder? Besonders, weil ja auch schon der Donnerstag ein Feiertag war. Am
Montag wollten wir eigentlich nach Yokohama fahren, weil da ein Maskenumzug stattfinden sollte.
Und da wir da sowieso mal hinfahren wollten, könnten wir ja auch fahren, wenn der Umzug ist. Also
morgens im Halbschlaf zur Balkontür gequält und einen vorsichtigen Blick rausgeworfen. War klar.
Regen. Das Gute daran: ich konnte ohne schlechtes Gewissen noch 'ne Stunde weiterschlafen. Habe
ich dann auch getan. Warum bin ich morgens immer so müde? Nach besagter Stunde bin ich dann
doch aufgestanden, und was ist die erste Tätigkeit? Klar, Fernseher an. Beim Frühstück ein bisschen
durchgezappt; irgendwann haben wir dann „Yokohama" rausgehört. Also mal sehen, was die da so
zeigen. Hmm, da sitzen eine Menge Leute am Straßenrand und warten auf das, was da kommen
möge, alle mit Regenschirm. Gut, es regnet also auch da, hat sich also die Entscheidung, nicht zu fahren, gelohnt. Und dann ging's auch schon los mit dem Umzug. In dem Moment waren wir dann so
richtig froh, nicht gefahren zu sein. Denn das war alles, aber kein Maskenumzug. Jede Menge Spiel-
mannszüge (gibt's das im Plural? Oder ist das dann ein langer? Mehrere Abschnitte halt.), so richtig
wie bei uns, mit Querflöte, Trommeln, Becken und so was. Mädels, die diese Stöcke durch die Gegend
wirbeln (keine Ahnung, wie die Dinger heißen, gibt's aber auch bei uns), und alte Leute, die im offenen Cabrio sitzen und anmutig winken. Tolles Vergnügen. Irgendwann kamen dann auch Wagen
(Wägen?), ähnlich wie beim Karneval. Aber ohne Kamelle. Und das Beste: Das Ganze wurde dann zu
einer Präsentation der Japanisch-Amerikanischen Freundschaft. Eine amerikanische Militärkapelle;
japanische Kinder, die mit Amerika-Flaggen winken, amerikanische Kinder, die mit Japan-Flaggen
winken. Ganz toll. Wahrscheinlich fragt Ihr Euch jetzt, warum wir dann nicht um- oder abgeschaltet
haben, wenn es doch so schlecht war. Und das ist mal 'ne gute Frage. Wahrscheinlich lag es daran,
dass auch auf den anderen Programmen nichts Brauchbares lief, vielleicht war es einfach so schlecht,
dass wir gedacht haben „Das kann doch nicht sein, da muss doch noch was kommen". Keine Ahnung.
Irgendwann kam dann aber tatsächlich noch ein Drache, also so ein länglicher Drache, der auf mehreren Stöcken getragen wird. Das war aber auch das japanischste, was dort zu sehen war. Gut, dass wir

in meiner trockenen Wohnung geblieben waren! Nachmittags wurde es dann doch noch
sonnig, optimales Wetter, um noch ein bisschen vor die Tür zu gehen; aber ich war inzwischen
so auf einen faulen Tag eingestellt, dass ich mich nicht mehr aufraffen konnte. Also ist Christian alleine raus, und ich habe den Rest des Tages mit Lesen verbracht.

05 Für Dienstag hatten wir dann aber auch wenn-es-regnet-dann-Pläne. Wir haben nämlich
einen Grutto-Pass gekauft. Das bedeutet, dass man einmal 15 Euro zahlt, und dann innerhalb
von zwei Monaten 44 kulturelle Einrichtungen in Tokyo besuchen kann. Hauptsächlich Museen, aber auch zwei Zoos, ein Planetarium und das Sea Life Center. Und wenn man überschlägt, dass die Zoos jeweils 4,50 Euro Eintritt kosten, das Sea Life Center sogar 6 Euro, dann
10 haben sich die 15 Euro schnell rentiert. Zusätzlich kriegt man für ein paar Einrichtungen bzw.
Sonderausstellungen Rabatt.

Also haben wir am Dienstag angefangen, Museen zu besuchen. Denn Zoo ist ja doch eher
was für gutes Wetter. Und wenn sie schon bezahlt sind ... (Wir werden bestimmt nicht alle 44
Dinge tun, aber ein bisschen Kultur darf's zwischendrin doch mal sein.) Wir sind also bis zum
15 Tokyo-Bahnhof gefahren und von da aus am Kaiserpalast vorbei zu den Museen. Als erstes
sind wir in die Crafts Gallery, weil das von der Beschreibung her am langweiligsten klang, also
war unsere Strategie: schnell durch, dann haben wir mehr Zeit für die anderen Museen und
können da bleiben, bis sie zumachen.

Es war dann auch wirklich ziemlich langweilig; es ging um Kunsthandwerk, also zum Beispiel
20 Vasen und bemalte Kisten und Truhen. Es gab auch ein paar alte Plakate aus den 20ern, die
waren schon interessanter, aber insgesamt war die Ausstellung nicht so der Renner. Zum
Glück war sie auch recht klein, so dass wir schnell durch waren.

Als nächstes sind wir ins National Museum of Modern Art. Ein ziemlich großes Kunstmuseum
mit alten japanischen Gemälden, neuen japanischen und nichtjapanischen Gemälden, und
25 „Kunst halt" (also Zeug, das keiner versteht). Insgesamt schon interessant, wenn ich auch
glaube ich das Ganze nicht so richtig zu schätzen weiß. Oder die anderen tun nur so als ob.
Jedenfalls stehen die ganz nachdenklich vor einem Bild, gehen dann ein paar Schritte näher
hin, legen den Kopf schräg, gehen ein paar Schritte nach rechts und nach links, um das Bild
aus verschiedenen Winkeln zu sehen. Sehr kennerisch. Ich stelle mich vor das Bild und denke
30 „gefällt mir" oder „gefällt mir nicht", grob ausgedrückt. Bin halt ein Banause. Irgendwann habe
ich Christian eine harmlose Frage gestellt, weil ich dachte, er kennt sich wohl besser aus als
ich. Die Frage war „Was schätzt Du, wie lange es dauert, so ein Bild zu malen?" Habe mir halt
gedacht, wenn ich schon die Technik nicht einschätzen kann, ist es doch interessant zu wissen, wie viel Arbeit in so was steckt. Die Antwort war „...vielleicht ein bis zwei Jahre, vielleicht
35 nur 3 Monate ... klassische japanische Malerei ... Diagonalen ... Pyramiden ... Nebel ... Komposition ... Skizzen ... Bildteilung ... Sonnenuntergang ... Deutsche Bank ...". So in der Art. Wow. War
wirklich interessant; zumindest in der erzählten Form. Hätte ich das in einem Buch lesen und

verstehen müssen, wäre ich wahrscheinlich eingeschlafen, aber so … Anschließend sind wir ins nebenangelegene Science Museum gegangen. Ist eigentlich für Kinder gemacht, aber was für Kinder gut ist, kann für Erwachsene ja nicht schlecht sein, oder? Da gab es jedenfalls jede Menge Wissenschaft zum Anfassen. Also eigentlich „Wissenschaft light", weil für Kinder, aber halt alles zum Spielen und Ausprobieren. Der Haken an der Sache: es war für Kinder, und es war Feiertag. Was folgert Ihr daraus? Richtig! Horden, tobende, zügellose Horden von Kindern. Und dreist sind die hier. In Japan sind Kinder angeblich noch König (im Zug steht man nicht auf, um alten Leuten einen Platz freizumachen, sondern für Kinder). Und das hat sich in dem Museum bewahrheitet. Da stehen Erwachsene in einer Schlange, um irgendwas auszuprobieren - auch Erwachsene wollen mal spielen - , und dann kommt ein Kind, ruft „nani kore" („Was ist das?"), schmeißt sich an das Gerät und die Erwachsenen gucken blöd. Sagen tut keiner was. Wir natürlich erst recht nicht. Was auch? „Ey, Du, das Ende der Schlange ist da hinten!"? Da würde das Kind wahrscheinlich ziemlich blöd gucken, und wir hätten den Zorn sämtlicher Erwachsener auf unserer Seite.

Das Schönste in dem Museum waren aber die Väter. Nicht im ästhetischen Sinne, sondern so: Horden von tobenden Kindern, und in den Ecken sitzen die Väter und schlafen. Sehr lustig. Wie gesagt, Japaner können immer und überall schlafen. Und als ich meinen Betreuer vor der Golden Week gefragt habe, ob er wegfährt oder ob er sich in Tokyo entspannt, meinte er, zum Entspannen wird er wohl nicht kommen, weil er fürchtet, dass seine Kinder was mit ihm unternehmen wollen. Tjaja, so kann's gehen. Und dann im Museum einschlafen.

Ich werde mal nicht im Einzelnen erzählen, was es in dem Museum alles zu sehen gab, das führt dann doch zu weit, nur das, was mich am meisten beeindruckt hat. Und zwar konnte man da in einen kleinen, abgedunkelten Raum gehen, da hat man sich vor eine Wand gestellt, vielleicht noch eine lustige Figur gemacht, dann kam ein Blitz (wie beim Fotoapparat, nur heller), und man konnte seinen Schatten an der Wand sehen. Der Schatten war natürlich schwarz, der Rest der Wand hat leicht grünlich geleuchtet. Kann mir das jemand erklären? Sah auf jeden Fall sehr cool aus.

Leider hat das Museum dann viel zu früh geschlossen, wir sind quasi rausgeworfen worden. Zwar kannten wir die Öffnungszeiten vorher, aber wir hätten nicht gedacht, dass wir darin so viel Zeit brauchen. Nun ja. Dienstag Abend war dann in Kokubunji High-Life. So gegen 23h ging eine tierisch laute Sirene, hatte ich bis dahin noch nicht gehört. Also haben wir uns vorsichtshalber mal komplett angezogen, nur für den Fall, dass das ein Erdbebenalarm war und wir fluchtartig das Haus hätten verlassen müssen. Ein Blick vom Balkon hat dann aber gezeigt, dass niemand aus irgendeinem Haus gekommen ist, alle hingen hinter den Fenstern und haben geguckt. Und dann ging's auch los. Etliche Feuerwehrautos, alle mit Sirene, aus allen möglichen Richtungen, tolle Klangkulisse. Kurz darauf war dann auch „endlich" Rauch zu sehen, eine riesige Rauchwolke, die sich in der Nähe vom Bahnhof gebildet hatte. Genaueres konnte man von meinem Balkon aus nicht sehen, weil da ein Hochhaus zwischen ist. „Endlich" meine ich nicht, weil es toll ist, wenn's brennt, sondern weil in dem Moment klar war dass wir in meiner Wohnung nicht betroffen sind. Was genau passiert ist weiß ich bis heute nicht, meine

Kollegen haben in der Zeitung nichts gelesen, kann also so viel nicht passiert sein. Allerdings war die Straße noch mehr als eine Stunde gesperrt, weil da die ganzen Feuerwehrautos waren. Für Mittwoch haben wir dann noch mal Kultur angesetzt. Wozu haben wir schließlich einen Coupon-Pass.

Unser erstes Ziel hieß Tokyo Metropolitan Teien Art Museum. Die Beschreibung war nicht wirklich aussagekräftig, also sind wir halt einfach mal hin. Vor Ort hat sich dann rausgestellt, dass unser Gutschein nur für das Gelände gilt. Wäre bei gutem Wetter schön gewesen, ein kleiner Park mit Bänken zum Ausruhen und in die Gegend gucken.

Leider hat's geregnet, so dass wir von Park nicht so viel hatten. Und das Museum an sich zeigt nur eine Sonderausstellung, die 7,50 Euro gekostet hätte, mit Ermäßigungscoupon immer noch 6 Euro. Nein danke.

Also weiter zum nächsten Museum, in der Hoffnung, da rein zu können, denn sonst wären wir ja ganz umsonst rausgefahren. Es handelte sich dabei um das Meguro Museum of Art, auch hier keine sehr klare Beschreibung.

Und auch hier gab es nur eine Sonderausstellung, aber der Gutschein war für diese gültig, so dass wir sie uns ansehen konnten. Es waren lauter Gemälde von einem japanischen Künstler, dessen Namen ich vergessen habe (klingen doch alle gleich!), gemalt in den 90ern. Also ziemlich neu und modern.

Mir hat ungefähr die Hälfte davon sehr gut gefallen, da ging es immer um ein eiförmiges U-Boot, sah zumindest so aus. Ein Ei mit Guckrohr. Und das hat allerhand unternommen in der Welt, mal war's im Swimmingpool (ohne Wasser), mal im Park, mal an einem Fluss, mal in etwas abstrakterer Umgebung. Klingt jetzt blöd, sah aber gut aus.

Wahrscheinlich bin ich auch hier wieder Banause und habe die Kernaussage, den philosophischen Hintergrund, die Moral von der Geschicht', verpasst, aber was soll's. Die andere Hälfte der Gemälde war nicht so toll, da ging es um schlafende und sonnenbadende Menschen. Nicht so interessant. Aber für umsonst ...

Naja, und danach wussten wir irgendwie nichts mehr mit unserer Zeit anzufangen, es war kalt und hat geregnet, und weitere Museen gab es in der Ecke nicht. Also haben wir beschlossen, frühzeitig heimzufahren (jeder zu sich, denn am nächsten Tag war ja wieder Arbeit angesagt).

Hochinteressante Mitmenschen-Beobachtungen haben wir am Mittwoch auch nicht gemacht, denn in beiden Museen war es ziemlich leer. Und wegen des Regens war auch auf der Straße nicht so viel los. Allerdings habe ich gestern erfahren, dass am Mittwoch „childrens' day" war, so dass z.B. im Science Museum Kinder freien Eintritt hatten.

Gut, dass wir nicht am Mittwoch hingefahren sind, da hätten wir ja erst richtig Spaß gehabt ...

Gestern Abend waren wir beim Indiaca, und jetzt gehe ich heim und genieße mein Wochenende. (Ist ein komisches Gefühl, nach nur zwei Arbeitstagen schon wieder Wochenende zu haben.) Und mit ein bisschen Glück habe ich am Montag sogar was zu erzählen.

東京
ニュース

Hallo Ihr Alle (eigentlich nicht mehr alle, denn die, die sich noch gar nicht gemeldet haben, sind vom Verteiler geflogen), und, hattet Ihr ein schönes Wochenende? Will's doch mal hoffen. Wir waren wie meistens ziemlich aktiv; Genaueres erfahrt Ihr im Folgenden. Dabei haltet Euch bitte wieder vor Augen, dass die Abstände hier etwas größer sind als bei uns. Gut, dass ich einen Büro-Job habe, so dass meine Füße während der Woche ein bisschen Ruhe haben von der ganzen Rumrennerei ...

Am Samstag hatten wir richtig tolles Wetter, Sonnenschein, schön warm, aber nicht zu heiß, optimal. So könnte es von mir aus bleiben (tut es aber nicht). Also sind wir morgens (eher mittags) nach Shimbashi gefahren, ein Stadtteil im Osten Tokyos. Von dem Bahnhof aus wollten wir zum Big Sight-Building laufen, weil da dieses Wochenende eine Designausstellung war.

Da hatten wir aber erst mal noch eine ganz schöne Wegstrecke vor uns. Das Gute daran: es war ein sehr interessante Wegstrecke. Diese Gegend besteht nämlich aus mehreren Inseln, die durch Brücken verbunden sind (ich glaube gelesen zu haben, dass diese Inseln aufgeschüttet wurden, dass sie also künstlich geschaffene Fläche darstellen, wo vorher nur Wasser war). Wir haben also sozusagen Inselhopping betrieben. Die Kanäle, die dazwischen herlaufen, werden teilweise von Industriebetrieben benutzt; was das genau war, konnten wir nicht feststellen, große Industrieanlagen mit jeder Menge Rohren und so. Fast wie daheim im Ruhrgebiet. Schön. Also von der einen Insel zur nächsten gelaufen, zur nächsten und nächsten und so weiter. Die Gegend war nicht schön im herkömmlichen Sinne, aber halt mal ganz anders als das Tokyo das wir bisher kennen. Nun ja, irgendwann nach ein paar Kilometern waren wir dann in der Nähe vom Big Sight-Building. Dort ist auch noch das Panasonic-Center, wo man alle mögliche Dinge angucken und ausprobieren kann.

Wir sind aber nur kurz in den Vorraum, weil unser eigentliches Ziel ja die Designausstellung war. Der Besuch hat aber trotzdem etwas länger gedauert als erwartet, weil ich den Fehler gemacht habe, interessiert auf einen Bildschirm zu gucken. Das hat eine der netten Angestellten wohl als Aufforderung verstanden, mir das Ding zu erklären, vielleicht wollte sie auch einfach mal ihr - zugegebenermaßen sehr gutes - Englisch anwenden. Auf diesem Bildschirm konnte man - natürlich per Touchscreen - verschiedene Städte anklicken, die dann angezoomt wurden, und dort hatte man dann die Auswahl zwischen verschiedenen Sehenswürdigkeiten. Teilweise als 3D-Animation, teilweise die Übertragung einer Live-Kamera. Mitsamt dem aktuellen Wetterbericht für die ausgewählte Stadt. Klasse Sache. Leider hat die Dame mir nicht erklärt, dass sie außer New York und Detroit auch noch Städte in anderen Kontinenten zur Auswahl haben.

Anschließend sind wir dann aber doch weiter zum Big Sight-Building. Und wow, was für ein Gebäude! Hat mich ein bisschen an Independence Day erinnert, als ich da so schräg drunter stand. Es besteht aus vier rechteckigen Säulen (ich nehme mal an, dass darin Räume untergebracht sind), auf denen der obere Gebäudeteil aufliegt. Dieser läuft nach oben schräg auseinander, an den Seiten gerade, so dass die Ecken spitz sind ... ??? Ich kann's nicht erklären. Und in diesem Gebäude war die Design-Ausstellung. Die ist nur zweimal im Jahr und sah auf den Flyern supercool aus, die Leute im Eingangsbereich auch, und da ich mich auf solchen Veranstaltungen meistens etwas deplaziert fühle, habe ich mir den Eintritt gespart und habe mich in die Sonne gesetzt und mein Buch weitergelesen (was von vornherein mein Plan gewesen war; ein paar Stunden rumhängen und das Wetter genießen).

Anschließend sind wir noch halbwegs planlos in der Gegend rumgelaufen. Unser Ziel hieß Rainbow Bridge, so wollten wir den Heimweg antreten: über die Rainbow Bridge wieder auf's Festland laufen und da zum nächsten Bahnhof, um heimzufahren.

Nun ja, wie gesagt, etwas planlos aber dafür doch ziemlich zügig haben wir den Weg zur Rainbow Bridge gefunden ... was nicht heißt, dass der Weg kurz war! Aber unterwegs haben wir noch einen schönen Springbrunnen gesehen (sah aus wie ein abgesoffener Kahn, der Wasser in die Luft gewirbelt hat, gerade und spiralförmig, mit Lichteffekten), sind an einem großen Riesenrad vorbei (in das wir nicht reingehen, weil es geschlossene Kapseln sind und die Aussicht daher wahrscheinlich stark getrübt ist, von Photos mal ganz abgesehen ...), konnten durchs Schaufenster einem Hundefriseur zugucken, und haben unterwegs einen schönen Strand entdeckt, an den wir im Sommer bestimmt noch mal fahren werden. Irgendwann haben wir uns dann die Frage gestellt: darf man überhaupt zu Fuß über die Rainbow Bridge laufen?!? - Soviel zum Thema planlos. Allerdings hatten wir wieder mal Glück, denn wir sind noch vor der Sperrstunde da angekommen. Also durften wir laufen. Die Brücke ist ca. 1,5-2 km lang und ziemlich hoch. Die Autos fahren zweistöckig, jeweils 3 Spuren pro Richtung (wenn mich meine Erinnerung nicht täuscht). Ist also ein ziemlich imposantes Bauwerk. Der Anfang des Fußweges war für mich ein bisschen gewöhnungsbedürftig. Es war nämlich wirklich nur der Fußweg, mit Geländer natürlich, das aber nur hüfthoch, und rechts und links ging es runter ins Wasser. So 10-20 m tief. Schätzungsweise. Etwas später ist der Weg dann mit der Straße zusammengelaufen, so dass zumindest auf einer Seite der Eindruck von es-geht-nicht-tief-runter entstand. Und auf der offenen Seite war das Gitter dann 4 m hoch. Sehr beruhigend. So sind wir also über die Brücke gelaufen, haben uns von röhrenden Autos überholen lassen, was den Genuss der Aussicht (Bucht in der Dämmerung, beleuchtete Boote usw.) etwas gedämmt hat, und hatten irgendwann tatsächlich das andere Ufer erreicht. Dort mussten wir dann mit einem Fahrstuhl auf Bodenhöhe fahren; die Brücke an sich ging nämlich schon noch weiter, aber halt nur für Autos. Und da habe ich dann schon etwas blöd geguckt: sechs Stockwerke runter, um ebenerdig zu sein. So hoch war das??? Von unten sah es dann auch so aus, aber von oben habe ich das - zum Glück - nicht so gemerkt. Und nach ca. einer halben Stunde Fußmarsch waren wir dann auch schon am Bahnhof und sind in den Zug gefallen, der uns heimgefahren hat.

Für Sonntag hieß unser Plan: gutes Wetter->Zoo, schlechtes Wetter->Museum. Vorsichtiger

Blick nach draußen: schlechtes Wetter. Also wurde der Plan kurzerhand umgestellt: erst mal noch 'ne Stunde schlafen und dann Museum.

Diesen Sonntag sollte es das National Science Museum in Ueno sein. Ein Naturkundemuseum, angeblich mit einigem Zeug zum Rumspielen und Ausprobieren. Am interessantesten waren dann auch die Dino-Skelette, vor allem wegen der Aussicht, dass am Abend Jurassic Parc 3 laufen würde, für mich leider nur auf Japanisch. Der Rest war mittelprächtig, das Rumspielen hat sich größtenteils auf Knöpfedrücken beschränkt, was das Aufleuchten von LEDs zur Folge hatte, wobei wir die Beschriftungen sowieso nicht verstanden haben.

Im neuen Flügel des Gebäudes ist dann der „Erlebnis-Teil". Da ist zum Beispiel ein Wald nachgebaut, in dem die Nachbildung einer Wildsau mit ihren Frischlingen liegt. Unter anderem. Als ich klein war, sind wir nach Vosswinkel in den Wildpark gefahren, um Wildschweine mit Frischlingen zu sehen, nicht in ein Museum. Gut, dass ich nicht in Tokyo aufgewachsen bin!

Dafür beherrschen die Kinder hier perfekt die Bedienung von Touchscreens. Scheint selbst für die Vierjährigen völlig normal zu sein. Man muss Prioritäten setzen ... Anschließend sind wir noch nebenan ins National Museum of Western Art gegangen; wieder Gemälde und Skulpturen, diesmal aber ausnahmslos alle langweilig. Aber es war ja in unserem Grutto-Pass enthalten, lag nebenan und bei dem Regen hätten wir sowieso nichts anderes machen können. Trotzdem waren wir beide froh, als wir da wieder raus waren. Das Interessanteste in dem ganzen Museum war die Demonstration, wie die Skulpturen gegen Erdbeben geschützt sind. Da waren halt Miniaturen auf einem Rütteltisch aufgebaut, es wurde kräftig hin- und hergerüttelt, aber die Miniaturen sind nur ganz leicht und sanft hin- und hergewankt. Beeindruckend. Schließlich hat sich das Wetter doch noch stabilisiert, so dass wir noch ein bisschen in der Gegend um den Bahnhof rumlaufen wollten. Plötzlich waren wir offensichtlich im falschen Film, von einer Sekunde auf die andere herrschte riesiges Gedrängel, aus der Entfernung waren komische Rufe zu hören, und wir wurden ziemlich unsanft rumgeschubst. Des Rätsels Lösung (Halblösung eigentlich): ein tragbarer Schrein, der von ca. 20 Männern und Frauen durch die Straßen getragen wurde; eigentlich sind die mit dem Ding auf den Schultern sogar noch gehüpft. Und drumrum natürlich Menschenmassen, die den Schrein begleiten wollten. Was das sollte weiß ich aber nicht. Oder wo die hinwollten. Habe dann abends im Fernsehen gesehen, dass an verschiedenen Orten in Tokyo solche Schreine unterwegs waren, so ein Ding wiegt zwischen 1000 und 1400 kg, die haben also ganz schön zu schleppen; und wir hatten wohl noch Glück, denn die Menschenmassen im Fernsehen sahen nicht so entspannt aus wie wir. Die waren kurz vor der Prügelei. Kann man auch verstehen, wenn ich einen 1000 kg-Schrein auf den Schultern habe, also meinen Anteil halt, und es steht jemand im Weg rum, sage ich auch nicht „Entschuldigung, Sie stehen mir im Weg, hätten Sie vielleicht die Güte ...". Da wird dann halt geschoben und wenn das nichts hilft geschubst. Sah aber nicht ungefährlich aus. Irgendwann gab es dann nichts mehr zu tun, also sind wir heim. Was wir sonst noch so beobachtet haben erzähle ich dann im Laufe der Woche, wäre ja blöd, alles auf einmal zu „verbraten". Das war jedenfalls mal, was wir unternommen haben. Tschüss.

Hallo und Mahlzeit, hier nun eine weitere Ausgabe von „Silke-in-Japan, Interessantes und Un-
interessantes aus dem Land der Sushi". Womit wir auch gleich beim Thema wären: Sushi. Neulich hat sich nämlich das sowieso schon ziemlich skurrile japanische Fernsehen selbst über-
troffen. Schalte ich doch Samstags morgens den Fernseher an, und was sehe ich da?
Tanzende Sushi! Und ja, ich hatte meine Brille schon auf. Es war wirklich so. Da waren so ca. 20
JapanerInnen, teilweise Kinder, teilweise Erwachsene, als Sushi verkleidet. Da gibt's ja Reis-
häufchen mit Fisch drauf und so Röllchen, hatten die alles nachgemacht. Jede Person also ein
Sushi. Oben hat der Kopf rausgeguckt (war aber bei den meisten ins Kostüm integriert), unten
die Beine. Die waren aber kaum sichtbar, weil alle weiße Strumpfhosen anhatten und in
einem komplett weißen Fernsehstudio waren. Dort haben sie dann einen Tanz aufgeführt.
Sehr seltsam das Ganze. Aber wir sind ja inzwischen so einiges gewohnt.

Christian hat die Sushi leider nur im Halbschlaf mitgekriegt (ich habe versucht, ihn zu wecken
aber da war nichts zu machen); er hat dann Stunden später ganz vorsichtig gefragt „Du, ich
habe heute morgen tanzende Sushi gesehen ...?". Ist ja auch eigentlich unvorstellbar.

Das mit dem Tanzen hat hier übrigens Methode. Von den Mädels bei der Open-Air-Rockband
habe ich Euch ja schon erzählt. Alle Bewegungen schön koordiniert. Im Fernsehen wird auch
sehr viel getanzt; die haben noch mehr Boygroups und Girlgroups (nennt man das so?) als
wir. Aber da tanzt dann nicht nur die Band, sondern das gesamte Publikum beherrscht die
Armbewegungen und macht mit.

Mein Favorit beim Thema Tanzen ist Samstags abends zu sehen. Eigentlich ist das eine Sendung über's Essen. Da fahren 2 fette Japaner ('tschuldigung, kann man nicht anders sagen;
die sind stolz drauf, erkläre ich gleich) und ein ausländischer Matrose (sieht aus wie ein Alge-
rier oder so was) durch die Gegend und besuchen verschiedene Köche bzw. Restaurants. Da
gucken sie dann bei der Zubereitung zu und am Ende dürfen sie das Essen dann auch essen.
Über die Tischsitten der Japaner hatte ich ja glaube ich schon mal berichtet. Im Zweifelsfall
Schale an den Mund setzen und mit den Stäbchen alles reinschieben. Sieht für einen Europäer wirklich sehr appetitlich aus! Und besagte Männer im Fernsehen können das besonders
gut. Samt den dazugehörigen Geräuschen. Zusätzlich unterstützt wird das dann noch von
der Einspielung von Schweinegrunzen, und das passt wirklich zu dem, was man da sieht. Das
Logo der Sendung ist ein Schweinegesicht mit einem Wikingerhut. Sehr passend. Und am
Ende der Sendung lernen die dann von irgendwelchen Leuten - keine Ahnung, wo die auf
einmal herkommen - einen Tanz, der wohl etwas mit dem zu tun hat, was sie gerade gegessen
haben. Da hüpfen sie dann also durch die Gegend, vorzugsweise mit dem T-Shirt über den
Bauch hochgezogen, damit man die Bäuche wackeln sieht. Ist wirklich lustig. Letzten Samstag

haben sie Tintenfische gefangen (aus einem kleinen Becken, echte Helden halt!), die dann zubereitet wurden. Zum Schluss gab's dann ein Lied, dessen Refrain hauptsächlich aus „ika" bestand - Ihr habt's erraten, ika heißt Tintenfisch - und den dazugehörigen Tanz. Bei „ika" wurde die Arme über den Kopf gehoben, Fingerspitzen zusammen und so im Prinzip ein Dreieck gebildet, weil die Tintenfische oben/vorne (oder ist es hinten?) spitz zulaufen. Wir hatten jedenfalls Spaß beim Zugucken.

Und am nächsten Tag haben wir den Spaß an die Japaner weitergegeben, als wir im Naturkundemuseum waren und im „Erlebnisraum Meer" nachgebildete Tintenfische an der Decke haben hängen sehen. Wir konnten es uns nämlich nicht verkneifen, die Arme über den Kopf zu heben, zu hüpfen und dabei „ika, ika, ika, ika" zu - hmmm - irgendwas zwischen sagen und rufen. Es war wohl eher rufen, aber bei den ganzen lärmenden Kindern um uns rum haben nur die direkt neben uns Stehenden was mitgekriegt. Die werden sich auch gedacht haben „Blöde Ausländer, die spinnen ja völlig." Das ist halt hier der Unterschied. Im Fernsehen ist so ziemlich alles erlaubt, aber macht das mal auf der Straße! Oder im Naturkundemuseum ...

Und wenn wir sowieso schon über's Fernsehprogramm reden: Freitag abends kommt meine Lieblingssendung; da fährt ein Mann mit seinem Hund quer durch Japan und besucht andere Tiere, hauptsächlich Hunde, aber auch Katzen, Schweine und Kühe. Der Hund ist ein total süßer weißer (eher cremefarbener) Labrador, leicht übergewichtig, aber mit einem sehr schönen Gesicht. Und in Japan wird ja immer viel Text ins Bild eingeblendet, so dass man auch als Ausländer ein bisschen was von der Bedeutung mitkriegt, denn Fragezeichen, Ausrufezeichen, Totenköpfe und Herzchen sind international. Und meistens sagt auch das Gesicht von dem Hund alles.

Denn viele der besuchten Hunde haben was vorzuführen, tanzen auf den Hinterbeinen (womit wir wieder beim Tanzen wären) oder ähnliche Späße. Das findet der vergleichsweise große Labrador wohl etwas dämlich, die tanzenden Chihuahuas. Ich auch, aber ich kann meine Stirn nicht so gut in Falten legen wie er. Schade eigentlich.

Allgemein kann man wohl sagen, dass Japaner auf Hunde stehen, besonders auf solche, die sich in einer Tragetasche unterbringen lassen, weil man die bequem mitnehmen kann, auch im Zug, und vermutlich auch, weil sie in die kleinen Wohnungen passen. Ich habe noch nie so viele Dackel gesehen wie hier. Allerdings nur Langhaardackel, die meisten tragen alberne Jäckchen, viele haben Schleifen an den Ohren; es muss halt alles niedlich sein. Daran liegt es wohl, dass ich noch nicht einen einzigen Rauhhaardackel gesehen habe.

Denn die sind ja bei weitem weniger niedlich als Langhaardackel. Bisher konnte ich Dackel eigentlich gar nicht leiden, aber hier habe ich festgestellt, dass Langhaardackel wenigstens niedliche Gesichter haben. Was man von den anderen Mini-Hunden, die hier größtenteils rumlaufen, nicht unbedingt behaupten kann. Viele Chihuahuas und Hunde, die ich für Zwergspitze halten würde. Kleine kläffende Wadenbeißer halt. Aber wie gesagt, Kriterium Nummer eins ist hier, dass der Hund in die Tasche passen muss, was direkt Kriterium Nummer zwei zur Folge hat, nämlich dass man ihm Schleifchen an die Ohren binden kann. Wer einen großen Hund hat, hat meistens eine Labrador oder Golden Retriever.

ika ika ika ika ika ika ika ika ika ika ika ika ika ika ika ika ika ika ika ika ika ika ika ika ika ika ika ika ika ika ika ika

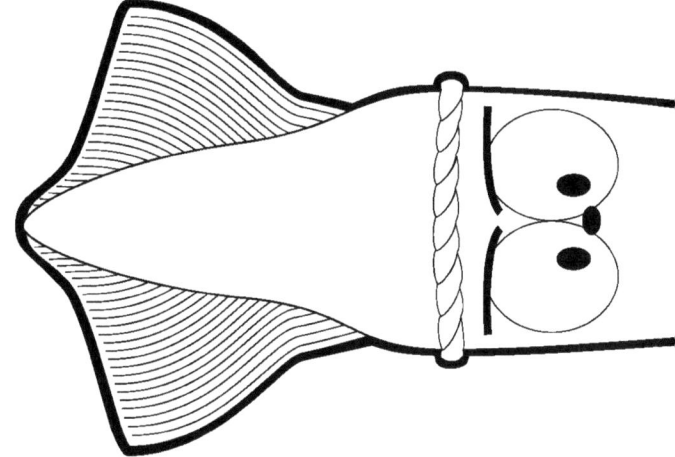

Die haben zum Glück keine Schleifen am Ohr, dafür aber durchweg Halstücher um. Das sieht zwar wirklich gut aus, aber ich werde den Eindruck nicht los, dass das bloß ein Schleifchen-ums-Ohr-Ersatz ist. Und noch eine Frage, die sich bei mir im Zusammenhang mit Hunden un-weigerlich aufdrängt: natürlich haben Japaner immer ihre Plastikbeutel dabei, um die Häuf-chen vom Gehweg entfernen zu können. Hier hilft (fast) jeder mit, die Stadt sauber zu halten. Aber es gibt wirklich so gut wie keine öffentlichen Abfalleimer. Die tragen dann wohl wirklich die Häufchen nach hause und entsorgen die da?!? Muss wohl. Zum Glück sind Dackelhaufen nicht so groß ...

So, das war's zum Thema Fernsehen und Hunde. Obwohl es über's Fernsehen noch sooo viel zu berichten gäbe, besonders über die Werbung. Aber eigentlich muss man das gesehen haben. Beschreibungen werden den Tatsachen nicht gerecht. Leider haben wir festgestellt, dass wir immer mehr zu Japanern mutieren (Näheres dazu morgen), so dass uns das Fernseh-programm längst nicht mehr so seltsam vorkommt wie am Anfang. Man gewöhnt sich an (fast) alles. Ich werde dann jetzt heimlaufen. Heute ist so schönes Wetter, und den Rest der Woche soll es bewölkt sein und regnen, da werde ich den letzten Rest Sonnenschein nutzen und zum Bahnhof laufen. Ist ca. 'ne halbe Stunde Fußmarsch, aber dafür kann ich mich ja an-schließend auf mein Bett (also, auf die Matte die mein Bett darstellt) werfen und den Rest des Abends lesen und faul sein. Obwohl ich wirklich mal etwas mehr Japanisch lernen sollte ... Mal sehen. Also gut, bis demnächst.

Mahlzeit! Gestern habe ich Euch ja angekündigt, dass Ihr heute erfahrt, warum wir immer mehr zu Japanern werden (besonders ich). Eigentlich kann ich nicht das Warum erklären, son-dern nur, wie sich das äußert. Nun, da gibt es die verschiedensten Anzeichen.

:: Dass auch ich schon längst angefangen habe, mich dauernd zu verbeugen, habe ich ja schon mal erzählt. Das wird auch nicht besser, ist halt bequem.
:: Japaner denken bei Ausflügen immer zunächst ans Essen. „Wo warst Du am Wochenende?" – „In Kamakura." – „Oh, schön, viele Tempel. Und, wo hast Du Mittag gegessen?" Eine für uns etwas seltsame Denkweise. Aber selbst JR, die japanische Bahngesellschaft, macht Wer-bung mit Essen (ich verstehe die Bilder auf den Plakaten so: „Fahren Sie Zug, und Sie können die leckersten Gerichte von Japan genießen."). Und inzwischen ist es soweit, dass ich auch schon Dinge sage wie: „Ich möchte mal wieder nach Asakusa fahren, da gibt's so leckere Anko", und dass ich überall die Augen offenhalte, was es da zu essen gibt. Hilfe! Dabei

würde ich das meiste nicht mal wirklich essen, weil es so viel Tintenfisch und Zeug enthält.

:: Ein weiteres Phänomen in Japan - oder zumindest in Tokyo - sind die Getränkeautomaten. Die stehen an jeder Ecke (kann man fast wörtlich nehmen) und auf jedem Berg. Die Getränke sind dort auch nicht teurer als im Laden, manchmal sogar billiger. Daher haben wir es uns abgewöhnt, auf Ausflüge Getränke mitzunehmen. Die werden ja eh nur warm. Frisch aus dem Automaten sind sie gut gekühlt, und man hat weniger zu tragen. Das wird uns in Deutschland wahrscheinlich irgendwann mal blöd aussehen lassen, spät abends unterwegs, plötzlich Durst, aber weder ein Getränkeautomat noch ein 24h-Supermarkt (gibt's hier auch viele, von wegen Ladenschlussgesetz!) in der Nähe. Zugegeben, dafür gibt's hier weniger Tankstellen, bzw. die Tankstellen sind wirklich in erster Linie für's Benzin da.

:: Anfangs habe ich beim morgendlichen Gedrängel im Zug noch so einen Frust gespürt, dass ich mir ein geringfügiges Verziehen des Gesichts nicht verkneifen konnte. Inzwischen habe ich mich ein bisschen angepasst und kann mich fast ohne einen Gesichtsmuskel zubewegen hin- und herschieben lassen. An die völlige Teilnahmslosigkeit der Japaner (die gucken einfach durch die anderen durch und ignorieren sie völlig) komme ich zwar noch nicht ran, aber ich habe ja noch ein paar Wochen Zeit.

:: Ich kann durchs Fernsehprogramm zappen, ohne permanent den Kopf zu schütteln. Wie die Mail von gestern zeigt geht es nicht ganz ohne, aber es wird von Tag zu Tag weniger.

:: Der Busfahrer versteht mich, wenn ich einen neue Prepaid-Karte kaufen will (war am An- fang etwas schwierig).

:: Auf die Frage, warum man Krautsalat oder auch Spiegelei mit Messer und Gabel essen sollte anstatt mit Stäbchen (richtig, Spiegelei mit Stäbchen, meine neuste Höchstleistung!), fällt mir keine plausible Antwort ein.

:: Inzwischen kann ich Hiragana auch im 90 Grad-Winkel schreiben, muss aber bei b und d über legen, wo der Strich hin muss (oje).

Sind zwar lauter Kleinigkeiten, aber die Mutation geht halt langsam vonstatten. Unaufhaltsam. Trotz- dem graust es mir davor, wieder nach Deutschland zu fliegen und keine lustigen Tiere mehr in 2 von 3 Werbespots zu sehen, im Supermarkt von den Angestellten böse angeguckt zu werden, und bei leichtem Nieselregen nicht mehr die einzige zu sein, die keinen Schirm trägt. Die müssen mich hier für ziemlich blöde halten, weil es mir echt zu doof ist, bei ein paar Regentropfen meinen Regenschirm zu benutzen, nur um ihn dann, wenn ich in den Supermarkt rein will, in eine Plastiktüte stopfen zu müssen, damit ich den Laden nicht nass mache.

Diesen Aufwand spare ich mir für wenn's wirklich regnet. So, und damit verabschiede ich mich für heute. Heute spielen nämlich die japanischen Damen wieder Volleyball (Olympiaqualifikation, glaube ich), und gestern haben sie so ein super Spiel hingelegt, dass ich mir das heute nicht entge- hen lassen will. Bis dann.

TAG 17 **MONAT** 05 **JAHR** 2004 **NR** 39

Hallo zusammen, hier die neusten Erzählungen vom Wochenende. Werden wahrscheinlich relativ kurz, warum werdet Ihr dann sehen.

Am Samstag sind wir nach Asakusa gefahren. Da waren wir zwar schon mal, aber an diesem Wochenende war dort ein Fest, das wir uns nicht entgehen lassen wollten. Angeblich das größte Fest in Tokyo, mit 1,5 Millionen Besuchern (aber wohl auf Fr./Sa./So. verteilt). Am Freitag war große Kostümparade, aber mittags um eins; ganz toll, wenn ich bis 18h arbeiten muss. Samstag war dann das Fest der tragbaren Schreine. Da wurden von überall her tragbare Schreine („mikoshi") zum Tempel (oder Schrein? Ich lern's nie!) von Asakusa getragen. Solche, wie wir sie schon von einigen Tagen in Ueno gesehen haben. Ich habe glaube ich schon erwähnt, dass so ein Schrein 1000 bis 1400 kg wiegt, und entsprechend anstrengend ist das für die TrägerInnen. Die werden dann auch ab und zu mal ausgetauscht. Auf jeden Fall waren dort am Samstag über 100 Schreine versammelt, die nacheinander die Gasse zum Tempel raufgetragen wurden, dann einmal um den Tempel drumrum, um dann gesegnet zu werden und später zu ihren Heimattempeln zurückzukehren. Die Träger hatten auch alle unterschiedliche Kostüme an (also zu einem Schrein gehörige Träger die gleichen, aber je Schrein verschieden). Und ich glaube, die Japaner haben das Ganze richtig ernstgenommen, viele hatten Listen dabei, auf denen wohl draufstand, welcher Schrein aus welcher Gemeinde kommt. Es gab nämlich auch Lautsprecherdurchsagen, z.B. „Nr. 5, ... Kamakura ...", die dann ganz eifrig mit den Listen verglichen wurden. Wir haben eher den Gesamteindruck genossen; die Menschenmassen, die Gesichter der Träger, den lustigen Singsang, zu dem der Schrein geschaukelt wird. Und, nicht zu vergessen, die leckeren Ankos, die es in Asakusa gibt. Wie gesagt, ich werde immer mehr zum Japaner, bevor ich die Schreine angeguckt habe habe ich erst mal zugesehen, dass ich meine Anko-Ration kriege. Und prompt war es heute in der Mittagspause auch die erste Frage: „Und, seit Ihr wirklich nach Asakusa gefahren? Und hast Du Ankos gegessen?" Die Antwort war natürlich „Ja, sind wir. Die Schreine waren interessant, aber die Ankos ... ich esse die Ankos aus Asakusa sooo gerne." Fanden sie ganz normal, diese Antwort.

Aber zurück zum Thema: so werden also die Schreine durch die Gegend geschaukelt; im Weg stehende Leute kurzerhand zur Seite geschoben, und trotzdem haben sie noch Spaß dran. Es gab auch Kinderschreine, die waren deutlich kleiner (und daher wohl auch leichter) und wurden eigentlich von Erwachsenen getragen, aber die Kinder durften so tun als ob. Das Ganze wurde von Trommelmusik untermalt, die aber gegen den Singsang kaum eine Chance hatte. Nach einiger Zeit sah aber alles gleich aus (Minischrein bleibt Minischrein, egal, ob hauptsächlich schwarz oder grün oder rot), also haben wir uns etwas weiter auf dem Gelände umgesehen. Da haben wir dann auch den „Ruheplatz" gefunden, auf dem die Schreine zwischendurch gelagert wurden. Und die Träger auch, die sahen nämlich zum Großteil recht fertig aus und haben da erst mal Picknick gemacht, um wieder zu Kräften zu kommen. Das war eigentlich noch interessanter als die vorbeiziehenden Schreine, denn dort konnte man sich die mal aus der Nähe angucken, und der Gesamteindruck von dem Platz war auch toll, weil halt zig Schreine rumstanden und in der Sonne geleuchtet haben. Ja, Sonne. Wir hatten nämlich Glück und am Samstag war ausnahmsweise gutes Wetter. Ansonsten regnet es hier momentan dauernd, dabei ist es aber ziemlich warm; insgesamt sehr unangenehmes Wetter. (Letzte Woche Dienstag hatten wir 28 Grad; abends um 7 waren es immer noch 26.) Nun ja, irgendwann wurde uns das ganze Getümmel dann aber zu viel und wir sind geflüchtet. Auf die Dauer sind so Menschenmassen dann doch nichts. Wir sind dann noch einfach so durch die Gegend gelaufen, und dann war der Tag auch schon wieder rum.

Für Sonntag hatten wir nur Gutes-Wetter-Pläne; nasskaltes Wetter hat diese gleich wieder zunichte gemacht. Also haben wir den ganzen Tag nur rumgegammelt und das japanische Fernsehprogramm genossen. Tut zwischendurch auch mal ganz gut. Aber daher wisst Ihr jetzt auch, warum diese Mail so kurz ist. Macht aber nichts, da viele von Euch nach eigener Aussage sowieso nicht mit Lesen nachkommen ist es auch für Euch erholsam.

Morgen gibt es wahrscheinlich keine Email, weil ich morgen Abend mit einer Kollegin und ihrer Schwester, die (wenn ich es richtig verstanden habe) in Deutschland wohnt und momentan hier zu Besuch ist, zum Essen verabredet bin. Daher werde ich wohl pünktlich gehen.

18 TAG   **05** MONAT   **2004** JAHR   **40** NR

Hallo miteinander, heute habe ich aus einem Anflug von Sadismus heraus einen Vokabeltest schreiben lassen. Unangekündigt natürlich. Anfangs begeisterte Gesichter: Oja, was Neues, her damit! Dann langsam die wachsende Verzweiflung. Wie war das noch mal? Gestern wusste ich es noch! Und ich muss schon zugeben, mir hat es Spaß gemacht! Vielleicht hätte ich doch Lehrerin werden sollen? Was dann nicht mehr so spaßig war war die Korrektur. Denn das Ergebnis war wie erwartet, klaffende Wissenslücken bei mittelmäßigem Schwierigkeitsgrad. Immerhin haben sie einige Wörter noch in Hiragana (jap. Silbenalphabet) hingekriegt, so dass ich sehen konnte, dass sie das Wort zwar aussprechen können, aber nicht wissen, wie man es schreibt. Ist ja immerhin etwas.

Andererseits ist Deutsch nun auch nicht die einfachste Sprache. Die deutsche Grammatik lässt mich momentan wirklich etwas verzweifeln. Wer hat sich denn bitte so was ausgedacht? Wie umständlich das alles ist merkt man erst, wenn man es jemandem erklären muss. Zum Beispiel: warum heißt es „Ich habe gestern Reis gegessen", aber „Gestern habe ich Reis gegessen"? Warum dreht sich die Reihenfolge um? Von der/die/das mal ganz zu schweigen, und allem, was damit zusammenhängt. Ausschnitt eines Dialogs der letzten Woche:

S:„Der Freund trinkt ein Bier.“
J:„Freund, kann das alles sein?“
S:„?!?“
J:„Ich meine: wie friend oder wie boyfriend?“
05 S:„Ist im Deutschen gleich.“
Begeisterung und Verwirrung auf allen Seiten: Wie kann man dann einen Freund von dem
Freund auseinanderhalten? Gute Frage, ergibt sich aus dem Sinn. Aha.
J:„Und ist für Männer und Frauen gleich?“
S:„Nein, es heißt 'Freundin'.“
10 J:„Also: Der Freundin trinkt ein Bier?“
S:„Nicht ganz, Freundin ist weiblich, also 'die'.“ (Habe vorsichtshalber mal nicht erwähnt, dass
Mädchen ja eigentlich auch weiblich sind, aber trotzdem 'das' als Artikel haben. Man muss ja
nicht übertreiben.)
J:„Also: 'Ich gehe mit der Freund in den Zoo'.“
15 S:„Äh, hmmm, nein .... 'mit DEM Freund'.“
J:„OK, alles klar. Heißt es dann auch 'Ich gehe mit dem Freundin in den Zoo'?“
S:„...“

usw. Es lässt sich schwer sagen, wer von uns verzweifelter war. In dem Moment war ich aber
20 froh, deutschsprachig aufgewachsen zu sein, und das nicht extra lernen zu müssen. Das ist im
Japanischen einfacher, es gibt weder Artikel noch männlich/weiblich/sächlich, und nicht mal
Unterschiede zwischen Männern und Frauen bei den Bezeichnungen; also kann tomodachi
sowohl Freund als auch Freundin heißen. Und für „mit“ wird einfach „to“ angehängt, sonst ändert sich nichts. Trotzdem ist die Sprache noch schwierig genug; wie müssen die dann also
25 erst mit unserer Sprache kämpfen?!? (An dieser Stelle solltet Ihr dann auch bitte 2 Sekunden
lang Mitleid mit mir haben, die ich doch diesen Krampf irgendwie erklären muss.)
Andererseits gibt es im Japanischen so Späße wie veränderliche Adjektive. Beispiel: interessant heißt omoshiroi desu. Wenn es in der Gegenwart ist. Verneint, also „nicht interessant“,
wird es dann omoshironai desu. Soweit so gut, dafür haben wir halt „nicht“. Hier gibt es dann
30 aber Extra-Formen für die Vergangenheit. Wenn etwas interessant war heißt es omoshiro-
katta desu, wenn es nicht interessant war omoshirokunakatta desu. Ist zwar recht logisch aufgebaut, aber bis man so ein Wort aneinandergereiht hat, ist der Gesprächspartner doch
längst gegangen! Das erklärt aber wenigstens, warum hier immer alle ununterbrochen reden:
Die sagen gar nicht viel, die Wörter sind nur so lang! Wenn man im Supermarkt bezahlt, wird
35 man von der Kassiererin ununterbrochen zugeschwallt, die sagt ihre Sprüche runter, auch
wenn sie merkt, dass man kein Wort versteht. Und auch Zugführer sind oft sehr gesprächig.
Ansagen wie „Nächster Halt XY, Ausstieg links“ machen ja auch Sinn. Selbst eine Auflistung

sämtlicher angefahrenen Haltestellen samt Ausstiegsseite weiß ich inzwischen zu schätzen, dann kann man sich schon mal frühzeitig auf die richtige Seite schieben (theoretisch). Aber manche Zugführer reden wirklich ununterbrochen von einem Bahnhof bis zum nächsten. Ist mir morgens auf dem Weg zur Arbeit nie so aufgefallen, weil ich da eh immer nur vor mich hin starre, aber neulich wollte ich mich im Zug mit Christian unterhalten, und das war fast unmöglich, weil die Lautsprecherdurchsage so laut war. Immer, wenn gerade kurz Ruhe war, habe ich schnell angesetzt, meinen Satz wieder anzufangen, aber prompt wurde ich vom Zugführer unterbrochen. Der hatte wohl auch nur kurz Luft holen müssen. So'n Pech. Wir haben dann unsere Unterhaltung auf draußen verlegt, es hatte echt keinen Zweck.

Was beim Zugfahren noch etwas nervt (außer den Menschenmengen) ist, dass die Züge wohl für Japaner gebaut sind. Ich kann nicht aus dem Fenster gucken, ohne mich zu bücken, und die Haltegriffe hängen mir auch im Gesicht rum. Blöd. Das sind so die kleinen, nebensächlichen Probleme als Ausländer in Japan.

Abgesehen davon ist heute morgen der Weg zur Arbeit echt komisch gewesen. Die Züge hatten Verspätung, also mehr als 3 Minuten; war glaube ich das erste Mal seit ich hier bin. Und dementsprechend chaotisch war es. Und voll. Normalerweise kann man davon ausgehen: voller Zug -> voller Bus. Macht ja auch Sinn. Heute allerdings war außer mir und dem Fahrer genau eine andere Person im Bus. Das war so richtig komisch, denn bisher war der Bus immer voll, also so voll, dass zumindest ein paar Leute keinen Sitzplatz mehr bekommen haben. Und es war auch zur ganz normalen Zeit, ich war um Punkt 9h im Büro. Habe unterwegs ernsthaft überlegt, ob meine Firma wohl heute streikt, so dass niemand ins Büro fährt. Hier war dann aber alles normal. Sehr seltsam. Meine Kollegen konnten es sich auch nicht erklären.

Mein Chef war heute ein wenig zerknirscht, er musste mir leider mitteilen, dass mein Zimmer ab sofort teurer ist. Und zwar 8200 Yen statt bisher 7850. Uahhh! 350 Yen Unterschied, das sind doch fast 3 Euro!!! Und wovon soll ich jetzt leben?!? Tja, das war's wohl für heute. Den Rest spare ich mir für später. Euch Allen einen schönen Tag, ich gehe nachher gemütlich essen. Bis dann.

Hallo und Mahlzeit, mir sind noch zwei bis drei Gründe eingefallen, die meine Mutation zum Japaner dokumentieren:

:: Am Anfang habe ich mich hier öfters mal dabei ertappt, dass mein Gehirn angefangen hat, auf französisch zu denken. (Halloho, Hirn, was sollte das bitte?!?) Das hat sich inzwischen gelegt. Jetzt denke ich nicht mehr „Hmmm, lecker", sondern „Oishiiiiiiiii" oder auch „Umaaaaai" (das sollte ich aber nur denken, nicht sagen, denn es ist ein Wort, das nur von Männern benutzt wird. Da sieht man, was man davon hat, wenn man vom Fernsehen Japanisch lernt.). Oder auch das schon zitierte „nani kore" („Was ist das?"). Sehr bedenklich. Könnte aber auch daran liegen, dass ich seit letzter Woche wieder vermehrt Energie investiere, diese Sprache doch noch irgendwie zu lernen, zumindest so gut es geht (richtig wird wohl nie was).

:: In Japan herrscht, wie auch in England, Linksverkehr. Da ich hier nicht Auto fahre, ist das ja mal relativ egal (außer beim Überqueren einer Straße; da gucke ich vorsichtshalber zwei mal pro Richtung, das dürfte in jedem Fall reichen). Allerdings hat das schon zu zahlreichen Fast-Zusammenstößen mit anderen Fußgängern geführt, bzw. wenigstens zu bösen Blicken. Da ich immer automatisch nach rechts ausgewichen bin, die mir entgegenkommen den Japaner aber nach links, standen wir uns schon öfters mal im Weg. Inzwischen passiert es aber immer öfter, dass ich automatisch einen Schritt nach links mache. Das führt dann aber zu einem Folgeproblem: viele Japaner denken wohl „Ah, ein Gaijin. Gaijins weichen immer zur falschen Seite aus, also tue ich das auch mal". Folglich machen sie einen Schritt nach rechts, womit wir wieder die gleiche Situation hätten wie vorher. (Ein Teufelskreis!)

:: Demzufolge war eine andere Lösung des Problems nötig. Ich habe mir daher die japanische Technik des was-ich-nicht-sehe-existiert-nicht-und-liegt-daher-nicht-in-meiner-Verantwortung angeeignet. So ist es nämlich. Wenn man nur angestrengt genug auf den Boden guckt, kann man den anderen ja nicht in die Augen sehen. Also hat man sie nicht bemerkt, wie sollte man ihnen dann ausweichen? Wird hier sehr viel praktiziert, was von außen betrachtet oft halsbrecherisch aussieht. Da rasen zwei Radfahrer aufeinander zu, keiner weicht aus, und trotzdem schleifen sie im letzten Moment noch gerade so aneinander vorbei. Ist echt verwunderlich, dass da nicht mehr passiert. Nun ja, Radfahren tue ich hier auch nicht, und zu Fuß ist das Risiko, wenn doch mal was passiert, deutlich geringer. Also wende ich diese Technik an, wenn ich keine Lust habe, immer diejenige zu sein, die um die anderen Leute Slalom läuft. Dabei kommt mir gerade noch eine Idee: Vielleicht ist das die Technik, die sie die vollen Züge mit dieser stoischen Gelassenheit ertragen lässt. Wenn man die Mitreisenden nicht ansieht, existieren sie ja quasi nicht, also ist der Zug doch sozusagen leer ...

Es gibt bestimmt noch etliche Merkmale mehr, aber im Moment fällt mir nichts ein, bzw. auf. Sollte mir das jetzt zu denken geben?
Außerdem beneide ich Euch kräftig um Euren morgigen Feiertag. Andererseits, hier ist das Wetter so bescheiden, dass man eh nichts anderes machen kann als irgendwie die Zeit im Inneren eines Gebäudes totzuschlagen; da bietet sich Arbeit ja eigentlich an. Morgen soll es einen Taifun geben. Mal sehen. Erdbeben wäre mir lieber.
Mein Abendessen gestern war übrigens echt nett; die Schwester von meiner Kollegin kann

total gut Deutsch, was zu einem lustigen Sprachmischmasch geführt hat. Sie lebt allerdings doch nicht in Deutschland (obwohl ihr Mann Deutscher ist), sondern in der Schweiz. Daher hatte sie auch einen ziemlich heftigen Schweizer Akzent. Ist schon ein sehr komisches Bild, eine Japanerin die Schweizerdeutsch spricht. OK, dann mal einen schönen Tag, und vor allem einen schönen Feiertag. Tschüss.

Hallo miteinander! Da Ihr ja schon länger nichts von mir gehört habt (Donnerstag war Indiaca und Freitag war Freitag) nun die neusten Erzählungen von hier.
Zuerst mal vorneweg: dieses Wochenende war Halbzeit unseres Japan-Aufenthalts. AAAHHH! Die Zeit rast, so schnell kann man gar nicht gucken. Würde es mir hier nicht gefallen, würde sie wahrscheinlich schleichen, aber so ...
Am Donnerstag war hier richtig Weltuntergangsstimmung, es hat geschüttet wie aus Eimern, den ganzen Tag, pausenlos. Und das, obwohl es doch schon seit Samstag Abend/Sonntag früh ununterbrochen geregnet hatte. Aber Donnerstag war die Krönung. Gummistiefel wären da echt keine dumme Idee gewesen.
Und nach dem Sport hatte ich auch noch das Glück, dass die Züge so voll waren wie noch nie Donnerstags abends. Wie zur besten Rushhour morgens. Glück hatten allerdings eher meine Mitreisenden. Da in der Sporthalle nämlich clevererweise keine Duschen sind, musste ich leider ungeduscht vom Sport heimfahren. Die anderen taten mir dann schon ein bisschen leid; aber andererseits, wer baut schon Sporthallen ohne Duschen?!? Freitag sollte es eigentlich auch richtig heftig weiterregnen, aber da war plötzlich wieder strahlender Sonnenschein. Verstehe einer das Wetter!
Pünktlich zum Samstag („Hey, es wird schön am Wochenende! Was habt Ihr denn vor?") war es wieder schwer bewölkt. Klasse. So konnten wir dann aber wenigstens einen unserer Alternativpläne für nicht-gutes-aber-auch-nicht-richtig-schlechtes Wetter umsetzen: Tokyo Sealife Center. Fische gucken. Tauchen ist hier quasi nicht finanzierbar, drum mussten wir ins Aquarium um Fische zu sehen. Im Internet stand neben der Wegbeschreibung der nette Spruch „Wenn sie appetitlich aussehen, bist Du schon zu lange in Japan". Wie wahr. Andererseits gibt es da ja nicht nur schöne bunte Fische, sondern auch zum Beispiel Thunfische. Da kann einen schon ein leichtes Hungergefühl befallen ...
Nun ja, es war interessant, aber nicht herausragend interessant. Wenn man die ganzen bunten Fische erst mal in Freiheit gesehen hat, verlieren sie im Aquarium irgendwie ihren Reiz. Am interessantesten waren dann die eher außergewöhnlichen Meerestiere: japanische Riesenkrebse (Macrocheira kaempferi, erreichen bis zu 5 m Spannweite, auf google gibt's unter Bildersuche ein paar Photos), Nautilus (Nautilae? Nautilusse? Nautila? Oh Latinum, wo bist Du geblieben?), tintenfischartige Tiere,

die zwar Augen hatten, bei denen man sich aber trotzdem fragen musste, wo vorne und wo hinten ist, weil sie in beide Richtungen gleich gut schwimmen konnten, und - nicht unge-wöhnlich, aber trotzdem interessant - große bunte Hummer. Ach ja, und Tiefseefische, die ganz schwarz sind unter den Augen einen fluoreszierenden Fleck haben, den sie „ein- und ausschalten" können. Man sieht dann also immer mal ein grün-bläuliches Feld aufleuchten. Laut Beschriftung hießen die auch Taschenlampenfische, sehr passend.

Darüber hinaus waren die meisten Tiere in überraschend guten Aquarien untergebracht, mit vielen Korallen und Pflanzen und Versteckmöglichkeiten. Wie gesagt, die meisten, nicht alle, aber verglichen mit dem Zoo doch ein deutlicher Schritt in die richtige Richtung. Vor allem die Pinguine (es gibt ja nicht nur Fische im Meer) hatten eine schöne große Felsenlandschaft. Die waren auch das einzige, was im Freien untergebracht war, so dass der schließlich doch noch einsetzende Regen nicht ganz so tragisch war. Wir haben auch die Thunfischfütterung gesehen; leider wurden da nur Fischteile verfüttert, keine ganzen lebendigen Fische, so dass zwar etwas mehr Leben ins Becken kam, aber halt keine richtige Jagd. Nach einiger Zeit hat-ten wir dann aber auch alles gesehen, was es zu sehen gab; mit Ausnahme des zugehörigen Restaurants und des Souvenirshops, aber die muss man ja auch nicht unbedingt gesehen haben. Da war der Tag dann aber auch schon fast um, so dass sich die Fahrt in ein weiteres Museum nicht gelohnt hätte. Also sind wir heimgefahren, im immer stärker zunehmenden Regen. Am Sonntag war es dann wie erwartet ... regnerisch. Zumindest sehr stark bewölkt, es wurde gar nicht richtig hell, richtig deprimierend. Also haben wir weiter die japanische Kultur aufgesaugt, indem wir stundenlang den Fernseher betrachtet haben. Und man findet immer wieder Neues. Ansonsten gibt es über Sonntag auch nichts zu erzählen.

Daher nun zum Thema Japaner und Fisch. Dass sie ihn in allen möglichen Formen essen, habe ich ja schon erzählt. Neulich habe ich meine Deutschkursschülerin (oder Japanischlehrerin? Ist alles Definitionssache) gefragt, was denn da in ihrer Lunchbox alles drin ist. Hamburger (also nur das Fleisch) und frittierten Fisch konnte ich ja noch verstehen, auch mit Seegras habe ich mich inzwischen abgefunden (mit dem Gedanken, nicht mit dem Geschmack). Was mich allerdings etwas verwirrt hat, waren halbdurchsichtige, weiße Fäden. Konnte man nicht wirklich erkennen, was das war. Diese Frage wurde dann mit Hilfe des Wörterbuchs erschrek-kend schnell geklärt:

J:„Qualle!"
S:„?!? ... Honto???" ('ehrlich???')
J:„Qualle. Möchtest Du mal probieren?"
S:„Nee, lass mal."
J:„Schmeckt aber gut, hier, kannst ruhig was abhaben!"
- Die Stäbchen mit dem weißen Glibberzeug hatten sich schon in Richtung meines Gesichts

bewegt, was ein gleichzeitiges vorsichtiges Zurückziehen meines Gesichts zur Folge hatte. -
J:„Wirklich nicht?"

Ich habe dann etwas Bedenkzeit genommen, ziemlich genau 4 Millisekunden, bis zur endgültigen
Antwort:„Danke, bin schon satt." (Wenn das nicht diplomatisch war!!!)
Die andere Japanerin ist dann helfend eingesprungen und hat uns allen erklärt, dass man Qualle
wohl nur in China und Japan isst. Damit war ich so halbwegs aus dem Schneider, und sie waren alle
glücklich, dass sie was Besonderes haben, was uns nie im Leben auf den Tisch kommt. Was mir hier
allerdings etwas auf die Nerven geht, ist die Einstellung Fisch gegenüber. Er wird wohl wirklich hauptsächlich als Nahrung angesehen, weniger als Lebewesen. Nur so lässt es sich wohl erklären, was man
immer wieder im Fernsehen (aber auch auf der Straße vor Restaurants) sieht: Fische in einem Becken
die dann von irgendwem heldenmutig gefangen werden, sei es mit einem Kescher, einer Angel oder
bloßen Händen. Dann wird sich köstlich drüber amüsiert, wie der Fisch zappelt. Mir drängt sich dann
immer der Gedanke auf „Wenn Dich ein großes Monster packt und unter Wasser drückt zappelst Du
auch, aber lustig findest Du das dann bestimmt nicht!" Kulturunterschiede hin oder her, aber was ist
daran so lustig? Anschließend wird der Fisch in einen Eimer geworfen, wo er in Ruhe ersticken darf,
während der nächste Fisch gefangen wird. Sicher, wir gehen in Europa auch nicht gerade zimperlich
mit unseren Nutztieren um, aber wir machen uns wenigstens nicht auch noch drüber lustig. Zumindest habe ich im deutschen Fernsehen noch keine Sendung gesehen „Heute versuchen wir mal, wie
viele Kühe in einen Transporter passen. Und hey, wir haben eine lustige Idee, probieren wir doch mal
aus, wie viele Stunden die dann ohne Wasser auskommen! Haha, guck mal da, der einen knicken
schon die Beine weg, hihihi!" Ja, soviel zu unserem Wochenende. Hoffe, dass Ihr alle ein schönes (ver-
längertes) Wochenende hattet. Tschüss.

日 25 月 05 年 2004 番号 43
TAG   MONAT   JAHR   NR.

Hallo und Mahlzeit, heute nur kurze News, denn ich musste lange arbeiten (es ist jetzt schon 18:15h)
und fange jetzt erst an zu schreiben, und irgendwann möchte ich auch heim.
Heute früh habe ich - nicht zum ersten Mal - etwas gesehen, was mich wieder mal in Erstaunen versetzt hat. Auf dem Weg vom Bahnhof zum Büro ist wohl so 'ne Art Parkplatz für Müllabfuhr-Autos (die
sind hier allerdings nicht viel größer als ein VW-Bus, weil viele Straßen so eng sind). Und morgens
läuft dort im Hof laute Musik (könnte die gleiche Musik sein, die wir beim ersten Indiaca-Turnier als
Aufwärmmusik hatten), und die Müllmänner machen Gymnastik. Zwar nicht in Formation, sondern
jeder für sich; ist aber trotzdem ein lustiger Anblick. Machen die Müllmänner in Deutschland auch vor
Dienstantritt Gymnastik?

Die Müllmänner hier haben übrigens einen noch ätzenderen Job als die in Deutschland. Auch in Deutschland gehört dieser Beruf nicht unbedingt zu meinen Traumberufen, aber sooo schlimm ist es auch wieder nicht: Tonne in den Greifarm hängen, Hebel ziehen, warten, Tonne wieder rausnehmen und wegräumen. Hier läuft das etwas anders. Da der Normalbürger (und dabei sind nicht mal dumme Ausländer wie ich enthalten, die die Anleitung nicht lesen können) zu blöd oder zu faul ist, seinen Müll zu sortieren, müssen dass die Müllmänner vor Ort machen bzw. die Tüten kontrollieren. Tonnen gibt es hier nicht (ist wohl auch ein Platzproblem). Also werden am Tag der Abholung die Tüten an die dafür vorgesehene Stelle gelegt. Die Müllmänner müssen dann den Inhalt der Tüte inspizieren und entscheiden, in welchen Wagen sie kommt. Kein sehr angenehmer Job. Und das mit dem Trennen ist auch nicht so einfach. Es gibt schon so was wie den Grünen Punkt, ein Recyclingsymbol auf vielen der Verpackungen. Das schaffe auch ich noch, herauszusortieren und nur solchen Müll in eine Tüte zu räumen. Der Rest wird grob gesagt unterschieden nach „brennbar" und „nicht brennbar". Aber wo ist da der Unterschied? Dosen werden sowieso extra gelagert, und ansonsten kann man doch eigentlich alles verbrennen, würde ich mal denken. Es gibt ein riesengroßes Faltblatt, was was ist, aber daraus werde ich oft auch nicht wirklich schlau. Und irgendwie fehlt mir dann auch die Motivation, wenn die Kollegin, die bis vor kurzem im selben Haus gewohnt hat wie ich, auf die Frage nach der Müllsortierung antwortet: „So richtig weiß ich das auch nicht. Ich glaube, unters linke Dach kommen die brennbaren Sachen, unters rechte die nichtbrennbaren." – „Aha, und wohin kommt Zeug mit dem Recyclingsymbol?" – „Wie, Recycling? Brennbar und nicht brennbar. Ist aber eigentlich auch egal, die Männer sortieren es sowieso aus." Da mag ich mir dann auch nicht mehr allzu heftig den Kopf zerbrechen. Die definitive Schlussfolgerung ist aber, „Wenn schon Müllmann, dann lieber in Deutschland als in Japan."
Heute habe ich bei der Arbeit zum ersten Mal meinen Rechnerarbeitsplatz verlassen und durfte ... in den echofreien Raum. Das ist ein Raum, der mit ganz vielen Schaumstoffkeilen an den Wänden verkleidet ist, damit von den Wänden kein Echo zurückkommt. Darin werden dann Experimente gemacht. Natürlich sind auch Decke und Fußboden verkleidet. Und da fing das Problem für mich an: wenn der Fußboden mit Schaumstoffkeilen besetzt ist, muss man seine Versuchsanordnung zwangsweise woanders unterbringen. Die naheliegende Lösung: man spannt ein dünnes Metallgitter (eigentlich eher dicke Drähte als dünne Stäbe) als Ersatzfußboden quer durch den Raum und baut darauf sein Zeug auf. Und da dieser ganze Bau schön sauber gehalten werden soll, werden im Eingangsbereich natürlich die Schuhe ausgezogen und gegen bereitstehende Schlappen eingetauscht. Die mir natürlich zu klein waren und daher meine Stabilität sowieso schon angeschlagen war. Und dann auf diesem Netz zu balancieren, ca. 4 oder 5 Meter über dem Boden, mit völlig freiem Blick nach unten ... Hervorragend! Aber man muss ja nicht runtergucken. Außer, wenn man am Versuchsaufbau basteln will, oder einen Schritt zur Seite machen will und nichts umrempeln möchte oder ...

Außerdem war das Gitter so flexibel, dass schon Kopfnicken starke Schwankungen zur Folge hatte. Traumhaft. Und wenn ich „Glück" habe und meine Simulationen gut funktionieren, darf ich sie später dort testen. Was bedeutet, dass ich mehrere Tage auf diesem Gitter zubringen werde ... Soll ich mich jetzt blöd stellen was meine Simulationen angeht?!?

Anschließend sind wir noch in das Gegenteil gegangen, den perfekten Echoraum mit ganz glatten Wänden, die jeden Ton reflektieren. Klatscht man in die Hände fliegen einem anschließend fast die Ohren weg. Trotzdem würde ich lieber dort arbeiten, denn da hat man wenigstens festen Boden unter den Füssen.

Noch einen kurzen Exkurs zum Thema Essen (was auch sonst): das Thema Quallen hatte ich ja gestern schon abgehakt, heute haben wir das ganze noch etwas ausgeweitet. Wusstet Ihr, dass man Seeigel essen kann? Sollen sehr lecker sein. OK, sagen die, die gerne Qualle essen, aber mir war das bisher nicht bekannt, dass Seeigel essbar sind. Außerdem wurde uns wieder mal die Einfachheit (Ärmlichkeit?) der deutschen Sprache vor Augen gehalten: wir machen keine Unterschied zwischen Tintenfisch und Tintenfisch. Hier gibt es aber „ika" (alles klar? Arme über den Kopf und hüpfen) und „tako". Sind zwei verschiedene Dinge, das Wörterbuch sagt aber für beides Tintenfisch. Auf die Frage nach dem Unterschied kam dann „ika sind die, die schwarzes Wasser machen" – „OK, und was ist dann tako?" – „Das sind die, die auch schwarzes Wasser machen." ?????? Das lasse ich mal so im Raum stehen. Jedenfalls fürchte ich, dass ich nicht drumrumkommen werde, demnächst mal Seeigel zu essen, denn das kann ja nicht angehen, dass man in Deutschland keine Seeigel isst, das muss man doch mal gemacht haben.

Darüber hinaus hatten wir heute beim Essen das Thema Duschen/Baden. Ich wusste schon, dass Japaner in den öffentlichen heißen Quellen erst duschen bzw. sich gründlich waschen, und dann sauber in das Becken steigen. Sieht man immer wieder im Fernsehen. Aber ich habe gedacht, dass das zur Entspannung geschieht, wenn man zu so einer heißen Quelle geht. Heute wurde ich eines besseren belehrt. Es ist auch so der tägliche Vorgang. Erst gründlich waschen, dann ab in die Wanne und aufweichen. Meine drei Japanerinnen haben mir ihre täglichen in-der-Wanne-sitz-Zeiten angegeben: 30 Minuten, 40 Minuten und 15 Minuten. Täglich! JEDEN Tag!

Die 15 Minuten-Frau wurde ganz ungläubig angeguckt, wie, nur 15 Minuten? Sie musste sich dann verteidigen, sie wohnen zu sechst in einer Wohnung, wenn da jeder 40 Minuten in der Wanne sitzt bräuchte der Tag ein paar Stunden mehr.

J:„Aber Ihr Europäer duscht ja nur, oder?"
S:„Ja, richtig, meistens zumindest."
J:„Und, wie lange dauert das?"
S:„Naja, habe noch nicht auf die Uhr geguckt, schätze mal so 7 bis 10 Minuten."
3J:„Und dann bist Du fertig?!?"
S:„Äh, ja."

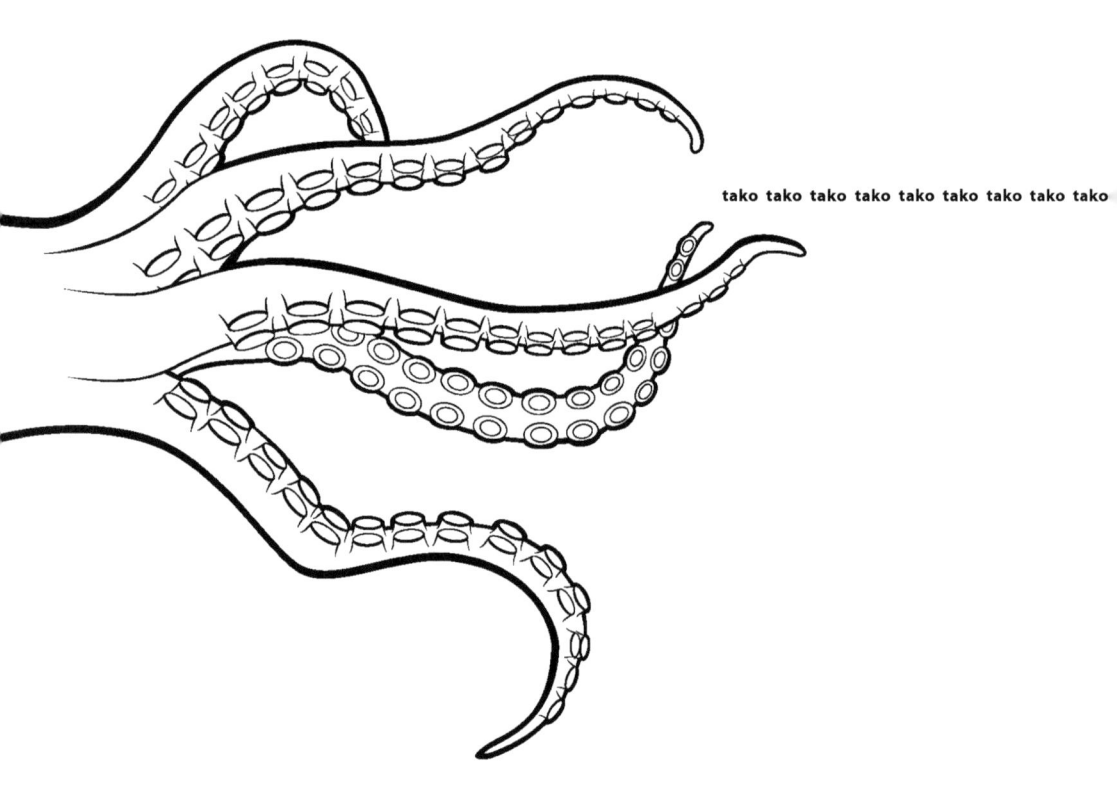

tako tako tako tako tako tako tako tako tako

J: „Wie geht das denn?"
S: „Naja, was soll man denn unter der Dusche sonst noch groß machen? 10 Minuten reicht doch."
Ich befürchte, sie glauben mir nicht und halten mich jetzt für schrecklich unreinlich, wie kann man denn nach 10 Minuten schon sauber sein???

Damit beende ich den heutigen Newsletter, es ist schon wieder dunkel, mein Magen fängt das Knurren an und ich will heim. Bis dann.

Hallo zusammen, zuerst mal vielen Dank für die ganzen Antworten bezüglich Tintenfisch, Nautilus und anderes Meeresgetier; ich bin nun etwas schlauer und war wirklich erstaunt, dass offensichtlich ausgerechnet dieses Thema so viele anspricht (ich glaube, ich hatte noch nie so viele Reaktionen auf dasselbe Thema). Daher geht es dann auch gleich weiter mit dem Thema Essen (haha, Wahnsinns-Übergang!). In der Mittagspause hat eine meiner Japanerinnen ganz umständlich ihr Essen ausgepackt (Nudeln, auf die dann noch verschiedene Saucenbestandteile und Gewürze gekippt werden). Inzwischen habe ich mich daran gewöhnt, dass die ihr Mittagessen im Normalfall kalt zu sich nehmen, egal ob Reis, Nudeln, Fleisch oder Kartoffeln. Muss ich ja deshalb nicht auch tun. Jedenfalls sagte sie dann etwas von „lecker, mal probieren?". Da habe ich ihr dann - mit dem nötigen Einfühlungsvermögen natürlich - erzählt, dass man bei uns eigentlich kein kaltes Mittagessen isst (wenn dann Sandwiches o.ä., aber keine kalten Nudeln oder Reis). „Wie denn dann???" Naja, warm bis heiß halt. Wozu gibt es schließlich Mikrowellen, die auch dann für warmes Essen sorgen, wenn man keine Zeit hat zu kochen. Oder eine Mensa/Kantine oder so. Gut, hier in der Kantine gibt es auch viel kaltes Essen (paniertes Fischfilet und so was), aber zum Glück auch viel Warmes. Sie haben mir dann aber erklärt, dass in den Schulen - hier gibt es natürlich meistens Ganztagsunterricht, so dass man zwischendurch was essen muss - jeder sein Essen mitbringt. Das wird dann in der Mittagspause gegessen, so wie es ist (also Raumtemperatur). Und das auch noch am Platz. Es wird quasi beim Gong in die Tasche gegriffen und angefangen zu essen. Eine Mensa oder Schulkantine oder auch nur einen Aufenthaltsraum, der zur Nahrungsaufnahme dienen könnte (und nebenher für ein bisschen Bewegung sorgen würde), gibt es nicht.
Wenn man sich so umsieht und -hört, fällt auf, dass die Japaner irgendwas zwischen gesundheitsbewusst und in einem Gesundheitswahn sind. Bis zu einem gewissen Grad ist das ja auch nachvollziehbar, ein bisschen sollte man ja schon auf seine Vitamine achten. Aber ich

denke, hier wird es ein bisschen übertrieben. In jedem kleinen Supermarkt gibt es ein Regal mit Nah-rungs-Ersatzstoffen („Und, was darf es heute sein, ein bisschen Eisen oder lieber Magnesium?"). Und zwar nicht wie bei uns als Brausetabletten oder Kapseln, die man meistens wirklich nimmt um irgendwelche Mängel auszugleichen, sondern sozusagen zwischen den Energy-Drinks und der Scho-kolade. Die Verpackungen sind teilweise aufgemacht wie Eisverpackungen, so dass für mich zumin-dest der Eindruck entsteht, dass es mehr auf der Genussschiene läuft. Der Packungsaufdruck sagt dann so ungefähr „Haben Sie heute keine Zeit, einen Apfel zu essen? Dann essen Sie doch ersatz-weise dieses Produkt!" Und das, obwohl zwei Schritte weiter Äpfel im Regal liegen. Naja. Was dann da wirklich drin ist ist allerdings etwas fragwürdig, denn offensichtlich gibt es kein Siegel, dass Gesund-heitsförderung bescheinigt. Neulich hatte ich eine Art Apfeltasche, in der statt Apfel aber Vanillepud-ding war. Auf der Verpackung stand auch „For Beauty and Health". Wie Vanillepudding und süßer Teig zu meiner Gesundheit beitragen sollen ist mir schleierhaft. Natürlich schmeckt es gut, was mir auch von allen Kekspackungen und ähnlichem immer wieder versichert wird. Überall steht drauf „delicious cake" oder „tasty potatochips" oder „delicious cookies". Der Aufdruck ist doch aber ziemlich überflüs-sig, natürlich ist das delicious, wenn ich davon ausgehen würde dass es nicht schmeckt würde ich es nicht kaufen! Und es wird wohl kaum ein Produzent auf seine Verpackung schreiben „schmeckt nicht, aber kauft es trotzdem". Naja, vielleicht doch, wenn irgendwo was von „healthy" draufsteht. Auf der anderen Seite machen sie dann wieder Sachen, die für uns undenkbar wären. Täglicher Anblick im Fernsehen: Japaner, die ihre Hunde Mund-zu-Mund mit Schinken füttern. Und wenn die Hunde ihnen das Gesicht ablecken, ist das ganz toll und niedlich. Neulich habe ich sogar eine Sendung gesehen, in der ein paar Kandidatinnen die Augen verbunden wurden, dann wurde ihre untere Gesichtshälfte mit irgendwelchem Zeug eingerieben, und anschließend wurde ihnen ein Hund ins Gesicht gehal-ten, der dieses dann ausgiebig abgeschlabbert hat. Die Kandidatinnen mussten dann erraten, um welche Hunderasse es sich handelt. Und drei von dreien haben es geschafft! Und Ihr habt gedacht, Takeshi's Castle wäre seltsam.

In der gleichen Sendung wurde auch noch ganz tolles Zubehör für Haustiere vorgestellt. Hunde kann man ja in niedliche Jäckchen stecken, mit Schleifchen im Ohr und so. Das lassen Katzen aber nicht mit sich machen. Also, wie könnte man seine Katze verschönern? Die Antwort ist ganz einfach: man be-nutzt „Soft Claws". Plastikhülsen, die über die Krallen gestülpt werden, damit die Krallen nicht das Sofa zerkratzen. Klingt ja ganz nützlich (man könnte allerdings auch einfach auf die Anschaffung einer Katze verzichten, wenn man so empfindlich ist), aber diese Dinger gibt es in vielen dekorativen Farben, so dass das ganze dann an der Katze eher aussieht, als wäre es ein Nagellack-Ersatz. Denkbar-es Telefongespräch „Meine Katze trägt heute Brombeerlila, und Deine?" – „Och, mir war heute eher nach leuchtendem Pink." Brrr... Aber zurück zum Thema: Gesundheit. Den Abschuss habe ich neulich im Supermarkt gesehen: Diät-Mineralwasser. Ohne weiteren Kommentar.

Eine weitere sehr praktische Erfindung gab es auf dem Verkaufssender: „Fat Vacuum". Ist ein Pulver, das in praktischen Einmaldosen in Tütchen verpackt ist wie Zucker. Nach dem Essen schluckt man dann noch dieses Pulver hinterher, und hey, der Körper nimmt nichts von dem Fett auf, das man gerade gegessen hat. Wenn das nicht praktisch ist! Und so unglaublich, dass man es gleich mal demonstrieren muss: In ein Glas mit Wasser wird eine nicht zu vernachlässigende Menge Sprühsahne gesprüht. Kräftiges Umrühren ergibt eine trübe Brühe. Dann kommt ein Tütchen Fat Vacuum hinein, es wird noch mal kräftig umgerührt, und man erhält - tataaa - wieder klares Wasser! Kein Trick, echtes, glaubwürdiges japanisches Fernsehen!

So, das reicht dann auch mal für heute. Morgen gibt's wahrscheinlich keinen Newsletter (Indiaca), und da am Freitag Freitag ist und somit pünktlich Feierabend sage ich jetzt schon mal ein schönes Wochenende, Tschüss.

日: 26 TAG **月: 05** MONAT **年: 2004** JAHR **番号: 45** Nr.

Hallo zusammen, wir waren sowas von aktiv am Wochenende, das könnt Ihr Euch gar nicht vorstellen. Und das bei Temperaturen von offiziell ca. 35 Grad, gefühlte Temperatur deutlich höher da kein bisschen Wind. Am Samstag haben wir es endlich geschafft, mal in den Tama-Zoo zu fahren. Das hatten wir jetzt schon seit drei Wochen vor, aber immer war das Wetter dagegen. Und diesen Samstag haben wir dann gleich die Gelegenheit am Schopfe gepackt, denn wer weiß, wann wir noch mal so schönes Wetter haben (wo doch jetzt die Regenzeit anfängt). Der Tama-Zoo liegt ein paar zig Kilometer westlich außerhalb von Tokyo. Drumrum ist Naturschutzgebiet, somit ist es endlich mal ein Zoo mit viel Platz. Die meisten Tiere waren dann auch in akzeptabel großen Gehegen untergebracht. Manche sogar in zu großen, denn wozu brauchen Glühwürmchen einen 15 m²-Raum? Da könnten doch drei Japaner drin wohnen! Der Zoo ist in vier Bereiche unterteilt: Afrika, Asien, Australien und Insektarium. Fand ich eine lustige Kombination. Die Hauptattraktion sind ein paar Koalas, die es wohl nicht in vielen Zoos gibt, und die in einem erschreckend hässlichen, kargen Gehege untergebracht waren. Eigentlich sollte man meinen, dass eine Hauptattraktion auch ein besonders schönes, großes Gehege verdient hätte. Aber damit lagen wir wohl falsch.

Für die zweite Attraktion traf das aber zu: die Löwen. In dem Zoo gibt es nämlich den Lion-Bus. Also einen Bus, der durch das Löwengehege fährt, damit man die Löwen mal von ganz nah sehen kann. Von daher war auch das Löwengehege schön groß (wären sie in einem 8 m²-Raum mit Glasscheibe würde ja niemand für den Bus bezahlen), mit mehreren Klettergerüsten, Hügeln, Bäumen und Gras. Naja, und da alle beim Stichwort Tama-Zoo immer „Lion-Bus!" rufen, mussten wir als echte Touristen das doch mitmachen. Das ganze ist dann auch recht spaßig, wenn auch leicht getürkt. Denn an die Fenster des Busses wird wohl irgendwas geschmiert, was die Löwen gerne fressen. So hat man also fast schon die Garantie, dass der

Löwe auch direkt an den Bus kommt und nicht einfach faul in der Sonne liegenbleibt. Der Effekt ist dann, dass die Löwen die Fenster ablecken, die Besucher sitzen ca. 30 cm weit weg, und man sieht erst mal, wie riesig so ein Löwenkopf ist. Wie gesagt, eine echte Touristen-Sache, aber wenn man schon mal da ist ganz nett. (Außerdem, bei der Warteschlange ist es wohl auch für die Einheimischen eine Attraktion. So gesehen sind es wohl eher echte Touristen, die die Teilnahme verweigern.)

Der Rest war zum Großteil typisches Zoogetier. Aber auch hier haben wir wieder, wie schon im Ueno-Zoo den Japanischen Riesensalamander (der übrigens angeblich sehr lecker ist, aber das nur am Rande), unseren Liebling gefunden: den Maulwurf. Also eigentlich weniger das Tier an sich als vielmehr die Art seiner Unterbringung. Der Maulwurfraum hatte eine Fläche von ca. 8 bis 10 m². In der Mitte stand ein Tisch, in dem sich zwischen der unteren Platte und der oberen Platte (die aus Glas war) Sand befand, durch den sich die Maulwürfe durchgebuddelt haben. Da der Zwischenraum nur ein paar Zentimeter hoch war, konnte man die Maulwürfe samt ihrer Gänge also gut sehen. An den Wänden des Raumes hingen noch mehrere solcher Kästen senkrecht, wie die Ameisenkästen, die man manchmal im Fernsehen sieht. Aber nun der eigentliche Clou: diese ganzen Kästen und der Tisch waren durch Drahtröhren verbunden. Daher sah man dann die Maulwürfe durch die Drahttunnel von Kasten zu Kasten wetzen, sozusagen quer durch den Raum und hautnah. Total ulkig. Und wie schnell die rennen können! Und vor allem: rückwärts genauso schnell wie vorwärts! Im Maulwurfhaus haben wir glaube ich mehr Zeit verbracht als irgendwo sonst - abgesehen von der Warteschlange für den Lion-Bus.

So gegen 15:45h hatten wir dann alles gesehen und haben auf einer Bank mit Blick auf ein großes Freigehege Picknick gemacht. In diesem Gehege waren Giraffen, Strauße, Zebras und irgendwelche Antilopenartige (keine Ahnung). Außerdem noch Pelikane und Reiher. Und dort sollten wir ein ziemlich ungewöhnliches Spektakel miterleben. Wir hatten uns nämlich kaum hingesetzt, als sich die Giraffen, die vorher im ganzen Gehege verteilt rumstanden, an einem der Tore versammelt haben. Und sich auch dort nicht mehr wegbewegt haben. Wir haben noch überlegt, ob dort vielleicht gleich Fütterung ist, aber selbst dann wäre es schon sehr beeindruckend, wie gut die ihre Zeiten kennen. Tatsächlich wurde kurz darauf das Tor geöffnet, und die Giraffen sind schnurstracks in das dahinterliegende Gebäude getrabt (da waren sie auf einmal schnell). OK, offensichtlich wussten sie also wirklich genau, wann Fütterung ist. Dann aber ging es weiter: kaum waren die Giraffen weg, haben sich die Zebras an ihrem Tor versammelt. Sie mussten auch nur kurz warten, dann kam der Wärter und hat das Tor geöffnet. Die entfernte Giraffen waren also wohl für die Zebras das Kommando zum Aufräumen. Lustig war dann auch der Strauß, der den Zebras durch das Tor gefolgt ist. Innerlich hat er wohl gerufen „Ich bin ein Zebra! Ich bin ein Zebra!". Äußerlich hat er sichtlich Verwirrung gestiftet, denn die anderen Strauße sind ganz zögernd hinterher. Irgendwas stimmt doch da nicht ... Und tatsächlich, kurz darauf wurden sie alle wieder rausgejagt und mussten durch ihr eigenes Tor in ihr eigenes Haus. Ganz zum Schluss wurden noch die Antilopen entfernt; die Pelikane und Reiher wegzuräumen hätte wohl zu viel Arbeit bedeutet. Insgesamt aber ein sehr interessantes Schauspiel.

Was uns daran etwas verwirrt hat: der Zoo hat bis 17h offen, warum räumen die um 16h schon die Tiere weg? So lange brauchen die Besucher doch auch nicht bis zum Ausgang. Also haben wir noch einen Kontrollgang durch die angrenzenden Teile des Zoos gemacht, und tatsächlich, es war 16:30h und alle Tiere waren weg. Das verstehe wer will. Es hatte zwar eine Lautsprecherdurchsage gegeben, aber offensichtlich reicht die alleine nicht, die Leute zum Heimgehen zu bewegen. Da muss man schon eine Stunde vorher alle Tiere wegsperren. Gut, dass wir schon durch waren.

Am Ausgang hat sich aber auch geklärt, was die Lautsprecherdurchsage war. Bzw. gewesen sein muss. Etwas in der Art von „Wir schließen in ca. einer Stunde, bitte begeben Sie sich unverzüglich in den Souvenirladen; die Tiere werden jetzt sowieso entfernt." Wir sind nämlich spaßeshalber noch in den Souvenirladen rein, und so viele Leute wie dort hatten wir den ganzen Tag über nicht gesehen - außer in der Warteschlange für den Lion-Bus.

Dort hat sich wieder eine der elementaren Fragen des Lebens aufgedrängt: Wieso gehen Eltern mit ihren Kindern in einen Souvenirladen, wenn sie nicht vorhaben, den Kindern was zu kaufen? Das ist doch Folter für sämtliche Seiten: Die Kinder sehen so viele tolle Stofftiere, Plastiktiere, ... und kriegen nichts. Folglich fangen sie das Schreien an, als hätte man sie aufgespießt, um sie zu grillen. Das wiederum führt zu genervten Eltern und noch genervteren kinderlosen Mitmenschen. Genervte Eltern verbessern auch wieder die Laune der Kinder nicht, was die Lautstärke des Schreiens noch erhöht, usw. Von daher war das „spaßeshalber" unseres Souvenirshop-Besuchs auch nur relativ, und die schnelle Flucht vorprogrammiert.

Und wo wir gerade beim Thema Kinder sind, noch eine lustige Episode vom Samstag: Eine Frau ist mit ihrem kleinen Kind unterwegs, das gerade eben laufen kann. Sie lässt es auch selber laufen, was ja an sich auch gut ist. Aber dann die nicht ganz nachvollziehbare Dummheit: Sie kauft ein Zugticket und geht vor ihrem Kind durch die Ticketschranke. Das Kind beschließt, dass ihm irgendwas nicht passt, bleibt stehen und fängt an zu schreien. Die Frau sagt wohl etwas in der Art „komm halt her, du musst einfach nur weiter laufen". Das passt dem Kind aber auch nicht, schließlich wäre jetzt ein ganz guter Zeitpunkt, sich wieder tragen zu lassen. Also wirft es sich auf den Boden und schreit. Die Mutter kann aber nicht zurück, weil ihr Ticket ja schon durch den Entwerter ist. Hahaha. Amüsierte Blicke unsererseits, aber ich hebe doch kein fremdes, japanisches, schreiendes Kind auf. Das Problem müssen sie selber lösen! Zu meiner Verteidigung ist zu sagen, dass noch genug andere Japaner drumrum waren, die wohl als Helfer besser geeignet waren.

Nachdem wir also nun praktisch aus dem Zoo rausgeworfen worden waren (oder was macht man in einem Zoo, in dem keine Tiere mehr sind?), sind wir heimgefahren und haben in unserem Lieblings-Curryimbiss Abendessen gegessen. Das war unser Samstag. Wie gesagt, es war übelst warm, man könnte auch sagen heiß, und wir waren saufroh, dass wir nicht der Schneeleopard waren, der sich irgendwie in eine schattige Ecke gequetscht hat mit seinem doch ziemlich dicken Fell. Auch ohne Fell war es kaum zu ertragen; wie freue ich mich auf den Sommer! Aber wir wollen uns ja gar nicht beschweren, denn kalt und regnerisch passt uns ja auch nicht. Wie es ist ist es verkehrt.

Und am Sonntag ging es so weiter. Drum haben wir auch gleich noch den nächsten Plan auf unserer Liste verwirklicht, der nur bei gutem Wetter durchzuführen ist: Edo Tokyo Open Air Architectural Museum. Sehr praktisch: nur eine Zugstation von meinem Bahnhof aus entfernt; weniger praktisch: vom Bahnhof aus noch 20 Minuten zu Fuß unschattige Wegstrecke. Aber was soll's, am Wochenende sind wir ja im Urlaub und da darf man ruhig schwitzen.

Kurz vor dem Museum haben wir noch eine interessante Entdeckung gemacht. Da stand eine ausrangierte Lok samt Kohlebehälter und einem Passagierwaggon. In den Waggon konnte man nicht rein, ins Führerhäuschen der Lok schon. Und außen draufrum turnen auch. Sehr interessant. Leider konnten wir die Erklärungstafel nicht lesen; irgendwas mit Jahr und 49 stand drauf, aber ob das heißt, dass sie 49 Jahre in Betrieb war, oder ob sie im Jahre 49 gebaut wurde, oder im Jahre 49 stillgelegt wurde (und wenn ja, ob 49 unserer Zeitrechnung oder in Kaiserjahren), keine Ahnung. Man muss ja auch nicht alles wissen ...

In dem Museum stehen ganz viele alte japanische Häuser aus verschiedenen Zeiten rum, grob gesagt der letzten 400 Jahre, aber die meisten aus den letzten 150 Jahren. Angeblich sind das die Originalhäuser, die dorthin verfrachtet wurden. Da gibt es dann Wohnhäuser reicher Familien, ein altes Badehaus, einen Spirituosenladen, Bauernhäuser, eine Schneiderei usw. Und in die meisten kann man auch reingehen. Allerdings erst mal „Please take off your shoes". Drinnen dann „Don't touch". Aber ist ja auch verständlich, es ist bestimmt so schon schwer genug, das ganze in Schuss zu halten. Von innen sind die dann so eingerichtet, wie sie es früher waren, samt alter (oder auf alt gemachter) Konservendosen, Geschirr und so was. In manchen sind ehrenamtliche Helfer, die den Leuten was erklären, oder zum Beispiel vorführen, wie die Feuerstelle benutzt wurde. Auf einem Platz zwischen ein paar Häusern war altes Spielzeug (Reifen mit Stöcken zum „Anschieben", seltsam geformte Stelzen, Kreisel usw.) zu finden, damit man sich noch besser in die Lage der damaligen Bewohner versetzen konnte. Sehr nette Idee. Und sie hat Kinder wie Erwachsene gleichermaßen angezogen. So unglaublich das jetzt klingt, aber wir sind ca. 4 Stunden lang durch diese alten Häuser gestreift und haben uns kein Stück gelangweilt. Ich bräuchte das nicht jeden Tag, aber für mal so war es sehr interessant.

In diesem Museum habe ich aber eine nicht nachvollziehbare Dummheit begangen: im Eingangsbereich habe ich meinen Rucksack im Schließfach eingesperrt, was soll ich ihn bei der Hitze mit mir rumschleppen. Fotoapparat natürlich vorher rausgenommen. An der Ticketkontrolleurin vorbei, rein ins Vergnügen, drei Photos gemacht, Sch..., Film voll. Ersatzfilm? Natürlich im Rucksack. („Ich bin ja so dämlich!") Also zurück zu der netten Dame, „Ich habe meinen Film im Schließfach vergessen" (so weit reicht mein Japanisch inzwischen). Die Antwort? Ein freundliches Lächeln, gefolgt von einer auffordernden Geste Richtung Schließfach. Also schnell den Film geholt, zurück zur Ticketdame, ein Lächeln kassiert, Lächeln erwidert, fast bis zum Boden verbeugt vor lauter Dankbarkeit und wieder rein

ins Museum. Das nennt sich Service. Manchmal ist Ticketschranke eben doch nicht Ticket-schranke.

Ansonsten war es dort hauptsächlich heiß, jeder rumstehende Wasserspender wurde ge-nutzt, die Arme bis zum Ellbogen abzukühlen, und das Prinzip von-Schatten-zu-Schatten-hüpfen, das ich in Guatemala ausgiebig trainiert habe, wieder aufgenommen. Ja dann, ich hoffe, Ihr hattet ein schönes Pfingstwochenende. Tschüss.

Hallo, heute gibt's nur eine kurze Mail, weil ich gleich mit meinen Mädels ins Kino gehe. Kino ist übrigens für die ein lustiges Wort, weil das japanische Wort „kino" gestern bedeutet. Ge-nauso wie „Nase" bei uns die Nase und im japanischen „warum" bedeutet. Jedenfalls heute nur eine kurze Geschichte von heute morgen. Es ist ja schön, wenn man einen gewissen Plan hat, wie Dinge vor sich gehen sollen, und ein gesundes Maß an Ordnung, sonst würde wohl ziemliches Chaos herrschen (ist das nicht eine berauschende Logik?). Aber genau damit haben sie mich heute morgen echt aufgeregt. Man kann nämlich alles auch übertreiben. Von den Warteschlangen an Bushaltestellen habe ich ja schon mal erzählt. Dass das Ende notfalls bis auf die Straße steht könnt Ihr Euch also vorstellen. Heute morgen hat es nun Bindfäden geregnet, ist ja auch nicht weiter schlimm. „Meine" Bushaltestelle ist mit einem schönen großen Dach ausgestattet, unter das bequem 30 Leute passen würden, mit ein bisschen enger zu-sammenrücken sogar 40 bis 50. Aber nein, dann wäre es ja keine Schlange mehr. (Obwohl man ja selbst das noch arrangieren könnte, wäre halt eine gewundene Schlange.) Also stehen die ersten paar Leute (genau genommen 9, ich hab's gezählt) unter dem Dach, der Rest kann sehen, ob sein Regenschirm groß genug ist (was bei Wind nicht zwangsläufig der Fall ist). Die rücken nicht mal näher zusammen. Wozu auch, „ich stehe im Trockenen, die anderen haben doch einen Schirm, ist doch ok". Tolle Einstellung. Und für „Wenn Sie ein bisschen zusammen-rücken würden könnten wir noch mit unter's Dach" reicht mein Japanisch noch nicht. Leider. Aber wahrscheinlich wäre das sowieso zu großer Aufwand und sie wären total entsetzt ange-sichts eines so radikalen Wandels ihrer Ansteh-Gewohnheit.

Ihr seht, ich bin heute nicht gut drauf, sonst wäre es mir wohl wirklich egal gewesen. Aber ich habe heute Nacht positiv geschätzt 3 Stunden geschlafen, weil es so heiß war. Und da ich kein Fenster habe, das ich offen lassen könnte, sondern nur eine Balkontür, die ich nicht offen las-sen will wenn ich schlafe, war gegen die Hitze auch nichts zu machen. Denn mitten in der Nacht mein Kanji-Buch rauszukramen, um herauszufinden, wie meine Klimaanlage von Hei-zen auf Kühlen umzustellen ist, darauf hatte ich dann doch keine Lust.

Prompt wurde ich dann heute morgen empfangen mit „Du hast 10 Minuten Zeit, dann haben wir einen Termin beim Chef, damit Du ihm mal wieder erzählen kannst, was Du die letzten Wochen so gemacht hast". Ich mag diese Gespräche an sich, aber an so einem Tag ist es nicht unbedingt die tollste Überraschung. Naja, aber dafür gehe ich ja gleich ins Kino. Dass mir der Film gefällt weiß ich, weil ich ihn in Deutschland schon gesehen habe, also wird es bestimmt lustig. Na dann, bis dann mal.

Hallo, gestern war ich ja wie schon erwähnt mit meinen Deutschkurs-Mädels im Kino. Der Film war sehr lustig (englisch mit japanischen Untertiteln, aber halt trotzdem viel japanische Sprache, die auch im Original japanisch ist und die man gar nicht verstehen soll), aber das wusste ich ja auch eigentlich vorher schon. Anschließend waren wir noch zusammen Essen. Vor dem Film haben sie mich gezwungen, Takoyaki - glaube ich - zu probieren, Teigkügelchen mit besser nicht genauer rauszufindendem Inhalt. Auf jeden Fall aber tako, also Tintenfisch. Und bis auf das eine saugnapfbehaftete Bein, das mir dann da entgegensprang, habe ich auch alles gegessen. Solange es püriert ist, ist es kein Problem ...
Nach dem Film haben wir uns aber was gegönnt, was wir alle mögen. Will heißen Pasta. Und wir hatten Glück, denn in dem Restaurant gab es ein Abendmenü; jede Pasta-Salat-Nachtisch-Kombination für 8 Euro. Haben wir natürlich ausgenutzt, was zur Folge hatte, dass wir hinterher alle einen kugeligeren Bauch hatten als unsere Schwangere. Aber lecker war es. Und sehr lustig. Inspiriert durch den Film (einstimmige Meinung meiner Japanerinnen: „Ich wusste gar nicht, dass Japan so seltsam ist. Aber Japan ist wohl echt seltsam. Wie hältst Du es hier aus?"), in dem die Probleme westlicher Besucher etwas übertrieben dargestellt werden, habe ich ihnen ein paar Episoden erzählt, was mir am Anfang so passiert ist. Zum Beispiel, dass schon die Bedienung einer Waschmaschine ohne Hilfe quasi nicht möglich ist. Oder dass man zum Behindertenschalter muss, um eine Fahrkarte nach Shinjuku zu kaufen. Fanden sie sehr amüsant. Ich ja auch.
Außerdem gibt es hier eine Firma, die erdbebensichere Häuser herstellt, und die heißt sekisui-house. In der Werbung klingt das aber wie sexy-house. Fanden Christian und ich schon immer hochgradig lustig, aber gestern bin ich damit erst mal auf großes Unverständnis gestoßen; was ist an sekisui-house so lustig?!? Erst nach mehrmaliger Wiederholung ist ihnen dann aufgefallen, ach ja, das klingt ja wie „sexy". Dass wir dann zu viert sich rhythmisch hin- und herbewegende Häuser imitiert haben, „yeah, sexy house", hat die Leute an den Nachbartischen glaube ich nur mittelmäßig amüsiert. Frauen wenn unter sich sind!
Wir waren zu dem Zeitpunkt schon wirklich gut drauf (um nicht zu sagen einfach nur albern), wohlgemerkt ganz ohne Alkohol, und dann hat auch noch der Mann der Schwangeren angerufen, der angeblich „very well" englisch spricht. Also hat sie halt mal das Telefon weitergereicht „Sprich mal mit

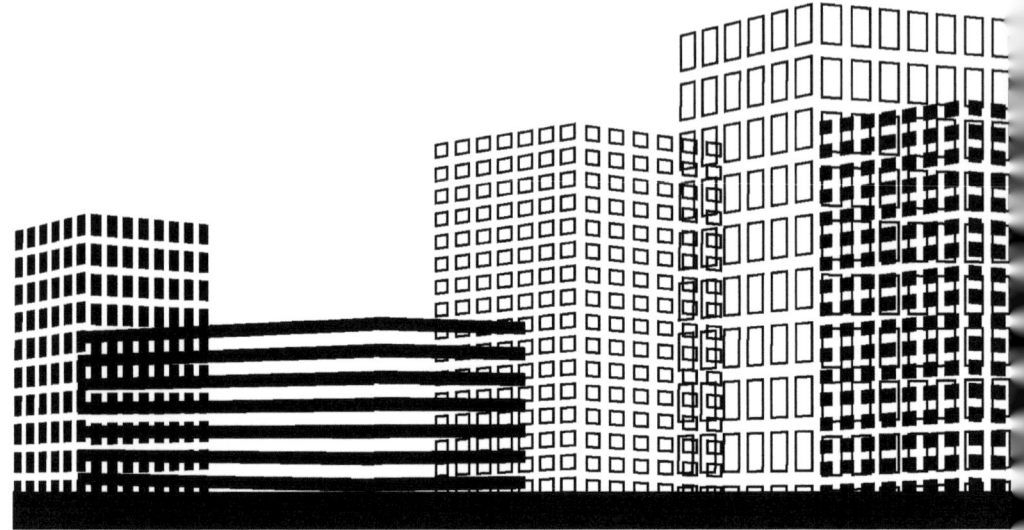

ihm". Problematisch war, dass die anderen drei weiterhin so einen Lärm gemacht haben, dass ich nicht wirklich was von dem verstanden habe, was er gesagt hat, außer „are you drunk?" - eine zugegebenermaßen naheliegende Vermutung - und der wiederholten Aussage (bzw. Behauptung) „I'm not drunk", die, wie sich später herausstellte, daher kam, dass sie ihm wohl vorgeworfen hat, dass er betrunken sei, weil er mit seinem Chef nach der Arbeit noch einen trinken war (ist ja hier nicht unüblich). Wir haben ihn später noch im Zug getroffen, und er spricht wirklich gut englisch, aber ein klitzekleines bisschen angeheitert war er schon.

Jedenfalls hatten wir eine Menge Spaß, und das zu ungefähr 2/3 auf japanisch, nur ein bisschen englisch dazwischen. Und dabei haben wir einen tollen neuen Plan geschmiedet. Meine Recherchen haben nämlich ergeben, dass einmal im Jahr weltweit ein offizieller Japanischtest stattfindet. Und wenn ich schon mal japanisch gelernt habe ... Dieser Test ist aber immer Anfang Dezember, was für mich ziemlich ungünstig ist, weil ich bis dahin wahrscheinlich viel wieder vergessen habe und außerdem mitten in der Diplomarbeit stecke. Daher der Plan: Diplomarbeit bis April oder Mai, anschließend Rückkehr nach Tokyo. Was ich dann da mache ist noch nicht ganz klar, denn da ich dann nicht mehr Studentin bin ist noch ein Praktikum bei meiner Firma nicht machbar. Und ob die mich „richtig" einstellen würden? Freiberufliche Deutschlehrerin oder alles andere, womit sich Geld verdienen lässt, ist ein Visa-Problem, Schwarzarbeiten keine gute Idee (Ausländer, die in Japan ihr Visum missbrauchen, zahlen - je nach Schwere des Vergehens - unglaublich hohe Geldstrafen, gepaart mit möglicherweise jahrelangem Gefängnisaufenthalt, zumindest aber - schon in leichten Fällen - einem Einreiseverbot von 10 Jahren). Ihr seht, der Plan ist wirklich ausgereift. Jedenfalls Tokyo-Aufenthalt von Ende Diplomarbeit bis Ende November, und im Dezember dann Teil-

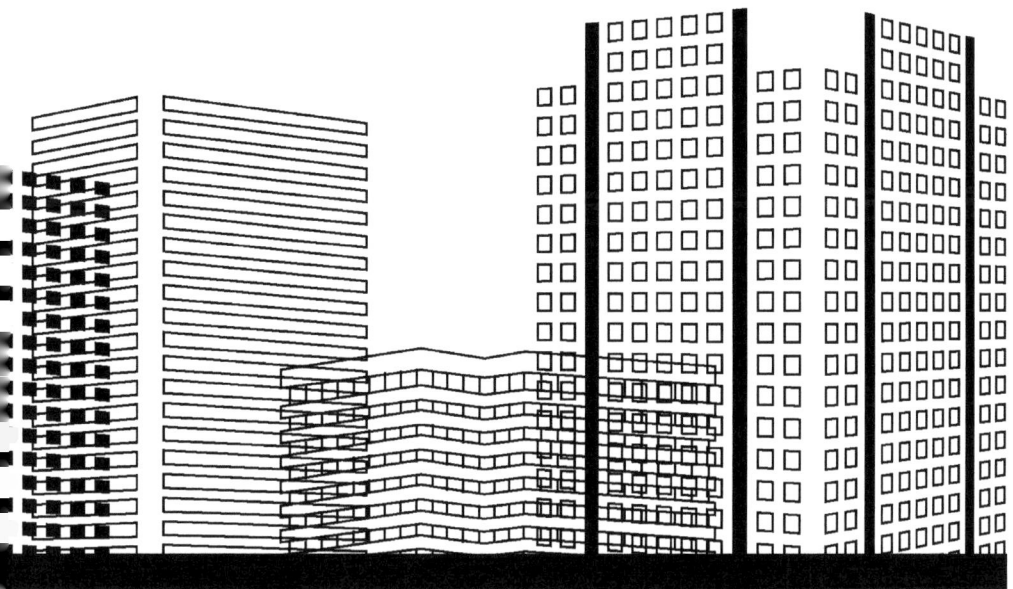

nahme am Japanischtest. Anschließend „richtiger" Arbeitsbeginn in Deutschland. Eigentlich ist es ja nur Rumalberei gewesen, aber irgendwie könnte ich mich mit dem Gedanken schon anfreunden (wenn ich Christian mitnehmen könnte natürlich). Wäre ja eigentlich optimal; ein Dreivierteljahr daheim, um sich nicht allzu sehr von Familie und Freundeskreis zu entfernen (und um passende Kleidung zu kaufen), und dann wieder herkommen.

Pünktlich vor Weihnachten wieder zurück nach Deutschland, optimales Timing. Naja, mal sehen. So, langsam plagt mich der Hunger, drum gehe ich jetzt heim.

Hallo, heute gibt's nur eine kurze Mail, weil es nicht viel zu erzählen gibt und es sowieso schon ziemlich spät ist. Ich war nämlich heute den ganzen Nachmittag im echofreien Raum auf dem Drahtnetz. Nicht sehr angenehm, aber nach einer Zeit gewöhnt man sich an alles. Gleich am Anfang hat mich mein Betreuer gewarnt: Schlüssel und so was alles draußen lassen, was dir da runterfällt kriegst du nie mehr wieder. Tolle Aussichten. Und am Anfang war mir noch ziemlich übel so 4 Meter über dem Boden (Fußhöhe, plus Körpergröße). Vor allem, weil mein Betreuer sich dort pudelwohl fühlt und auf dem Netz rumhüpft als wäre es fester Boden, was die ganze Konstruktion ziemlich zum Wanken bringt. Als er dann weg war war es etwas besser, denn wenn man sich vorsichtig bewegt wackelt es fast gar nicht. Was nichts an der uneingeschränkten Aussicht nach unten ändert. Und da ich dann heute auch alleine verantwortlich war und den ganzen Kram hin- und herschieben musste, ließen

sich Blicke nach unten beim besten Willen nicht vermeiden. Nun aber erst mal zum Wochenende. Ist relativ schnell erzählt, da wir nur am Samstag unterwegs waren. Sonntag war wieder so ein völlig verregneter Tag, den wir komplett vergammelt haben. Am Samstag wollten
wir eigentlich ans Meer, was sich dann nicht mehr wie gewünscht realisieren ließ, weil wir verschlafen haben. Und wenn man erst um 11h aufsteht, sind zwei Stunden Anfahrt bis zu einem
schönen Strand doch etwas viel. Also haben wir beschlossen, einfach ein bisschen durch
Tokyo zu laufen. Sind mit dem Zug in die Stadt gefahren - genau genommen nach Ebisu - und
von dort über Shibuya und Harajuku in einem weiten Bogen wieder zurück nach Shibuya,
von wo aus wir mit dem Zug wieder heimgefahren sind. Unterwegs haben wir auch nichts
wirklich Spektakuläres gesehen; ganz normale Gegenden halt, aber keine Sehenswürdigkeiten. Außer vielleicht den riesigen Plastik-Kugelfischkopf über dem Kugelfischrestaurant. In
Harajuku im Eingangsbereich zum Meiji-Schrein haben gerade ein Haufen Männer einen
tragbaren Schrein zusammengebaut. Obwohl der dann eigentlich nicht mehr tragbar aussah.
Wenn die Minischreine, die wir in Asakusa gesehen haben, schon mehr als 1000 kg wiegen,
musste der bestimmt das Doppelte wiegen, wenn nicht mehr. Alleine die Tragebalken hatten
schon ganz andere Dimensionen.

Gegen Abend waren wir wie gesagt wieder in Shibuya, da waren auch riesige Menschenmassen unterwegs, aber wir haben uns dann doch die Frage gestellt: wohin gehen die alle? Wollen die alle in Spielhallen und Karaoke-Bars? Das war jedenfalls nichts, was auf unserem Plan
stand, denn das Wetter war einfach zu schön um den Abend in einem Gebäude zu verbringen. Leider gibt es in Tokyo keine Straßencafes (geschweige denn Keller), denn Platz ist teuer.
Das wäre aber genau das richtige gewesen. Also haben wir uns einen Kaffee gekauft und uns
auf die große Kreuzung von Shibuya gesetzt, um „Leute zu gucken". Genau genommen natürlich nicht auf die Kreuzung, denn das würde nicht mal gehen, wenn da keine Autos wären,
weil einfach zu viele Menschen da sind, sondern auf einen Blumenkübel auf dem Gehweg.
Mit Blick auf die Kreuzung und das Hochhaus, dessen Fassade als Bildschirm dient, auf dem
Werbespots und Livebilder von der Kreuzung gezeigt werden. Wer von Euch inzwischen Lost
in Translation angeschaut hat kennt diesen Bildschirm aus dem Film, das ist der Bildschirm,
über den im Film ein großer Dino läuft.

Also saßen wir da so rum mit unserem Kaffee, und plötzlich lief doch tatsächlich der Dino
über den Schirm. Wir natürlich total begeistert, „guck mal, den gibt es ja immer noch"! Und als
richtige Touristen natürlich der Beschluss: wenn er das nächste Mal kommt machen wir ein
Foto. Wir waren ja erst ein paar Minuten da, und dieser Dino ist wohl Werbung für den Bildschirm an sich, also wird er wohl schon noch mal kommen. Und ich sag noch so im Scherz
„wahrscheinlich kommt er genau einmal pro Stunde". Um es kurz zu machen: er kam wieder -
nach genau einer Stunde! So lange saßen wir dort mit gezückter Kamera, immer auf dem
Sprung. Echte Touristen halt. Zwischendurch kam schon ein ähnlicher Einleitungsmonitor,

aber was sich dann über den Schirm schob war kein Dino, sondern ein Wal. Nichts gegen Wale, aber die haben ja nicht mal Beine; ist dann auf dem Bildschirm nicht wirklich spannend. Und der kam gleich zweimal, bis wir endlich wieder den Dino sehen konnten. Lustig war aber auch, dass alle, die sich im Laufe der Zeit um uns rum auf dem Blumenkübel niedergelassen hatten, auch gleich nachdem der Dino weg war aufgestanden und weitergegangen sind. Wir waren wohl doch nicht die einzigen, die auf ihn gewartet haben. Sieht aber auch toll aus. Und in unserem Fall war die Wartezeit ja auch fast egal, denn wir wollten ja eh rumsitzen und Zeit totschlagen. Wie gesagt, am Sonntag haben wir nur rumgegammelt; muss auch mal sein. Wir hoffen jetzt nur, dass Regenzeit hier nicht wirklich heißt, dass es jeden Tag ununterbrochen regnet. Dann haben wir die nächsten Wochenenden ein ziemliches Problem. Wir haben zwar noch eine Menge Coupons in unserem Museumspass, aber draußen ist es doch schöner. In diesem Sinne, ich gehe (oder schwimme) jetzt heim.

TAG 09 MONAT 06 JAHR 2004 UHR 49

Hallo, habe heute leider keine Zeit, viel zu schreiben, weil ich gleich mit meinem Deutschkurs Essen gehe und Pachinko spiele. Das ist sozusagen das japanische Nationalspiel, ein Glücksspiel, bei dem in einen Spielautomaten oben kleine Kugeln reingeworfen werden, die dann, durch kleine Metallstäbe umgelenkt, runterfallen, und je nachdem, in welches Loch sie unten fallen, hat man gewonnen oder verloren. Eigentlich überhaupt nicht nachvollziehbar, was daran so toll sein soll, denn es ist wirklich reine Glückssache, aber Japaner spielen das stundenlang. Da sitzen sie dann aufgereiht an diesen Spielautomaten und spielen vor sich hin. Und heute Abend werde ich das mal ausprobieren. Wahrscheinlich bin ich danach völlig begeistert und laufe jeden Abend hin ... darum wollte ich jetzt noch kurz vorher meine Meinung darüber festhalten. Allerdings habe ich wohl die Spielidee schon ziemlich verinnerlicht, denn als ich meiner Mutter davon erzählt habe, dass wir das vorhaben und worum es da geht, hat sie gefragt, was man denn gewinnen kann. Eigentlich eine verständliche Frage, aber mich hat sie total aus der Bahn geworfen. Gewinnen? Na, neue Kugeln zum Weiterspielen. Ja, aber wenn man nicht mehr spielen will? Kurzes Nachdenken, hmmm, gute Frage, warum sollte man nicht mehr spielen wollen? Dann ist mir aber doch noch eingefallen, was im Reiseführer stand: die gewonnenen Kugeln kann man am Ende gegen irgendwelche Kinkerlitzchen eintauschen, Süßigkeiten, Stofftiere und so was. Lauter Zeug, was man besser bzw. billiger hätte kaufen können. Geld darf man nicht gewinnen, das ist nur beim Lotto und beim Pferderennen erlaubt. Ich habe mich jedenfalls schon mal damit abgefunden, dass das Geld heute Abend verloren ist, aber wenn ich schon mal hier bin, muss ich es doch mal probiert haben. Auf meinem Heimweg vom Bahnhof zu meiner Wohnung gibt es 5 Pachinko-Spielhallen, plus zwei Spielhallen mit so Greifarm-Geräten, Ballerspielen und so was. Und ich laufe doch gerade mal 6 Minuten! Ist also wohl wirklich ein Markt. Vor kurzem haben sie

bei einer die Fassade abgenommen, und auch innen sah sie recht zu aus. Also haben wir gedacht, 3 Hallen fast nebeneinander sind wohl doch keine so gute Idee, da muss wohl eine dran glauben. Nun ja, sie haben dann doch nur die Fassade erneuert und gleich daneben noch eine aufgemacht, so dass es jetzt 5 sind.

05 Das ist übrigens auch fast schon ein Kulturausflug für die anderen, denn sie haben das auch noch nie (bzw. die eine vor etlichen Jahren mal) gespielt. Da muss erst so 'ne deutsche Touristin (?) kommen, damit sie das mal machen. Aber das ist ja normal, ich habe auch erst Besuch aus Schottland gebraucht, damit ich mal nach Rothenburg gefahren bin. Macht man ja als „Einheimischer" nicht (zu viele Japaner!). So denn, wünscht mir Glück.

10 PS: Wieso ist eigentlich bei Euch morgen schon wieder Feiertag?!?

15

Hallo zusammen. Pachinko ist doof! Und ja, ich habe verloren. Aber mal ehrlich, so ganz nachvollziehbar ist das ganze wirklich nicht. Uns ist gleich beim Betreten der Spielhalle erst mal fast der Kopf geplatzt, weil es da so laut war. Die anderen wollten sich dann erklären lassen, wie es funktioniert, aber sie konnten den Mitarbeiter nicht verstehen, obwohl er ihnen ins

20 Ohr gebrüllt hat. Doch auch dafür gibt es eine ganz simple Lösung: ein Mikrophon! Sind ja schon tolle Voraussetzungen, wenn man für „normale" Kommunikation ein Mikro braucht. Jedenfalls wollten wir es erst mal vorsichtig angehen und ein Gerät ausprobieren. Es gibt da nur ein Rad zum Drehen, mehr kann man nicht selber machen, und mir war da mal so überhaupt nicht klar, wozu dieses Rad überhaupt gut ist. Und erklären konnten es mir die anderen

25 ja auch nicht, wir hatten ja kein Mikro. Also haben wir es mit Zeichensprache probiert, aber ziemlich erfolglos. Irgendwann habe dann aber auch ich gesehen, worum es geht (man muss nur an die richtige Stelle gucken, aber da blinkt und leuchtet und dreht sich so viel, dass man die richtige Stelle erst mal finden muss).

Na gut, ich bin ja hier um zu spielen, also los. Geldschein rein, ein stilles Tränchen verdrückt,

30 und vorsichtig gedreht. Etwas zu vorsichtig, nach fünf Minuten war der Spaß vorbei. Und meine 8 Euro weg. Also gut, war wohl nicht mein Tag (oder mein Gerät), also erst mal Pause gemacht und zugeguckt. Plötzlich hatte die eine eine Glückssträhne und hat einen Haufen Kugeln nach dem anderen gewonnen. Wir anderen natürlich drumrum gestanden und angefeuert, und Kugelbehälter nachgereicht, so lässt sich der Lärm doch viel besser ertragen.

35 Dann kam aber einer der an sich recht netten Angestellten und hat uns blöd angemacht von wegen wir dürften nicht zugucken, wir müssten selber spielen, wer nicht spielt muss raus. Also gut, wenn's denn sein muss, noch einen Schein reingeschoben, diesmal ganze 7, viel-

leicht sogar 8 Minuten gespielt und Feierabend. Damit war meine Schmerzgrenze erreicht und ich habe überlegt, wo ich den Rest des Abends verbringe, falls die Glückssträhne meiner Begleitung anhält. Also bin ich erst mal durch die Reihen gelaufen auf der Suche nach den anderen beiden und habe so getan, als hätte ich einen Plan. Dabei habe ich natürlich prompt gegen den Kugelbehälter eines fremden Mannes getreten (die werden nämlich geschickterweise einfach auf den Boden gestellt), es ist aber auch eng da!, der zum Glück nicht umgekippt ist. Aber einige Kugeln hat es schon rausbefördert, die dann natürlich wild durch die Gegend gesprungen sind. So hatte ich wenigstens was zu tun, denn ich bin ja dann höflich und sammle die wieder ein. Allerdings glaube ich, dass der Mann von der ganzen Sache überhaupt nichts mitgekriegt hat. (Später habe ich dann gelernt, dass man rausgefallene Kugeln auf gar keinen Fall wieder einsammelt. Zu spät.) Zum Glück waren dann aber auch die anderen fertig, so dass wir gemeinsam gehen konnten. Nicht ohne vorher die gewonnenen Kugeln in einen Kassenbon einzutauschen, der dann wiederum am Gewinnschalter eingetauscht wird. Dort gibt es wie gesagt jede Menge Schokolade, Chips und so'n Kram. Aber auch die kein-Geld-Regelung wissen sie zu umgehen: Man bekommt pro forma eine Schachtel Schokolade in die Hand gedrückt, und dazu ein paar Speicherchips, mit denen man um die nächste Straßenecke geht, wo eine Kabine ist, in der man diese gegen Geld eintauschen kann. Wie legal das dann ist habe ich mal nicht gefragt. Jedenfalls hat sie doch tatsächlich 80 Euro gewonnen (allerdings auch 25 reingesteckt), was sie dann gleich dazu veranlasst hat, uns alle zum Essen einzuladen. Essengehen wollten wir ja sowieso, aber eingeladen zu werden ist auch mal ganz schön (so taten meine verlorenen 16 Euro nicht mehr ganz so weh). Alles in allem aber ein ziemlich fragwürdiges Spiel. Man kann nämlich nur ungefähr beeinflussen, wo oben die Kugeln reingeworfen werden, aber auf dem Weg nach unten werden sie von Metallstäbchen und sich drehenden Räder völlig unvorhersehbar abgelenkt. Unten gibt es dann eine kleine Gewinnöffnung, die nur ein bisschen breiter ist als die Kugeln selbst. Für jede Kugel, die reinfällt, bekommt man 3 neue (oder so), und manchmal löst eine reingefallene Kugel den Spielmechanismus aus, der wie bei normalen Spielautomaten bekannt aus drei rotierenden Rädern besteht, wobei man gewinnt, wenn 3 gleiche Zahlen in einer Reihe erscheinen. Das ist ja schon unwahrscheinlich genug - erst das kleine Loch treffen, dann nur evtl. den Spielmechanismus aktiviert haben, und dann noch 3 Zahlen in einer Reihe -, aber selbst dann hat man noch nicht wirklich gewonnen. In dem Fall geht nämlich nur eine etwas größere Öffnung auf, und nur für die Kugeln, die dann da reinfallen, bekommt man wirklich Gewinnkugeln. Sehr glücksabhängig. Ja dann, ich muss los.

Morgen! Ich wollte doch nur eine Konzertkarte kaufen ... Aber immer der Reihe nach. Letzte Woche habe ich erfahren, dass Offspring Mitte Juli in Tokyo spielen. Da muss man doch dabeigewesen sein!

Also hat meine Kollegin für mich ausfindig gemacht, wo ich Karten kaufen kann, und da bin ich dann am Samstag hin. Der Dialog sah dann ungefähr so aus (auf Japanisch):

S:„Haben Sie Karten für das Offspring-Konzert?"
J:„Ja, sicher. Moment." (Hektisches Rumklicken am Computer.) „... Ja, haben wir."
S:„OK, Dienstag oder Mittwoch."
J:„Dienstag oder Mittwoch?"
S:„Dienstag."
J:„OK, haben wir. Hier, bitte den Zettel ausfüllen. Name, Adresse, Telefonnummer."
S:„???"
J:„Cash oder Kreditkarte?"
S:„Cash."
J:„OK, nur Name und Telefonnummer."
S:„???" (Wozu? Aber gut, ich gebe mich geschlagen, Name und Telefonnummer eingetragen.)
J:„Und hier: Veranstaltungsort und Preis."
S: (Trägt brav Veranstaltungsort und Preis ein, obwohl sie mir den Preis noch gar nicht gesagt haben ... aber ich bin ja informiert.)
J:„Arena oder ***?"
S:„Bitte keine Stühle" (habe mir vorher erklären lassen, dass es bestuhlte und unbestuhlte Abschnitte gibt. Was soll ich auf einem Punkkonzert mit einem Stuhl?), „Stühle mag ich nicht." (klingt auf Deutsch blöd, aber ich wollte sichergehen, dass sie verstehen, was ich will, und so ausgefeilt sind meine Sprachkenntnisse noch nicht.)
J: (lächelt verständnisvoll) „Ich auch nicht."
S: (Im Glauben, dass sie mich verstanden haben, das Geld rausgekramt)
J: (holt einen Zettel, der wie ein Lageplan aussieht) „Block G".
S:„OK."
J:„*** 182 und 183."
S:„Hmm?"
J:„*** 182 und 183."
S:„Tut mir leid, ich verstehe Sie nicht."
J: (hilfesuchender Blick an die beiden Kolleginnen. Die reichen ihr schnell eine Liste mit den wichtigsten Sätzen auf Englisch.) „Your reservation numbers are 182 and 183."
S:„OK. ???" (Wozu eine reservation number?) „Stühle mag ich nicht."
J:„OK, aber reservation number 182 und 183."
S:„OK, aber was ist das?"
J:„ *************"
S:„???"

J:„"**********"
S:„Tut mir leid, ich verstehe Sie nicht."
J: (fängt an, Strichmännchen mit Nummern zu malen. Nr. 1, Nr. 2, Nr. 3, ... Nr. 182, Nr. 183)
S:„OK, das da sind wir, richtig?"
J: (erleichtert) „Ja."
S:„???" (UND?)
J:„*************"
S:„???"
J:„**** 1 bis 20 *****"
S:„???"
(wachsende Verzweiflung auf beiden Seiten; plötzlich fällt ihr doch noch das rettende englische Wort
ein: enter)
J:„1 bis 20 'enter', *******"
S:„???"
J:„1 bis 20 'enter', *******"
S: (plötzliche Erleuchtung) „Ach, zuerst Nr. 1 bis 20 'enter', anschließend" (!, warum benutzen die nicht
die Wörter, die in meinem Japanischbuch stehen?!?) „Nr. 21 bis 40 'enter', anschließend 41 bis 60, wir
sind 182 und 183, richtig?"
J: (strahlendes Lächeln) „JA!"
S:„OK."
J:„After print no change."
S:„OK" (nach der Tortur werde ich 100pro da hin gehen, Umtausch also nicht nötig.)
J:„Cash?"
S: (schiebt das Geld rüber, dass sie schon die ganze Zeit loswerden wollte, kriegt dafür die Karten mit
dem Hinweis, wo unsere Reservierungsnummern stehen.)
Beide:„Danke und Tschüss."

Ich wollte doch nur eine Konzertkarte kaufen!

Und nun der Rest des Wochenendes. Nach besagtem Kartenkauf sind wir in den Inokashira-Park gegangen, so was wie Zoo, botanischer Garten und Skulpturengarten in einem, war auch in unserem
Museumspass enthalten und außerdem nur 10 Minuten Fußweg vom Ticketshop entfernt. Allerdings
konnte es der Zoo natürlich nicht mit den beiden großen Zoos aufnehmen, was ja durchaus verständlich ist. Uns tat dann besonders der Elefant leid, der ganz alleine in seinem Minigehege stand,
und das seit über 50 Jahren. Schöner war da schon das große tropische Gewächshaus mit Tukan und
Paradiesvogel. So lässt sich Gefangenschaft doch aushalten. Bekannt ist der Zoo für seine Eichhörnchen. Die sind in einem ziemlich großen Käfig, durch den man durchgehen kann, so dass man die

Eichhörnchen von nahem ohne Gitterstäbe sehen kann. Ist ganz nett, nach den superzutrau-
lichen Eichhörnchen beim Grossen Buddha in Kamakura aber nichts Berauschendes.

Mit diesem Zoo waren wir relativ schnell fertig, so dass wir noch nach Ueno gefahren sind. Da
ist der große Zoo, in dem wir schon waren, für den wir aber noch Freikarten hatten, weswegen wir noch mal hin wollten, und ein Museum, in das ich unbedingt noch rein wollte.

Also sind wir zuerst mal ins Museum. Kategorie „klein aber fein". In dem Museum geht es um
das alltägliche Leben der „alten" Tokyobewohner, so zwischen 1850 und 1923. 1923 war das
große Erdbeben, bei dem Zigtausend Menschen gestorben sind und quasi ganz Tokyo zu-
sammengefallen bzw. verbrannt ist. Daher gibt es heute auch nur noch ganz wenige ur-
sprüngliche Holzhäuser. Besonders tragisch: schon damals war alles dicht bebaut, weswegen
die Fluchtmöglichkeiten vor dem Feuer stark beschränkt waren. Auf einem ausgewiesenen
Rettungsplatz haben sich dann dementsprechend viele Menschen versammelt, es gab ja
sonst keine Fluchtmöglichkeit, aber dann war dieser Platz von den Flammen eingeschlossen
und sämtliche ungefähr 35.000 Menschen dort sind verbrannt. In dem Museum hatten sie
Stadtpläne, auf denen der Weg der Flammen und die Anzahl der Toten an den verschiedenen
Orten eingetragen waren. Erschreckend.

Aber natürlich gab es auch angenehme Ausstellungsstücke; so war eine alte Kaufmanns-
gasse nachgebaut, mit Süßigkeitenladen und Kesselmacher und alter Rikscha. Außerdem gab
es einiges an altem Spielzeug, zum Anfassen und Ausprobieren. Angucken hätte mir persönlich ja gereicht, aber die Japaner wollten's wissen (in japanischen Museen und Zoos arbeiten
sehr viele alte Leute ehrenamtlich) und haben mir so'n Ding in die Hand gedrückt, nach dem
Motto „zeig mal was Du draufhast". Mangel an Talent hat mich ziemlich blöd aussehen lassen,
aber ich werde diese Leute wohl nie wiedersehen, also egal. Außerdem gab es alte Möbel, Kü-
cheneinrichtung, Plakate, Postkarten, ... Alles original, gestiftet von Privatpersonen, die das
Zeug noch zuhause hatten.

Im Anschluss wollten wir eigentlich noch in den Zoo, das hat sich aber nicht mehr gelohnt,
weil wir schon recht spät dran waren (Zoos und Museen schließen hier alle um 17h, saublöd
bei gutem Wetter). Also sind wir um den See rumgelaufen - was nicht sehr weit ist - und anschließend nach Akihabara - was ziemlich weit ist -, wo wir ein bisschen planlos durch die Gegend gelaufen sind, um dann zu beschließen, dass wir nichts mehr zu tun haben, aber noch
nicht nach hause wollen (wie gesagt, gutes Wetter). Also haben wir beschlossen, entlang der
Zugstrecke spazieren zu gehen, damit wir noch ein bisschen was sehen und bei Motivations-
einbruch oder Regenausbruch einfach mit dem nächstbesten Zug heimfahren können. Das
haben wir dann auch gemacht, wobei der Auslöser nicht der Regen war.

Sonntag sind wir dann wieder nach Ueno gefahren, diesmal in den Zoo, und haben unseren
alten Freund den japanischen Riesensalamander besucht. Der hat sich allerdings noch weniger bewegt als beim ersten Mal. Diesmal war auch der Biber draußen, der sich letztes Mal ver-

steckt hatte. Sehr schön. Zufällig haben wir noch die Pelikan-Fütterung mitgekriegt. Die kriegen die Fische zugeworfen, die sie mit ihren großen Schnäbeln auffangen. Wer einen gefangen hat, läuft um die Gruppe drumrum und stellt sich hinten wieder an (außer einer, der war wohl das rücksichtslose Ekel in der Gruppe). Tiere sind wirklich erstaunlich. Als der Wärter ihnen den leeren Eimer gezeigt hat, haben sie sich alle gleichzeitig rumgedreht und sind ihrer Wege gegangen. Will heißen, dass sie ans Wasser gelaufen sind; der ganz vorne hat sich aber wohl nicht getraut zu springen, weswegen er von dem dahinter reingeschubst worden ist. Tiere sind lustig.

Der Rest war unspektakulär; außer vielleicht, dass Christian vor dem Faultierkäfig stand und „ah, na-makemono" gesagt hat (somit habt Ihr auch die Auflösung meines Rätsels von vor vielen Wochen), und ein paar Sekunden später ein kleines Mädchen neben ihm stand und ihm erklärt hat „namake-mono", was er dann wiederholt hat, was zu einem ziemlich erstaunten Gesichtsausdruck bei dem Mädchen geführt hat, warum wohl dieser nicht sehr japanisch aussehende Mensch versteht, was sie sagt. Um 17h sind wir quasi rausgeworfen worden (natürlich mit Megaphon, unterstützt von einer Endlosversion von „Old Lang Syne" - oder wie auch immer man dieses Lied schreibt - aus den Laut-sprechern), es war aber bestes Wetter, also was tun?

Die naheliegende Lösung: spazieren gehen, mal sehen, wie weit wir kommen. Also sind wir erst mal zum Tokyo Dome gelaufen, eine riesige Halle mit angeschlossenem Vergnügungspark/Einkaufspas-sage. Dort gibt es unter anderem eine riesige Achterbahn, die um das Gebäude drumrum fährt und drüber und so. Allerdings kostet dieser Vergnügungspark 23 Euro Eintritt, so dass wir uns doch mit dem Anblick von außen begnügt haben ... nicht, dass ich in die Achterbahn reingegangen wäre, nie! In einer kleinen Nebenhalle muss wohl so was wie ein Manga-Fantreffen gewesen sein. Jedenfalls waren dort Hunderte kostümierter Jugendlicher, die aussahen wie ihre Lieblings-Comichelden. Un-gefähr wie in Harajuku, nur noch mehr.

Von dort aus sind wir weitergelaufen bis zu der Halle, in der das Offspring-Konzert stattfindet, dann durch den angrenzenden Park, wo ich dann dafür plädiert habe, den nächsten Zug zu nehmen, weil mir doch langsam alle Knochen wehtaten, ich Hunger hatte und überhaupt. Also sind wir mit dem nächsten Zug zu Christians Haltestelle gefahren, sind dort noch Essen gegangen (natürlich in unse-ren 3 Euro-Menü-Curryshop), und dann habe ich den Heimweg angetreten. Ich war dann auch wirk-lich froh, als ich mich auf mein Bett schmeißen konnte und mich ganz gemütlich von einem Jackie-Chan-Film berieseln lassen konnte. Habe zwar kein Wort verstanden, aber das muss man ja bei Jackie-Chan-Filmen auch nicht unbedingt.

Eins noch: vor der Konzerthalle stand eine Reihe LKWs, so 7 oder 8 Stück, und alle (!) hatten den Motor laufen. Keiner davon hat ausgesehen, als würde er bald irgendwo hinfahren, einige der Fahrer sah man im Führerhaus schlafen, aber sie brauchen wohl ihre Klimaanlage. Sich dann aber beschweren, dass die Luft so dreckig ist und die Benzinpreise ach so teuer sind! Neulich beim Waschsalon war auch so einer, kommt mit dem Moped und lässt den Motor laufen, während er seine Wäsche in die Maschine lädt. Wozu? Ein Moped hat doch keine Klimaanlage! Wahrscheinlich ist es zu anstrengend, die Zündung noch mal zu betätigen. Da sollte man doch gleich mal die Benzinpreise verdoppeln. So, genug für heute, es ist schon ziemlich spät und überhaupt war das unser ganzes Wochenende. Morgen gehe ich mit meinem Deutschkurs zum Bowling; auch die Schwangere kommt mit, obwohl sie nicht mehr spielen kann, weil „ihre Mitte zu schwer ist" und sie sich nicht mehr bücken kann. Aber es spielt ja sowieso immer nur einer, da ist Zugucken dann wohl ok. Jedenfalls gibt es daher wohl morgen keinen Newsletter.

16 TAG **06** MONAT **2004** JAHR **52** NR.

Mahlzeit! Heute habe ich mit Erschrecken festgestellt, dass schon der 16. ist; der Juni ist also auch schon halb rum. Aaahhh!

Gestern war ich wie gesagt beim Bowling. Es war lustig, und aus irgendeinem Grund hatte ich wohl einen guten Abend, denn mein letztes Bowling liegt ungefähr 4 Jahre zurück, und schon damals war ich nicht gut, aber gestern habe ich doch so einiges umgeworfen. So habe ich am Ende gewonnen, was aber auch bei den etlichen Gassenkugeln meiner Mitspielerinnen kein Wunder war.

Allerdings haben sich da auch mal wieder ungeahnte Schwierigkeiten aufgetan, mit denen man vorher nicht rechnet. In Japan gibt es nämlich andere Schuhgrößen als bei uns oder in Amerika. Also welche Schuhgröße nehmen? Meine Mädels haben dann mit dem Angestellten ausgehandelt, dass ich bei Nichtpassen umtauschen darf, was normalerweise nicht geht, weil die ja desinfiziert und versiegelt ausgegeben werden. Und dieses Aushandeln hat sich gelohnt, denn das erste Paar hat natürlich nicht gepasst. Ansonsten ist Bowling aber genauso wie bei uns, also nicht weiter erzählenswert. Anschließend waren wir thailändisch essen. Wir haben einfach vier verschiedene Dinge bestellt und dann jeder-isst-von-allem-ein-bisschen gemacht. Lecker war es, aber ich konnte leider nur zwei der Gerichte essen, weil die anderen so scharf waren, dass ich es nicht runtergekriegt habe. Die anderen haben aber auch ganz schön geschnauft.

Heute bin ich wieder den halben Tag auf dem Drahtnetz rumspaziert, gestern auch; ich gewöhne mich immer mehr dran. Wenn nur die instabilen Schläppchen nicht wären! Aber wenigstens macht es mir nichts mehr aus, 4 Meter in die Tiefe zu gucken (plus Körpergröße), durch gleichzeitiges Laufen das Gitter in Schwingungen zu versetzen und dabei 3 oder 4 Gegenstände durch den Raum zu balancieren, die ich nie wiederkriege, wenn ich sie jetzt fallen lasse. Der Mensch ist halt ein Gewohnheitstier. Gestern haben wir zum ersten Mal unsere Installation statt mit Rauschen mit einem richtigen Sprachsignal ausprobiert. Auf der Beispielton-CD waren ganz viele Sätze in ganz vielen verschiedenen Sprachen. Auf Deutsch waren so sinnige Sätze dabei wie "Sie sehen, es geht auch ohne Saxophon" und „Im Osten soll ein Schloss gebaut werden". Hängt wohl damit zusammen, dass bestimmte Töne (Zischlaute und so was) drin vorkommen sollen. Trotzdem recht nervtötend, wenn man dann 30 Mal nacheinander „Sie sehen, es geht auch ohne Saxophon" hört. Dann doch lieber weißes Rauschen. Was mir dann aber zu denken gibt: diese CD hilft wohl beim Entwickeln verschiedener Telefone; es ist also anzunehmen, dass zum Beispiel in Deutschland andere Telefone verwendet werden als in China. Was passiert dann, wenn zwei Chinesen in Deutschland telefonieren wollen? Verstehen die sich dann nicht, weil das Telefon falsch ausgelegt ist? Mit dieser Frage lasse ich Euch dann mal für heute alleine, denn ich gebe jetzt Deutschnachhilfe und gehe anschließend gleich heim. Schließlich ist es hier schon recht spät.

Hallo und Mahlzeit! Ich werde Euch jetzt noch ganz kurz ein bisschen was erzählen, bevor ich ins wohlverdiente Wochenende gehe. Gestern konnte ich ja nicht schreiben wegen Indiaca; und tagsüber hatte ich so viel zu tun, dass ich es da auch nicht zwischenschieben konnte.
Neulich war ich bei der Post, um eine Videokassette heimzuschicken. Schön sicher in einen Luftpolsterumschlag verpackt, groß und deutlich Deutschland draufgeschrieben (auf japanisch), ganz optimistisch an den Schalter gelaufen. Noch dazu gesagt „nach Deutschland", woraufhin die Dame den Umschlag ganz kritisch beäugt hat, irgendwann auf mein „Deutschland" gezeigt hat und meinte „Nach Deutschland?". Soviel zu meinen Japanischfähigkeiten. Nun ja, diese Frage konnte ich mit einem überzeugten Nicken beantworten, was die Dame dazu veranlasst hat, eine ungefähr 10 Sekunden lange Frage auf mich loszulassen. Dass es eine Frage war, habe ich erkannt, mehr aber auch nicht. Also „Tut mir leid, ich verstehe Sie nicht". Das hat eine Wiederholung der Frage provoziert, allerdings noch etwas in die Länge gezogen. Ich nehme mal an, dass sie zusätzliche Erklärungen eingefügt hat. Erneutes verständnisloses Lächeln meinerseits, Schulterzucken, hmm? Also noch ein Wortschwall, aus dem ich zumindest das Wort „Brief" herausgehört habe. Also habe ich mir gedacht, gehe ich doch aufs Ganze, und habe völlig überzeugt gesagt „Das ist ein Video". War wohl die richtige Antwort auf die nicht verstandene Frage, denn sofort herrschte hinter dem Schalter geschäftiges Treiben, bis der kleine Aufkleber für den Zoll gefunden war. Dann endlich konnte mein Brief auf die Reise gehen; warum muss immer alles so kompliziert sein? Sie hätte doch einfach sagen können „Was ist das?" anstelle von (ist jetzt improvisiert) „erläutern Sie mir bitte den präzisen Inhalt dieser Transportverpackung, damit ich nach eingehenden Überlegungen über die Einhaltung der entsprechenden Zollvorschriften entscheiden kann". Eigentlich.
Andererseits war ich dann neulich im Fotoladen und habe der jungen Frau hinter dem Schalter gesagt, dass ich auch eine CD von meinen Photos haben möchte, die Fotos aber bitte in der kleinsten

Größe. CD kostet 600 Yen extra, ob das in Ordnung wäre. Klar doch, nichts ist umsonst. Sie hat mich dann nach Prints gefragt, und ich habe ihr noch mal gesagt, in der kleinsten Größe. Woraufhin sie meinte, neenee, Indexprint. Klar, Indexprint auch. Dann endlich kam ein „Ich spreche auch Englisch, wenn Sie lieber Englisch reden möchten", und zwar in breitestem amerikanischen Englisch. Wow. Klar will ich lieber Englisch reden, ist doch einfacher. Sie meinte, sie wüsste ja nicht, vielleicht möchte ich lieber Japanisch reden? Nö, schon gut, wenn mein Gegenüber gut Englisch kann ist mir das dann doch lieber. Also gibt es auch solche Geschichten; wenn man schon mal mit Japanisch klarkäme trifft man plötzlich auf jemanden, der gut Englisch kann. Vor ein paar Wochen habe ich einen ziemlich dummen Fehler gemacht: ich habe auf den gesunden Menschenverstand vertraut. Ich hatte unheimlich Appetit auf Käse. Nun ist Japan ja nicht unbedingt Käseland Nummer 1, importierter Käse ist unbezahlbar teuer, also nehme ich halt die japanische Imitation. Da gab es dann Käse, auf dem Camembert draufstand, und auf dem Camembert abgebildet war, also sollte man ja meinen, dass zumindest eine schlechte Camembert-Imitation drin ist. Aber Pustekuchen, es war eine Art Gouda, nichts mit innen weich und außen eine härtere, schimmlige Hülle. Fester gelber Käse. So kann man sich täuschen. Seitdem kaufe ich Importkäse, da weiß ich, was ich habe. So denn, ein schönes Wochenende.

21 TAG **06** MONAT **2004** JAHR **54** NR

Mahlzeit! Nach einem langen, anstrengenden Wochenende - und einem nicht weniger anstrengenden Arbeitstag, aber das nur am Rande - hier nun die neusten Erzählungen von hier, extra für Euch.

Am Samstag hatten wir große Pläne, die dazu geführt haben, dass wir wirklich früh aufgestanden sind. Zuerst hat es uns in einen Second-Hand-Buchladen getrieben, in dem ich meine ausgelesenen Bücher gegen neue (gebrauchte natürlich) eingetauscht habe. Das tut so weh, ich gebe so ungern Bücher her. Aber ich kann sie ja nun wirklich schlecht mitnehmen. Erstens wiegen sie zu viel, und zweitens sehe ich nicht ein, dafür auch noch Zoll zahlen zu müssen. Anschließend wollten wir in eine Designausstellung, von der mir meine Arbeitskollegin berichtet hat. Als wir aus dem Bahnhof raus waren habe ich festgestellt, dass ich geschickterweise die Wegbeschreibung zuhause vergessen hatte. Das kommt davon, wenn man seinen Rucksack komplett neu packt anstatt einfach nur Zeug dazuzuschmeißen. So ungefähr hatte ich den Plan aber noch im Kopf, also sind wir losgelaufen auf der Suche nach dem McDonalds, bei dem wir links hätten abbiegen müssen. Da war aber keiner. War es vielleicht die falsche „große Straße"? Also eine andere große Straße in entgegengesetzte Richtung entlang-

gelaufen, auch kein McDonalds. Noch ein bisschen in die dritte Richtung gelaufen, aber da war auch nichts. Schließlich haben wir dann aufgegeben, schade zwar, aber da hilft ja alles nichts. Das habe ich heute im Büro erzählt und dann meinten sie „Ach ja, das kann wohl sein dass der McDonalds zugemacht hat". Na toll. Die Ausstellung geht leider nur bis Mittwoch, sie bleibt mir also wohl vorenthalten. Nach diesem Fiasko konnten wir dann nur noch hoffen, dass unser nächster Punkt auf der Tagesordnung etwas besser vonstatten geht: Godzilla sehen. Natürlich nicht den Echten (Hilfe nee, muss nicht sein. Wäre wohl auch recht aussichtslos gewesen.), auch keinen Film, sondern die Statue. Diesmal waren wir besser informiert, denn der Standpunkt war im Reiseführer eingezeichnet. Da stand auch schon drin, dass es eine kleine Statue ist, aber als wir dann da waren - und wir haben uns fast gar nicht verlaufen! - war ich doch etwas erstaunt, wie klein. Die war vielleicht einen Meter hoch, mehr nicht. Es steht so viel Zeug rum in Tokyo, für so viel Kram wird Geld ausgegeben, und die Legende, fast schon das Wahrzeichen der Stadt, die nun mal auch davon lebt, dass sie groß ist (stellt Euch einen Godzilla-Film mit einem 1 m großen Godzilla vor ... nicht sehr überzeugend), kriegt gerade mal einen Meter. Aber gut, wir waren ja extra deshalb hergefahren, also haben wir uns auf eine Bank gesetzt und andächtig auf die Statue geschaut. Bevor wir gegangen sind, haben wir natürlich auch Fotos gemacht. Und erst in dem Moment haben auch die Japaner angefangen, ihre Handys rauszukramen und Fotos zu machen. Wir sind halt eine Quelle der Inspiration! Von dort aus sind wir runtergelaufen nach Shinbashi, von wo aus wir mit der Monorail nach Odaiba rübergefahren sind. Monorail ist eine Art U-Bahn, die sozusagen im zweiten Stock fährt, also ein Stockwerk über der Straße. Dadurch hat man eine tolle Aussicht, für die man auch teuer bezahlt. Aber die Alternative, nach Odaiba zu kommen, wäre ein mehr als zweistündiger Fußmarsch gewesen oder eine Bootsfahrt, die bestimmt auch nicht so viel billiger ist als die Monorail. Zudem war die Fahrt auch noch richtig interessant, weil dieser Zug vollautomatisch fährt; es gibt keinen Fahrer mehr. Und wir hatten das Glück, ganz vorne einen (Steh-)Platz zu bekommen, so dass wir also fast 360 Grad freie Sicht hatten. Odaiba besteht aus mehreren Inseln, die aber alle künstlich aufgeschüttet sind. Ist schon interessant, wie viel Platz man dem Meer noch abgewinnen kann. Wir waren dort auch schon mal (Stichwort Big Sight Building, Rainbow Bridge), aber am Samstag war so gutes Wetter, dass wir unbedingt an den Strand wollten. Nach einem kurzen Rundgang - bei dem wir endlich auch die Kopie der Freiheitsstatue gefunden haben, die sie hier aufgestellt haben; die ist größer als der Godzilla! - war die Hitze nicht mehr zu ertragen und wir haben uns ein Eis gekauft und uns faul an den Strand gesetzt. War auch kaum langweilig, weil das wohl ein beliebtes Ausflugsziel für alle Hundebesitzer ist; da turnen dann Hunde aller Farben und Größen herum (natürlich hauptsächlich kleine), und ca. 90% von denen sind angezogen. Und das bei ungefähr 33 Grad im Schatten! (Ist ein geschätzter Wert, keine Ahnung, wie warm es wirklich war. Könnte aber ungefähr hinkommen.) Die armen Tiere ... Für uns war es aber trotzdem interessant, wenn wir gerade mit dem Lästern über ein Kostüm fertig waren kam garantiert der nächste Hund mit einem noch alberneren Kostüm daher.
Schließlich hat dann auch noch ein Straßenjongleur/-akrobat angefangen, an der Strandpromenade

„Grrrr...!"

„Wuff!"

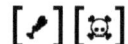
sein Programm vorzuführen, so dass wir wirklich gut unterhalten waren. Also haben wir am Strand gesessen, auf die Bucht und die Rainbow Bridge geschaut und auf den Einbruch der Dunkelheit gewartet. Denn das weitere Vorhaben dort (außer Entspannen am Strand) war Nachtaufnahmen. Sowohl von der Bucht aus die Rainbow Bridge als auch umgekehrt. Daraus folgt - - - richtig, wir sind noch mal über die Rainbow Bridge gelaufen. Wenn man sich erst mal an den Wind gewöhnt hat ist das gar nicht so schlimm, nachts sieht man ja das Wasser nicht bzw. die Tiefe. Rainbow Bridge-Spaziergang heißt aber auch, auf der anderen Seite noch ein ganzes Stück bis zum nächsten Bahnhof laufen zu müssen. Von dort aus sind wir dann nicht etwa heimgefahren, sondern erst mal nach Shibuya, um dort auch noch ein paar Photos zu machen. Nochmaliges Warten auf den Dino (diesmal aber nur gute 20 Minuten), essen im Curryimbiss, nach etwas rumgelaufen und dann heim. Dort bin ich quasi noch bevor mein Kopf auf dem Kopfkissen lag eingeschlafen.

War auch gut so, denn am Sonntag hieß es um 7 Uhr aufstehen. Mehr oder weniger freiwillig. Schließlich war Indiacaturnier, da wollten wir ja freiwillig hin, aber doch nicht so früh! Tja, wenn man einmal zugesagt hat kommt man da schlecht wieder raus, also zum Treffpunkt gequält (ich frage mich immer noch, wie ich es geschafft habe, meine Kontaktlinsen einzusetzen, meine Augen waren eigentlich nur schmale Schlitze) und auf das ich-glaube-so-langsam-werde-ich-wach-Gefühl gewartet. Lange Zeit allerdings vergeblich.

Zum Glück waren wir 7 Leute, von denen immer nur 4 gleichzeitig spielen (aus irgendeinem Grund spielen Japaner mit 4 Spielern pro Mannschaft statt mit 5. Auf der anderen Seite haben wir im Fernsehen auch schon ein Hobby-Volleyballturnier mit 9 Spielern auf jeder Seite gesehen.), so dass wir relativ lange Ruhepausen hatten. Aus Glück (oder Unvermögen während der letzten Turniere, keine Ahnung) hatten wir eine relativ leichte Gruppe, was uns am Ende zu Gruppensiegern gemacht hat. Und wir haben sogar was gewonnen dafür: ein schweinchenrosanes Handtuch mit einem schwarzen Indiaca drauf. Natürlich mussten Christian und ich auch dieses Mal aufstehen und uns verbeugen, während die irgendwas über uns erzählt haben, was wir nicht verstanden haben. Im Laufe des Tages hat unser „Chef" uns dann auch rumgeführt und nacheinander allen möglichen Leuten vorgestellt. Das gipfelte dann darin, dass sie uns Zettel und Stift in die Hand gedrückt haben mit der Bitte, wir sollten doch unsere Eindrücke von japanischen Indiacaturnieren aufschreiben, ruhig auf englisch, sie übersetzen es dann später (großzügig! Auf japanisch wäre wohl auch nicht viel bei rausgekommen.). Also habe ich halt in meinen Spielpausen einen Erlebnisbericht geschrieben; natürlich nur Gutes, und vielen Dank auch, und sozusagen mit Worten verbeugt und sehr japanisch.

Nach dem Turnier und dem anschließenden Duschen (3 Duschen für ungefähr 300 Frauen!) ... okay, da mache ich später weiter, erst noch ein paar Worte zum Duschen. In der Fernsehwerbung sieht man öfters mal einen Spot mit ein paar verschwitzten Frauen im Umkleideraum, von denen sich eine mit den superleistungsstarken Biore-Erfrischungstüchern abreibt und ganz toll frisch rausspaziert, während die anderen nur staunen und neidisch gucken; sie haben keine solchen Tücher und müssen wohl oder übel noch duschen gehen. Die Werbung fand ich von Anfang an ziemlich albern, nach dem Sport ist doch eine Dusche das einzig sinnvolle (zumindest wenn man so verschwitzt ist wie die Damen in der Werbung); umso entsetzter war ich, dass offensichtlich eine ganze Reihe Frauen dieses Vorgehen wirklich praktiziert. Äh! Darüber hinaus ist immer wieder zu beobachten, dass japanische Frauen sich selbst in einer Damenumkleide nicht ausziehen. Die gehen angezogen in die Duschkabine (die natürlich Vorhänge hat), vor der ein Stuhl steht, ziehen sich in der Kabine aus, duschen, trocknen sich ab, ziehen sich wieder an und verlassen dann erst die Kabine. Jetzt weiß ich auch, warum beim ersten Turnier die Damen so entsetzt geguckt haben, die gerade reinkamen, als ich mit meinem umgeschlungenen Handtuch aus der Dusche zurück in die Umkleide spaziert bin. Die haben wohl jetzt den Schock für's Leben; in Europa muss ja ziemlicher Sittenverfall herrschen. Diese Verklemmtheit führt aber zu fast schon akrobatischen Meisterleistungen: Unter dem Trikot den Sport-BH ausziehen, den richtigen BH anziehen, und dann erst das Trikot ausziehen ... anschließend natürlich in Rekordgeschwindigkeit das normale T-Shirt anziehen. Sehr beeindruckend! Andererseits tragen sie dann so kurze Röckchen, dass fast schon unten die Pobacken raushängen ... wenn sie denn Pobacken hätten. Soviel zum Thema Duschen. Anschließend waren wir mit der ganzen Mannschaft noch einen Kaffee trinken; dabei haben sie uns dann ausgefragt wie lange wir denn noch da wären und wann sie dann unsere Abschiedsfeier machen können. Ganz toll, wir haben eh schon die Krise weil es in rasenden Schritten aufs Ende zugeht, und jetzt planen unsere Mitmenschen schon unsere Abschiedsfeiern. Wir sind von da aus dann kurz nach Kokubunji zurückgefahren, damit ich meine Sporttasche loswerden konnte, dann sind wir gleich wieder losgezogen und nach Shinjuku gefahren, um unser Projekt „Nachtaufnahmen" - zumindest vorübergehend - zu beenden. Anschließend haben wir bei Christian einen ziemlich unbedeutenden Film geguckt, aber immerhin auf englisch; so war ich dann erst ziemlich spät zuhause, was mich nicht von der Dummheit abgehalten hat, „nur für ein paar Seiten" noch mal das Lesen anzufangen. Es war aber auch so warm, dass an Schlaf eh nicht zu denken war. Und dann habe ich meinen mentalen Widerstand aufgegeben und die Klimaanlage angemacht. Wollte ich ja eigentlich nicht, aber selbst Lüften hilft nichts, weil der Wind, der reinkommt, warm ist. Also doch ausnahmsweise mal Klimaanlage. Kurz vorm Einschlafen (dürfte so gegen halb 2 gewesen sein; ich sollte mir mal langweiligere Bücher zulegen) habe ich sie wieder ausgeschaltet. Dachte ich zumindest. Also, sie war auch aus, aber die hat wohl einen Timer oder so was, jedenfalls bin ich mitten in der Nacht wieder wach geworden weil mir so kalt war. Habe dann mit Entsetzen festgestellt, dass die Klimaanlage lief. Also erst mal die Tür zu Flur/Küche/Bad aufgemacht, wow, rückwärts zurückgestolpert, das waren mindestens 10 Grad Temperaturunterschied! Aber so war das Thema frieren dann schnell erledigt, der Temperaturausgleich ging ganz schnell, ohne, dass ich die Heizung hätte einschalten müssen ...

Das war das Wochenende, heute ist richtiges Sauwetter (Taifun); es stürmt und gießt wie aus Eimern und ich weiß noch nicht, wie ich gleich nach hause kommen soll. Patschnass wahrscheinlich.

Zunächst aber noch die Antwort auf eine mir gestellte Frage, von der ich denke, dass die Antwort auch für die anderen interessant ist. Die Frage lautete: wie viel Zeit verbringen Viertklässler in der Schule und wie viele Wochen Ferien haben sie? Die Antwort: Die Schule geht von 8:30h bis im Schnitt 15h (manchmal 14h, manchmal 16h), montags bis freitags.

05 Anschließend gehen viele Kinder noch zu Extra-Unterricht; und zwar nicht, weil sie den normalen Stoff nicht schaffen, sondern weil es einfach normal ist, zusätzliches Zeug zu lernen, und weil es für die Aufnahme auf die weiterführende Schule fast schon Pflicht ist (hier muss man schon auf eine angesehene Highschool kommen um später auf eine angesehene Uni zu kommen; die haben alle ziemlich heftige Aufnahmeprüfungen). Ferien gibt es dreimal im

10 Jahr: Weihnachten/Neujahr ca. 2 Wochen, Frühling ca. 2 Wochen, im Sommer etwa 40 Tage (nicht Werktage, sondern insgesamt, also von ca. 20. bis 1.). Also fast so wie bei uns. Erschwerend kommt aber hinzu, dass ein Schuljahr hier nach den Frühlingsferien anfängt. Somit sind die Sommerferien vollgepackt mit Hausaufgaben. Und das ist doch mal so richtig brutal. Wer kommt denn auf so was? So, es ist jetzt fast 19h, ich werde dann mal den Heimweg antreten.

15 PS: Morgen gehe ich wieder mit meinem Deutschkurs aus, da gibt es also wohl keine Email.

20

Hallo und Mahlzeit, es ist vollbracht, unsere zwei Wochen Urlaub sind fertig geplant. War ein hartes Stück Arbeit. Wir sind es ja eher gewohnt, mit Rucksack loszuziehen und irgendwo ein Gästehaus zu finden; aber so einfach geht das hier in Japan nicht. Zumindest nicht zur Hauptferienzeit. Da sind nämlich in den ganzen interessanten Orten Feierlichkeiten, so dass Horden

25 von Japanern (und wahrscheinlich auch Touristen) dort hinströmen. In einem Ort haben wir heute so gerade eben noch die letzten zwei Betten reserviert. Glück muss der Mensch haben! Jedenfalls haben wir jetzt viel, viel Zeit darauf verwendet, Reiseführer zu wälzen, Internetrecherche über Verkehrsverbindungen zu betreiben, und zu überlegen, wann wir wo sein wollen. Dann sind meine Japanerinnen mit einem fertig ausgetüftelten Plan aufgetaucht (auf die

30 halbe Stunde genau geplant, wie es halt so ist, „Europa in einer Woche" und so), der nur in der zweiten Woche mit dem übereinstimmte, was wir eigentlich vorhatten. Aber ihr Plan klang gut - wenn man die manchmal recht knappen Verbindungen mal außer Acht lässt -, und inzwischen haben wir uns auf einen Kompromiss geeinigt. Momentan ist meine Kollegin dabei, rumzutelefonieren um uns Unterkünfte zu reservieren, sehr nett. Ich glaube, die freuen sich

35 alle genauso auf meinen Urlaub wie ich, so wie sie sich reinhängen, ihn möglichst gut für uns zu planen. Aber da sage ich nicht nein, denn es ist schon praktisch, wenn jemand telefonisch Zimmer reservieren kann, ich wäre da wohl eher aufgeschmissen. Mehr über unsere Reise-

pläne erzähle ich, wenn die Reservierungen alle geklappt haben und die Route somit endgültig fest-steht. Gestern war ich mit „den Mädels" im Gemusentah. Hat nichts mit Gemüse zu tun! Man muss es nur mal laut aussprechen, dann ist ganz einfach das englische Wort zu erkennen, das sich dahinter verbirgt: gamecenter. Also eine Spielhalle (nicht Pachinko! Pachinko ist eh doof.), in der man alle mög-lichen Spiele spielen kann. Und dort habe ich mein Spiel entdeckt.

Eigentlich eher wiederentdeckt, denn als ich ca. 14 war und mit dem Schüleraustausch in England haben wir das dort auch mal stundenlang gespielt, für ein paar Cent Einsatz stundenlanger Spaß, sehr schön. Nun, etwas teurer als damals in England ist es hier natürlich schon, aber es hält sich im Rahmen. Jedenfalls wirft man bei diesem Spiel Münzen (Metallchips, kein echtes Geld) in verschie-dene Schlitze, durch die sie auf ein sich hin und her bewegendes Brett fallen. Durch die Bewegung werden bei geschicktem Einwurf also über die Kante Münzen auf das darunter liegende Brett ge-schoben, von dem dann wiederum Münzen in den Gewinnschlitz fallen. Mit etwas Glück. Ist ja ei-gentlich auch egal, auf jeden Fall habe ich gestern für 8 Euro Einsatz über 2 Stunden spielen können, das ist doch mal ein fairer Preis verglichen mit Pachinko mit 8 Euro für 3 bis 5 Minuten und Kino mit 16 Euro pro Film (außer am Kinotag einmal im Monat). Weiß vielleicht jemand, ob es so was in Erlan-gen auch gibt? Dann bräuchte ich nur noch zuviel Zeit und jemanden, der mir 16 Euro für eine Stunde Deutschunterricht pro Woche zahlt.

Anschließend waren wir noch sehr lecker essen (Tacos - mexikanische, kein Tintenfisch! - , Pizza und Pasta, wir Banausen), bis das Restaurant geschlossen hat; wir sind quasi rausgefegt worden. Dazu ist zu sagen, dass die meisten Restaurants nur bis 22h offen haben, unseres gestern bis 22:30h. Das war auch der Grund, warum wir da rein gegangen sind, wir hatten so lange gespielt, dass alles andere schon zu hatte. Was lernen wir daraus? Erst essen, dann spielen! Und heute ist irgendwie ein komi-scher Tag; unsere gesamte Abteilung ist auf Dienstreise, mit Ausnahme der 3 Sekretärinnen, des Ge-hörlosen neben mir und mir. Und aus welchem Grund auch immer ist der Tag auch schon fast wieder rum. Drum mache ich jetzt noch ein bisschen weiter. Euch noch einen schönen Tag.

日 28 TAG 月 06 MONAT 年 2004 JAHR 番号 56 NR

Hallo und einen schönen Wochenanfang! Hier nun der neuste Wochenendbericht aus Tokyo. So viele Wochenenden bleiben uns ja nicht mehr ... Am Samstag wollten wir unseren Museumspass voll ma-chen. Also natürlich nicht ganz voll, das wäre dann doch zuviel, aber wenigstens die paar Museen, die wir noch sehen wollten, abschließen, weil der Pass bald ausläuft. Also sind wir als erstes ins Edo-Tokyo-Museum gefahren. Ein moderner Riesenbau, in dem das alte Tokyo veranschaulicht werden soll. Außer alten Gegenständen gibt es dort auch Miniaturmodelle von alten Palästen, Wohngegen-den, Vergnügungsvierteln usw., alles maßstabsgetreu mit Hunderten kleiner Figuren. Am Rand sind dann Ferngläser angebunden, so dass man das ganze auch von nahem betrachten kann. Sehr aufwändig gemacht. Außerdem haben sie ganze Häuserfassaden nachgebaut, die aber in Originalgröße (oder zumindest fast, auf jeden Fall sehr groß), ein Kabukitheater, einen Zeitungsverlag und eine Brücke. Man läuft also durch die Ausstellung wie durch einen Zeitstrahl, angefangen beim alten Edo so ca. Anfang des 17. Jahrhunderts, über das große Erdbeben (1923) und den Zweiten Weltkrieg bis zum Wiederaufbau nach dem Krieg. Sehr lobenswert auch: in diesem Museum waren alle Erklärungen auch auf englisch angebracht, so dass man die Ausstellungsstücke auch verstehen konnte. Das ist hier nicht selbstverständlich … Anschließend sind wir zum Fukagawa Edo Museum gelaufen. Dort haben sie ein altes Stadtviertel nachgebaut, mit Wohnhäusern, Reisspeichern, Gemüsehändlern, … ; sehr realistisch gemacht (die Bautechnik ist auch die aus der Zeit, bis hin zu den Nägeln, die damals verwendet wurden), und mit großer Liebe zum Detail, inklusive Katze auf dem Dach und Schnecke am Zaun. Allerdings nicht sehr groß, so dass uns noch Zeit blieb, das dritte Museum in der Gegend zu (be)suchen, das Museum of Contemporary Art.

Suchen ist das richtigere Wort, denn irgendwo zwischen dem Fukagawa Museum und dem Contemporary Art Museum hörte mein Stadtplan auf. Pech gehabt. Auf dem Museumspass ist zwar ein ungefährer Lageplan eingezeichnet, aber der ist wirklich nur sehr, sehr ungefähr (wenn man weiß, wo es ist, ist es zu erkennen). So sind wir also eine halbe Stunde vergeblich durch die Gegend gelaufen und hatten schon fast aufgegeben. Unser letzter Entschluss: eine Metrostation suchen, um zumindest rauszufinden, wo wir eigentlich sind. Dort dann Glück im Unglück: am Ausgang der Station stand ein Wegweiser zum Museum. Und ein junger Japaner, der auch versucht hat, sich den Wegweiser einzuprägen (rechts, dann links, dann irgendwann wieder rechts; eigentlich einfach, mit Betonung auf EIGENTLICH).

Die einfachste Lösung wäre ja dann gewesen, dem Japaner hinterherzulaufen. Der Japaner hat sich aber gedacht: die einfachste Lösung ist doch jetzt, den beiden mit dem Stadtplan hinterherzulaufen. So sind wir also voraus, mit einem Japaner im Schlepptau (immer schön den Sicherheitsabstand von ca. 5 Metern eingehalten). Rechts abbiegen und dann links abbiegen war auch nicht so schwierig, nur die dritte Abzweigung haben wir nicht mehr gefunden. So haben sich dann unsere Wege von denen des Japaners getrennt, wir sind abgebogen, er ist weitergelaufen. Uns kam unsere Straße aber komisch vor, also sind wir zurückgegangen, dorthin, wo der Japaner entlanggelaufen ist. Der hatte wohl inzwischen gemerkt, dass er uns verloren hatte, und kam uns ein paar Meter weiter entgegen. Hmmm … aneinander vorbeigelaufen als hätten wir uns nicht gesehen. Wir also weitergelaufen, unauffällig umgesehen, der Japaner nicht hinter uns. Also ist seine Richtung wohl doch die richtige. Also wieder kehrtgemacht und zurückgelaufen (ja, wir sind völlig überzeugt von unserem Orientierungssinn!), und wer kommt uns entgegen? Richtig! Da wurde es dann aber wohl auch ihm zu doof, und er hat uns quasi am Ellbogen gepackt und mitgenommen (bildlich gesprochen!), weil er in-

zwischen den richtigen Weg rausgefunden hatte. Zusammen haben wir es dann tatsächlich geschafft, das Museum zu finden, wo sich unsere Wege aber wieder getrennt haben, weil er in die Yoko
Ono-Sonderausstellung wollte. Wir nicht.

Abends sind wir noch ein Stündchen Münzen schieben gegangen und dann war der Tag auch schon
wieder rum.

Am Sonntag haben wir erst mal ausgeschlafen, das muss zwischendurch auch mal sein. Dann sind wir
nach Harajuku gefahren, komische Jugendliche angucken, und von dort über Shinjuku zu Christians
Wohnung gelaufen. In Shinjuku sind wir noch ewig lang rumgelaufen, weil es da einfach toll ist und
es immer wieder neues zu sehen gibt.

Unterwegs wollten wir noch ein kleines Geschenk für meine Japanerinnen kaufen, weil die uns ja den
ganzen Urlaub organisieren. Hätten wir alleine nie geschafft, ich finde es so schon stressig genug, obwohl ich immer nur aus ihren 3 Vorschlägen einen aussuchen muss. Nicht auszudenken, wenn wir das
selber hätten machen müssen. Dann wären wir wahrscheinlich die zwei Wochen in Tokyo geblieben
...

Jedenfalls habe ich dann einen Baumkuchen gekauft (der heißt hier auch Baumkuchen, obwohl niemand weiß warum – „Was, das ist ein deutsches Wort? Echt?"), der in eine schöne runde Pappschach-
tel eingepackt ist, mit noch einer Schicht Geschenkpapier drumrum, und dann in eine schöne Papiertüte. Verpackung ist hier wichtiger als der Inhalt. Zusätzlich wollte ich noch eine Wassermelone
kaufen, weil sie mir neulich erzählt haben, dass sie die so gerne essen, aber normal nicht kaufen, weil
sie so teuer ist. Ist also doch ein schönes Geschenk. Im ersten Laden haben die 1500 Yen pro Stück gekostet (ca. 12 Euro), im zweiten gleich 6300 Yen (warum auch immer), und im dritten hatten sie welche für 900 Yen, die sich äußerlich nicht von den anderen unterschieden haben. Und die zusätzlich
noch im Supermarkt rumgelegen waren und nicht draußen in der Sonne. Also gut, ist immer noch
teuer genug, wird schon schmecken. Also habe ich heute im vollen Zug zusätzlich zu meinem normalen Rucksack noch eine Papiertüte mit einem Baumkuchen und eine Wassermelone mitge-
schleppt. Nein, ich kam mir nicht blöd vor!

Nun gut, vielleicht ein bisschen. Das kommt davon, wenn man versucht, sich den hier herrschenden
Geschenkgepflogenheiten anzupassen. Jedenfalls haben sie sich heute gefreut wie die Schneekö-
nige, und haben in der Mittagspause in einer fast schon feierlichen Zeremonie die Melone aufge-
schnitten. Und was soll man sagen, sie war richtig schön rot und saftig, es war also keine so schlechte
Wahl, die billigste zu nehmen.

Allerdings haben sie zu dritt nur ein Viertel der Melone geschafft, „der Rest ist für morgen". Keine Ahnung, wie diese Rechnung aufgehen soll, kann mir ja aber auch egal sein. Vielleicht laden sie noch zusätzlich Leute ein. Gibt es eigentlich in Deutschland auch würfelförmige Wassermelonen, oder ist das
eine Erfindung der Japaner?

Heute Nachmittag ist mein gesamtes Team auf Dienstreise, daher konnte ich schon so früh diese
Email schreiben. Gleich muss ich aber dann doch noch ein bisschen was tun, damit ich morgen zu-

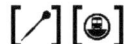
mindest etwas vorzuweisen habe. Allerdings muss ich pünktlich gehen, denn sie haben mich gebeten, mit der letzten Sekretärin zusammen das Büro zu verlassen. Soviel zum Thema grenzenloses Vertrauen … mir soll's recht sein. In diesem Sinne, bis Mittwoch (morgen ist wieder Weiberabend und somit keine Zeit für Emails), Tschüss.

05

30 TAG **06** MONAT **2004** JAHR **57** NR

10 Mahlzeit! Gestern war ich mit meinem Deutschkurs Darten; es war sehr lustig, zumindest für uns (4 Vollnieten). Die neben uns fanden es glaube ich weniger witzig. Jedenfalls haben wir so gespielt wie es uns passt - im Rahmen der automatischen Zählung des Geräts -, und es ist schon sehr bezeichnend, dass die eine Japanerin heute zwei Pfeile in ihrer Tasche gefunden hat. Daraus lassen sich zwei Dinge folgern: erstens, die Pfeile sind ziemlich wild durch die Ge-
15 gend geflogen; zweitens: es sind so viele Pfeile zu Querschlägern geworden, dass wir die zwei abhanden gekommenen nicht mal vermisst haben. Macht ja nichts, wir hatten Spaß, und die Pfeile bringen wir nächste Woche zurück.
Vorher waren wir allerdings noch im Reisebüro wegen unseres Urlaubs. Angeblich kann man ja die Busse und Züge erst einen Monat vorher buchen, aber irgendwie haben die es doch ge-
20 schafft, uns für fast alle Verbindungen jetzt schon Reservierungen zu besorgen. Sehr seltsam. Eine wichtige Verbindung hat aber noch gefehlt; Tokyo->Kyoto->Tokyo, jeweils per Nachtbus. Die erste Reaktion des Angestellten: das geht doch erst einen Monat vorher. Außerdem ist das Hauptreisezeit, da sind alle Japaner unterwegs, da ist alles dicht. Na toll. Minutenlange Verhandlung: drei aufgeregte Japanerinnen, ein mittelmäßig begeisterter Japaner (für die Ver-
25 hältnisse hier; die Angestellten in Deutschland hätten in den meisten Fällen bei gleicher Freundlichkeit schon längst einen Orden erhalten), Silke sitzt auf der Bank und wartet, die werden das schon regeln. Schließlich haben sie ihn noch gefragt, ob es nicht irgendwelche Angebote nach Kyoto gibt. Daraufhin ist er für 10 Minuten verschwunden, kam aber am Ende mit einem neuen Prospekt zurück, günstigere Busverbindungen. Reservierung jetzt schon
30 möglich. Aber gerne doch!
Allerdings: zu unseren Terminen (Hauptreisezeit, nein wie blöd, müssen die dummen Ausländer auch gerade da durch die Gegend fahren?!?) Aufschlag. Egal, ist immer noch günstiger als das, was wir ursprünglich wollten. Dann die Frage, die mich etwas aus der Bahn geworfen hat: möchten Sie einen Bus mit Toilette? Das kostet nämlich extra. Wie bitte? Tokyo -> Kyoto dau-
35 ert 9 bis 10 Stunden, und die fahren mit Bussen ohne Toiletten? Wenn ich das richtig verstanden habe, fährt ein Bus mit Klo durch, und ein Bus ohne Klo macht alle 2 Stunden Pause. Aha. Trotzdem. In Deutschland würde ich es mir ja noch zutrauen, im Notfall den Fahrer um einen

außerplanmäßigen Halt anzuflehen, aber hier? Dann doch lieber ein buseigenes Klo. Außerdem würde ich nachts gerne so gut es eben geht schlafen, und wenn der Bus alle 2 Stunden hält ist das wohl noch schwieriger als es ohnehin schon ist.

Sämtliche Zuschläge waren mir inzwischen egal, ich wollte einfach nur Fahrkarten mit Platzreservierungen, um die Planung endlich abschließen zu können.

Irgendwann (will heißen nach ca. einer halben Stunde eifriger Verhandlungen und Rumtelefoniererei) hatten wir dann endlich das Meldeformular. Name und Adresse eintragen, ok, kein Problem. Telefonnummer? Auch die beherrsche ich inzwischen. Schon mal Geld bereitgelegt, kann ja nicht mehr viel passieren. - - - Wer sich jetzt an die Geschichte mit den Konzertkarten erinnert weiß, dass das ein böser Trugschluss war. - - - Der Mann also bei der Busgesellschaft angerufen wegen Reservierung. Meinen Namen durchgegeben, gar nicht so einfach. Schließlich die Frage an meine Japanerinnen: Kann die auch Japanisch? Antwort: Ja klar. Frage: Und Kanji? Klar, auch das. Darum haben die ja für mich die Fahrkarte gekauft, weil ich so gut Japanisch kann! Aber ich kann doch nicht nicht Busfahren, bloß weil ich die Sprache nicht gut genug beherrsche. Nunja, diese kleine Notlüge hat mir jedenfalls Fahrkarten beschert. Eigentlich nicht mal wirklich, denn ich habe einen Coupon, den ich später - weiß der Geier wann und wo - gegen echte Fahrkarten eintauschen muss. Ist recht; warum einfach, wenn es auch kompliziert geht.

Seit gestern hängen hier auf den Firmentoiletten Aushänge, die komplett in Kanji sind und die ich daher nicht verstehe (auch wenn der Reisebüromitarbeiter glaubt, dass ich das kann). Gestern haben sie sie mir dann erklärt: ab morgen wird die Heizung an den Klobrillen ausgeschaltet, und auch der Lüfter zum Händetrocknen. Um die Umwelt zu schonen. Was? Ich hatte mich zwar eh schon gefragt, warum man bei 35 Grad Außentemperatur, die im Gebäude auf angenehme 27 Grad runterklimatisiert wird, noch die Klobrillen wieder auf 32 Grad aufheizen muss, aber dass ich mir jetzt nicht mehr die Hände abtrocknen kann? Papier gibt es natürlich auch nicht. Dumm für mich. Für Japanerinnen ist es egal, die haben immer ein kleines Handtuch dabei, das wahlweise zum Händeabtrocknen, Schweißabwischen oder Kleckerschutz auf dem Rock benutzt wird. Ich aber nicht. Muss ich mir das auf die letzten paar Tage doch noch angewöhnen? Dann wäre das rosane Handtuch, das wir beim Indiacaturnier gewonnen haben, ja doch noch zu was gut.

Heute früh hatten wir hier übrigens zum ersten Mal Gewitter, das auch ungefähr 2 Stunden lang gedauert hat. Verbunden natürlich mit Regengüssen. Mein Zug zur Arbeit war dann sogar noch pünktlich, hat aber unterwegs so gebummelt, dass wir statt der üblichen 10 Minuten mehr als 'ne Viertelstunde gebraucht haben. Na gut, nehme ich eben den nächsten Bus. An der Bushaltestelle dann die Überraschung: der Bus war noch gar nicht weg; die Schlange dafür um so länger - immerhin haben sie es heute geschafft, die Schlange unter dem Dach dreimal zu winden, so dass tatsächlich mehr Leute unters Dach gepasst haben. Ich leider nicht mehr. Also stand ich da im Regen und hatte nichts besseres zu tun als in die Gegend zu gucken. Der Bus ließ ja auf sich warten. Sehr beruhigend: auch die anderen Buslinien waren wohl nicht besser dran. Die Warteschlangen haben heute Rekordlänge erreicht, sah fast schon aus wie in einem schlechten Film; ein paar mal gewunden und dann um den Häuserblock rum.

Der Regen hat dann auch bis nachmittags angehalten, und seit ca. 15h haben wir strahlenden Sonnenschein, kein Wölkchen am Himmel, herrlich! Ändert aber nichts an der Tatsache, dass ich gleich noch Deutschunterricht geben werde und daher erst nach hause komme, wenn es schon dunkel ist (hier wird es schon um 19h dunkel, dafür aber auch morgens schon um halb 5 hell). Daher nun Tschüss, bis zum nächsten Mal, wahrscheinlich erst nächste Woche (Donnerstag Indiaca, Freitag Freitag), schon mal vorsichtshalber ein schönes Wochenende.

01 07 2004 58
TAG   MONAT   JAHR   NR.

Hallo und Mahlzeit! Heute nutze ich meine langen Simulationszeiten, um Euch ein bisschen was über unsere Reisepläne zu erzählen. Wie Ihr wisst müssen wir beide bis zum 30.7. arbeiten, ab dann ist Freizeit. Das Wochenende Ende Juli werden wir noch in Tokyo verbringen, um ein letztes Mal quer durch die Stadt zu laufen. Am Dienstag den 3.8. geht es dann auf in den Urlaub. Morgens früh geht es los mit dem Shinkansen (sozusagen der japanische ICE) rauf in den Norden und mit einem „normalen" Zug weiter nach Hokkaido, das ist die große Insel im Norden. Es gibt nämlich einen Railpass, mit dem man 4 Tage lang alle Züge und Busse von JR (Japan Rail) im Norden Honshus (der Hauptinsel) benutzen kann, und der Südzipfel von Hokkaido gehört auch noch dazu, ebenso wie die Fahrt von Tokyo rauf. Daher können wir auch den Shinkansen nehmen, der ist sonst viel zu teuer.

Jedenfalls mittags gegen 13h Ankunft in Hakodate - nebenbei: ich erwarte jetzt schon, dass Ihr Euch alle eine Japankarte schnappt und die Route nachvollzieht! -, schnell im Hotel einchecken und los zum Sightseeing. Da ist nämlich in der Woche ika-Festival (Tintenfisch), mit ika-dances, ika-parades und so was. Ist bestimmt lustig. Abends dann werden wir den direkt an die Stadt angrenzenden Berg befahren (zum Besteigen ist wohl keine Zeit) und von dort oben die Nachtaussicht auf die Stadt genießen. Soll nach Neapel und Hong Kong die drittschönste Nachtsicht der Welt sein. Wir werden sehen.

Die Fotos sahen jedenfalls mal gut aus. Morgens (4.8.) haben wir dann evtl. noch ein bisschen Zeit für weiteres Sightseeing, und um 11:30h geht es weiter wieder runter auf die Hauptinsel, wo wir gegen Mittag in Aomori ankommen. Wir werden dann schnell zur Jugendherberge fahren und dann auch fast sofort wieder aufbrechen in die Stadt. Dort ist nämlich in der Woche Nebuta-Festival (allerdings ohne Tintenfisch!), eins der größten in Japan. Drum haben wir auch so Glück gehabt, dass wir noch ein Zimmer gefunden haben. Und das sechs Wochen im Voraus. Am 5.8. geht es morgens weiter zum Towada-ko, einem See mit angeschlossenem

Canyon zum Wandern, die Oirase-Schlucht. Soll sehr schön sein, eine meiner Deutsch-Schülerinnen hat mir Photos von ihrem Ausflug dorthin gezeigt, und die sahen schon gut aus (natürlich nicht so schön wie die Photos im Reiseprospekt), sehr grün mit kleinen Wasserfällen und so. Unsere Jugendherberge ist am Ende der Schlucht, so dass wir dort unser Gepäck abgeben werden, durch die Schlucht zum See laufen (dauert ca. 3 Stunden), evtl. eine Bootsfahrt machen und dann entweder durch die Schlucht zurücklaufen oder mit dem Bus fahren, je nachdem, wie spät es ist.

Der 6.8. ist noch etwas unorganisiert, fest steht nur, dass wir vom Towado-ko nach Miyako fahren werden, einem kleinen Städtchen an der Nordostküste, mit einem großen Nationalpark drumrum. Ob wir unterwegs noch etwas ansehen hängt davon ab, wie die Verkehrsverbindungen sind. An diesem Tag läuft auch der Railpass aus, weswegen wir unbedingt noch die Fahrt zum Meer abschließen wollten. Dort werden wir dann 3 Tage nichts tun, nur faul sein, am Strand liegen, an der Küste spazieren gehen, evtl. einen Ausflug zur nahegelegenen Tropfsteinhöhle mit unterirdischem See machen.

Am 9.8. abends fahren wir mit einem Nachtbus nach Tokyo zurück, wo wir am 10. früh ankommen. Abends dann Weiterfahrt mit einem Nachtbus nach Kyoto. Den Tag werden wir entweder in Tokyo verbringen, oder - und das ist momentan wahrscheinlicher - in meiner Wohnung, die ich die 14 Tage noch behalten darf. Da können wir uns dann von den Strapazen der Nachtbusfahrt erholen, umpacken, wenn nötig Wäsche waschen, und weiter geht's.

Wir kommen also am 11.8. früh in Kyoto an, wo wir ein paar Tage verbringen werden. Die Unterkunft ist gebucht, ansonsten ist noch nichts geplant. Evtl. fahren wir mal rüber nach Osaka oder Kobe, mal sehen. Am 14.8. fahren wir dann per Nachtbus zurück nach Tokyo, so dass wir den ganzen 15.8. Zeit haben, unsere Koffer ordentlich zu packen, Wohnungsübergabe zu machen und zum Hotel am Flughafen zu fahren.

Am 16.8. werden wir vom hoteleigenen Bus zum Flughafen gefahren und treten wohl oder übel die Heimreise an. Unsere Reise ist also schon ziemlich japanisch, „Japan in 10 Tagen" oder so, aber wenn wir schon mal hier sind wollen wir auch was sehen. Der Zeitplan für die ersten 4 Tage ist auf die Stunde genau geplant; nicht vorgesehen ist, dass wir evtl. einen Zug, Bus o.ä. verpassen. Dann müssen wir sehen, wie wir weiterkommen. Aber auch das ist ja nicht wirklich tragisch; im Notfall fahren wir einfach mit dem nächstbesten Verkehrsmittel zurück nach Tokyo, da haben wir ja ein Dach über dem Kopf. So denn, ich mache mich dann mal auf zum Sport, bis dann.

Hallo und einen schönen Wochenanfang! Wieder mal gibt es viel zu berichten, ich weiß aber nicht, wie viel ich heute schaffe. Habe viel zu viel Arbeit und viel zu wenig Zeit. Heute habe ich nämlich etwas später angefangen, weil ich morgens noch bei der Post war, um meine Miete zu zahlen. Und da ich mich brav in der Schlange angestellt habe (das Postamt hatte noch nicht offen), die Schlange dann aber mehrere Windungen bekam und beim Öffnen der Tür alle reingestürmt sind (lauter Rentnerinnen und Rentner, warum auch immer die morgens gleich als erstes zur Post müssen), ich aber niemanden umrennen wollte, war ich zuletzt am Schalter. Ich habe mich noch gewundert, warum da so eine Menschentraube entsteht (kennt man hier ja sonst nicht), bis ich gesehen habe, dass man Nummern ziehen muss.

Letztes Mal war ich die einzige Kundin und konnte einfach an den Schalter gehen, das ging diesmal nicht. Nun ja, lauter kleine Rentnerinnen vor mir, also war ich erst ziemlich spät im Büro. Und da ich gleich noch Deutsch-Nachhilfe gebe habe ich nicht so viel Zeit zum Schreiben. Am Samstag war der letzte Gültigkeitstag unseres Museumspasses, was wir noch mal ausnutzen wollten. Also sind wir mit dem Zug zum Tokyo-Bahnhof gefahren und von dort nach Shimbashi gelaufen.

Unterwegs haben wir uns ein Kalligraphiemuseum und ein Kunstmuseum angesehen, beides aber sehr zügig, denn das Wetter war eigentlich zu schön für Museen (aber hey, Japaner machen auch „Rothenburg in einer Stunde", dann können wir auch „Kalligraphiemuseum in 20 Minuten" machen!). Von Shimbashi aus sind wir wieder mit der Monorail nach Odaiba gefahren, weil wir uns dort noch das Schifffahrtsmuseum angucken wollten.

Das ist in einem alten Kreuzfahrtschiff untergebracht, und das war auch der eigentliche Grund, warum wir dorthin wollten: von den oberen Decks und dem Turm hat man einen tollen Blick auf Odaiba und den Hafen.

Das Museum selbst war nicht so interessant, ein Haufen Schiffsmodelle halt. Aber der Ausblick war toll!

Wir hatten ja auch super Wetter, so dass es sich fast angefühlt hat wie Urlaub. Hatte ich schon erwähnt, dass das Wetter echt gut war? Wie ist es denn bei Euch? Wir haben Regenzeit, was sich darin äußert, dass es alle paar Tage mal ein paar Stunden kräftig regnet.

Am Samstag jedenfalls sind wir nach dem Schifffahrtsmuseum noch an den Strand gegangen (es war ja gutes Wetter), anschließend über die Rainbowbridge aufs Festland rübergelaufen - zum dritten Mal inzwischen, meine Japanerinnen halten mich langsam für blöde, es gibt doch die Monorail - und haben den Tag in Kokubunji in unserem Curryshop ausklingen lassen. Die haben jetzt auch ein vegetarisches Gericht auf der Speisekarte, wurde auch langsam Zeit. Und wo wir gerade beim Thema Zeit sind: ich habe jetzt keine mehr, daher müsst Ihr auf den Bericht über Sonntag noch etwas warten.

Wir haben zu viel gemacht als dass das jetzt in 5 Minuten geschrieben wäre. Morgen fahre ich allerdings mit meiner Kollegin ins Disneyland (ist eigentlich nicht so mein Ding, aber die Japaner stehen so auf ihr dusseliges Disneyland dass ich mir das doch mal angucken muss), so dass ich wirklich keine Zeit zum Schreiben habe.

Daher wahrscheinlich bis Mittwoch.

Hallo und Mahlzeit, hier nun also wie versprochen die noch ausstehende Erzählung über Sonntag. Sonntag hatten wir volles Programm. Wir sind früh aufgestanden und nach Harajuku zum Togo-Schrein gefahren, weil da Flohmarkt war. Gekauft haben wir nichts. Anschließend sind wir nach Kamakura gefahren, weil es auf der vorgelagerten Insel einen relativ schönen Strand geben soll. Der Strand von Kamakura selbst ist nicht wirklich sehenswert. Bei unserem letzten Kamakura-Besuch hat es ja nur geregnet, deshalb wollten wir zumindest noch zwei Tempel angucken, die wir beim letzten Mal verpasst hatten (eigentlich hatten wir ungefähr 20 Tempel verpasst, aber alle wollten wir sowieso nicht sehen).

Um zu dem ersten zu kommen muss man durch einen niedrigen Gang sozusagen in einen Berg hineingehen; genauer gesagt durch den Fels durch, dann kommt man in eine Art Hof, wo der kleine Schrein steht und sich in einer Höhle die Geldwaschquelle befindet. Dort legt man sein Geld in kleine Körbchen und wäscht das Geld in dem Quellwasser. So soll es sich angeblich vermehren. Schaden kann es jedenfalls nichts, also habe auch ich wie alle anderen mein Geld gewaschen. Man kann nie wissen ... Aber auch der Schrein an sich bzw. der gemütliche Hof waren den Weg schon wert. Außerdem war das einer der wenigen Tempel/Schreine, für die man keinen Eintritt zahlen musste. Und da wir ja wie schon gesagt sehr gutes Wetter hatten war das Geld auch innerhalb weniger Minuten wieder trocken.

Anschließend sind wir zu einem großen Tempel gelaufen, an dessen Eingangstor wir letztes Mal schon standen, den wir dann aber nicht besucht haben, weil er an einem Hang gelegen ist und somit sehr viele Treppenstufen vorhanden sind und mir doch die Knie so weh taten. Diesmal ging es mir aber gut, so dass wir den Aufstieg gewagt haben. Oben im Tempel steht eine riesige goldene Buddha-Figur; die größte Holzstatue Japans (glaube ich gelesen zu haben). Ansonsten gab es dort noch eine Höhle, durch die man nur gebückt durchgehen konnte - selbst die Japaner mussten sich bücken! - und in der ganz viele kleine Figürchen standen, die man kaufen konnte um sie zu spenden. Laut Reiseführer werden diese Figuren für tote Babys gestiftet, sowohl ungeborene als auch geborene. In Japan nimmt nämlich kaum jemand die Pille, wohingegen Abtreibungen an der Tagesordnung sind. Und dann gehen sie zu diesem Tempel und kaufen ein Figürchen. Sehr makaber eigentlich. Der Garten von dem Tempel war so dermaßen gepflegt und japanisch (Lotusblüten, Teich mit Karpfen, Mini-Wasserfälle usw.), dass er mir eigentlich überhaupt gar nicht gefallen hat.

Bei einem dieser Fußwege hatten wir plötzlich Appetit auf Eis. Also sind wir in den nächsten Laden rein, haben uns Eis aus der Truhe geholt und sind zur Kasse. Dort war aber nur ein etwa 5 Jahre altes Kind. Ob das mal gut geht? Das Kind hat dann auch prompt nach seiner Mama gerufen, erst noch ganz normal, als sie nicht gleich aufgetaucht ist aber mit wachsender Beunruhigung. Das arme Kind. Die Mutter hatte bestimmt gesagt: „Pass Du mal 5 Minuten auf die Kasse auf, es kommen eh keine

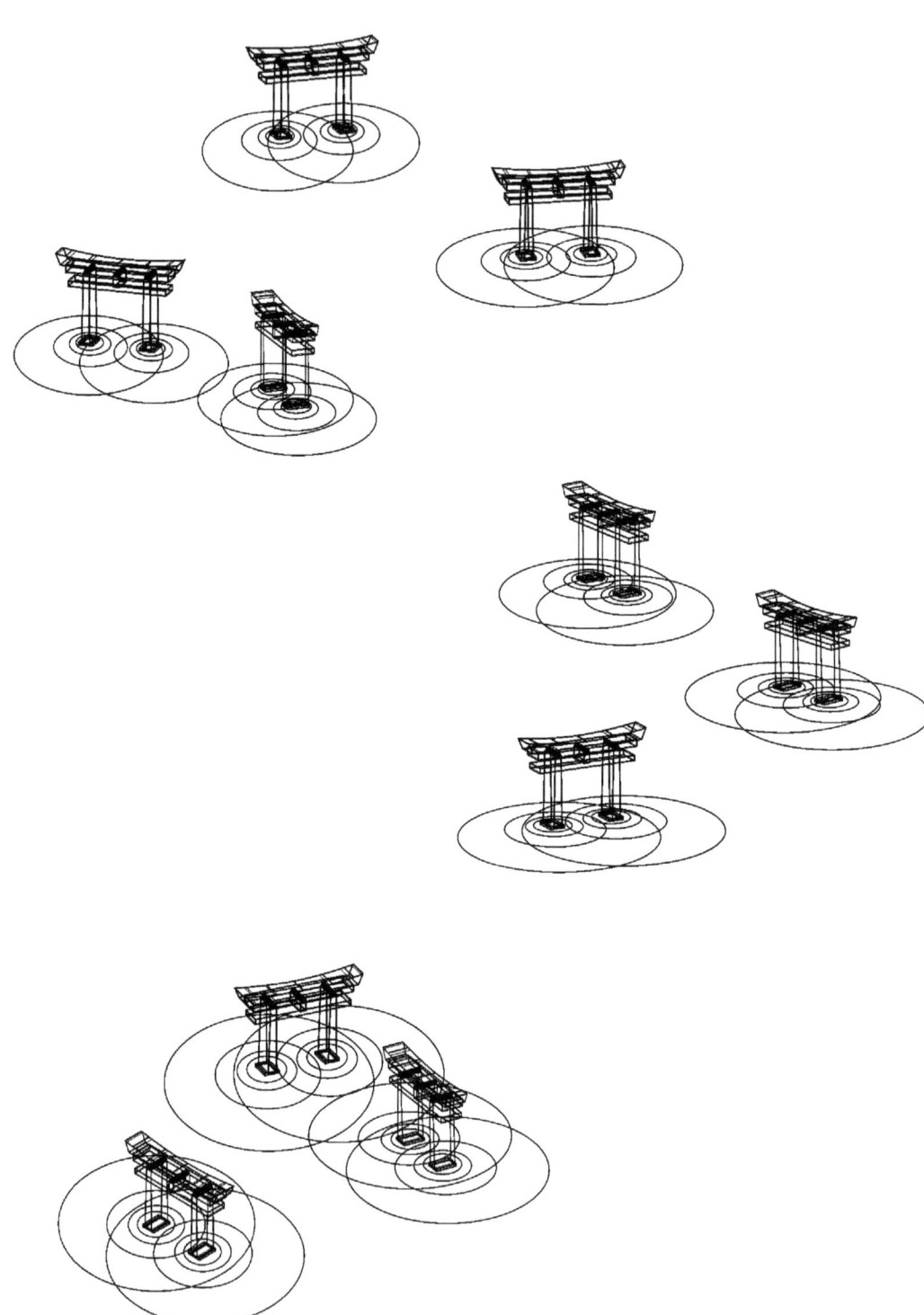

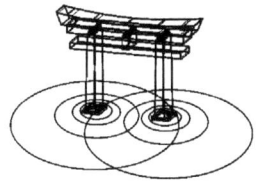
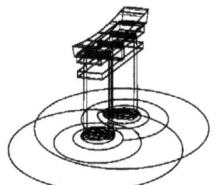
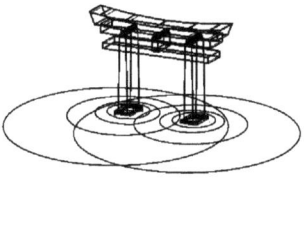
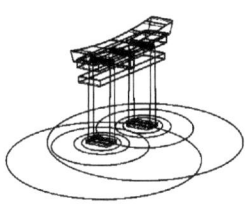
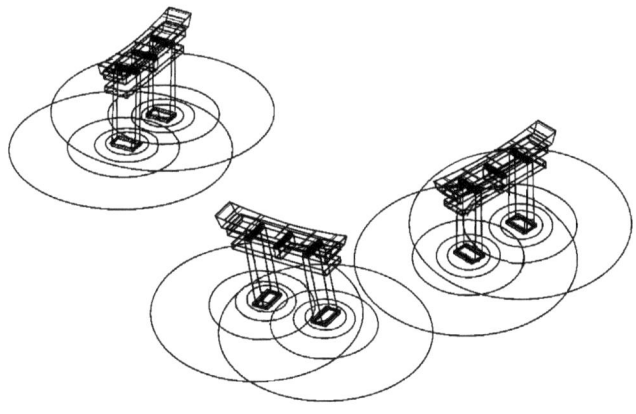

Kunden", und dann kommen wir, zwei vergleichsweise riesige Menschen mit großen Augen die nicht mal die gleiche Sprache sprechen. Tja, so kann man sich irren.

Eigentlich war unser Plan ja, ans Meer zu fahren, also auf die vorgelagerte Insel. Inzwischen war es aber so spät, dass sich das nicht mehr gelohnt hat, also haben wir nur am Strand von Kamakura einen bis-zur-Wade-im-Wasser-Spaziergang gemacht. Zu mehr hatten wir keine Motivation (obwohl wir Schwimmzeug dabeihatten), denn der Strand und auch das Wasser sind ziemlich dreckig, es war total windig und daher ziemlich ungemütlich. Anschließend sind wir zurück zum Bahnhof gelaufen (die Tempel hatten inzwischen alle zu) und wollten eigentlich Ramen essen (Nudeln).

Dort sind wir auch lange rumgelaufen auf der Suche nach einem Ramen-Restaurant, schließlich haben unsere Mägen schon im Duett geknurrt, aber gefunden haben wir nichts. Also sind wir zurück nach Tokyo gefahren und haben dort gegessen. Wenn das nicht geduldig ist! Die Fahrt dauert schließlich über eine Stunde. Soviel zum Sonntag.

Gestern war ich wie angekündigt mit einer Kollegin im Disneyland. Und ich muss sagen .... ich habe mich prächtig amüsiert! Gleich nach der ersten Fahrt war mir so schlecht, dass ich den Rest des Abends kreidebleich auf einer Bank gesessen habe. Stimmt ja gar nicht. Die erste „Attraktion" war Honigsuche mit Winnieh Poo. Eigentlich recht harmlos. Man sitzt in einem riesigen Honigtopf und wird durch das Land von Winnieh Poo gefahren, mal vorwärts, mal rückwärts oder seitwärts, an einer Stelle hüpft der Wagen auf und ab, aber ansonsten nicht weiter schlimm. Schlecht wurde mir erst nach der zweiten Attraktion, dem Spacemountain. Auch das ist übertrieben. Ein klitzekleines bisschen übel war mir schon, aber nur ein ganz kleines bisschen. Vergleichsweise wenig wenn man bedenkt, dass es sich dabei um eine Achterbahn im Dunkeln handelt, in der nur lauter kleine Lämpchen leuchten, was dann wir Sternenhimmel aussieht. Loopings gehören dort nicht dazu (zumindest habe ich nichts davon gemerkt), aber es ist eine ziemlich schnelle und kurvige Angelegenheit. Sehr bedenklich fand ich die Tatsache, dass es auf dem Weg vom Eingang zum eigentlichen Einstieg etliche Türen gab, die mit „Wenn Sie es sich noch anders überlegt haben und doch nicht fahren wollen können Sie hier noch raus" beschriftet waren. Sinngemäß.

Habe ich einen Grund, es mir anders zu überlegen? Meine Kollegin war dann hinterher recht überrascht, dass es mir gut ging, normalerweise ist das wohl der Spaßverderber. Es war ja schon Abend, also wurde es ziemlich schnell dunkel (19h halt), und wir konnten uns die Electrical Parade ansehen. Eine lange Parade mit ganz vielen bunt beleuchteten Wagen, die thematisch irgendwelchen Disney-Filmen entnommen sind, bei denen man also auch sämtliche Disney-Charaktere präsentiert bekommt. Sehr kitschig. Aber interessant zu beobachten, wie erwachsene Menschen am „Straßenrand" stehen und ganz begeistert irgendeinem unterbezahlten Studenten im MickeyMouse-Kostüm zuwinken.

Anschließend haben wir was gegessen (war nicht ganz so teuer wie ich befürchtet hatte) und uns dann das Feuerwerk angesehen. Das hat schon was. Außerdem waren wir noch in einem 3D-Kino, in dem ein ziemlich alberner Film läuft (thematisch aufgehängt an „Liebling ich habe die Kinder geschrumpft"), amüsant war es trotzdem. Zunächst werden dort Mäuse dupliziert, die dann durch das Studio rennen. Ich habe mich dann gewundert, warum die neben mir anfangen, mit den Füssen auf dem Boden rumzutrampeln, bis es auch mich getroffen hat: von unter dem Sitz kamen Luftstöße, so dass man das Gefühl hatte, dass einem etwas um die Beine streift. Da ich Mäuse mag fand ich das nicht weiter schlimm. Anschließend wird das Publikum geschrumpft, so dass die Schauspieler auf der Leinwand alle sehr groß sind, dazu werden dann die Sitze bewegt und man wird durch die Gegend geschüttelt, weil das Kind den Kinokasten durch die Gegend trägt. Auch das eher spaßig. Ganz zum Schluss wird dann noch der Hund vergrößert, dann geht der Vorhang zu, der Hund steckt seinen Kopf durch, schüttelt den ein bisschen und .... niest. Während das Publikum mit Wassertropfen besprizt wird. Uiuiui. Eigentlich vorhersehbar, aber in dem Moment dann doch überraschend.

Meine Lieblingsattraktion war aber „Star Tours". Ja, ich habe R2D2 getroffen! In den Zubringergängen zu dem eigentlichen Fahrgerät sind lauter Sachen aus Star Wars dekoriert. Es gibt aber deutlich weniger „hier-können-Sie-noch-raus"-Türen. Obwohl die Fahrt auch nicht gerade harmlos ist. Man wird in ein Spaceshuttle gesetzt (komplett mit Rucksack unter den Sitz und Sicherheitsgurt anlegen), das dann einen ziemlich turbulenten „Flug" unternimmt. Man sieht also auf einem Monitor vorne aus dem Fenster und wird dabei durchgeschüttelt. Und es fühlt sich richtig echt an. Teilweise wie freier Fall, teilweise wie übelste Beschleunigung. An einer Stelle musste ich sogar meinen Kopf mit den Händen festhalten, weil es ihn so übel nach hinten gezogen hat. Einfach genial.

Völlig versagt habe ich bei der neusten Attraktion, Buzz Lightyears Astro Blaster. Man wird durch eine durch ToyStory inspirierte Landschaft gefahren und schießt mit Laserpistolen auf Zielscheiben, die je nach Form unterschiedlich viele Punkte bringen. Was soll ich sagen, ich bin nun mal nicht so der Schießer, bin halt ein grundlegend friedlicher Mensch, und dann noch auf Aliens, wo ich doch hier selbst Alien bin! Nun ja, ich hatte am Ende 5000 Punkte, meine Kollegin 400000. Schnief! Aber gut, die trainiert ja auch dauernd, sie hat nämlich eine Jahreskarte. Ganz zum Schluss waren wir noch bei Meet Mickey Mouse. Ich hatte nämlich irgendwie die Vorstellung, dass da ganz viele Mickey Mäuse und Donald Ducks durch den Park laufen, aber dem ist nicht so. Man kann aber zu Meet Mickey gehen und sich dort mit Mickey fotographieren lassen. Und wenn ich schon mal da bin. Vor uns war ein Paar mit einem winzig kleinen Kind (schätze mal 2 bis 3 Monate alt), und was macht der Mickey-Mouse-Student? Geht mit seiner Nase bis zu der Nase von dem Kind (die MickeyMouse-Nase ungefähr so groß wie der Kopf von dem Kind) und streichelt ihm mit den riesigen weißen Handschuhen das Gesicht. Aber oh Wunder, das Kind hat überhaupt nicht geschrieen! Muss doch ein Schock gewesen sein. Dann kamen auch schon die Lautsprecherdurchsagen, dass der Park bald schließt, und da fiel uns ein, dass wir Haunted Mansion vergessen haben. Also noch schnell hingerannt, war aber schon zu. Egal, dafür habe ich Mickey getroffen.

Insgesamt kann man sagen, dass man sich dort wenn man den ganzen Kitsch gedanklich ausblendet

sehr gut amüsieren kann. Allerdings waren die Warteschlangen an dem Werktag schon recht lang, am Wochenende muss da die Hölle los sein (mit teilweise 2 bis 3 Stunden Wartezeit pro Attraktion, da hätte ich doch schon keine Lust mehr!). So denn, das war's für heute, Tschüss.

TAG 09   MONAT 07   JAHR 2004   NR 61

Hallo zusammen, am Mittwoch war mein einziger unverplanter Abend in dieser Woche, und wo habe ich ihn verbracht? In einem stehenden Zug. Um 19:30h war ich am Bahnhof, bin in den Zug gestiegen und habe mich noch gewundert, dass auf beiden Gleisen ein Zug steht. Normalerweise fahren die im Wechsel. Nun ja, macht ja nichts, mir doch egal. Dann kam eine Lautsprecherdurchsage, woraufhin ungefähr die Hälfte der Leute den Zug verlassen hat. Das hat mir dann schon zu denken gegeben. Verstanden habe ich aber nichts. Ist eigentlich auch egal, da es sowieso keine Busverbindung für mich gibt muss ich einfach warten was passiert. Passiert ist aber nichts, außer viele weitere unverständliche Lautsprecherdurchsagen. Also habe ich mich irgendwann auf dem Boden niedergelassen und angefangen zu lesen (hatte zufällig ein Buch dabei, wenn das keine Vorahnung war!). Einige Zeit später füllte sich dann der Zug wieder, was ich mal als Zeichen gewertet habe, dass es gleich weiter geht. War dann auch so. Um 21h ist mein Zug endlich gefahren. Ganz toll. Soviel zu meinem freien Abend. Statt um 8 erst um halb 10 zuhause gewesen. Das wollte ich nur kurz erzählt haben, denn auch heute muss ich gleich nach der Arbeit weiter und habe daher keine Zeit zum Schreiben. Euch allen ein schönes Wochenende, Tschüss.

TAG 12   MONAT 07   JAHR 2004   NR 62

Hallo, auch heute habe ich nicht viel Zeit zum Schreiben. Es gibt aber auch nicht so viel zu erzählen, denn akute Energielosigkeit meinerseits gepaart mit akuter Unentschlossenheit des Wettergotts - lieber strömenden Regen oder strömenden Regen mit Gewitter? - haben dazu geführt, dass wir das ganze Wochenende faul waren. Das einzig Erwähnenswerte war wohl unser Besuch in der Spielhalle. Wir haben das Geld, das wir bei gutem Wetter für Zugfahrkarten, Eintrittskarten für den Zoo u.ä. gebraucht hätten in Spielmünzen investiert, um wenigstens für kurze Zeit vor die Tür zu kommen. Da das nun mein dritter Besuch in besagter Spielhalle war (Spielhalle klingt so negativ, Gamecenter, der eigentliche Name, trifft es eigentlich

besser. Heißt aber hier geemusentaa ... japanisches Englisch halt) hatte ich so langsam eine unge-fähre Ahnung, wie das Spiel funktioniert. Zu Beginn noch kurz auf die Uhr geguckt: 18h. Na dann, auf geht's. Man glaubt es kaum, aber wir hatten doch gelegentlich ein sehr glückliches Händchen, was unsere Begeisterung für das Spiel natürlich ungemein erhöht hat. Ist schon ein tolles Gefühl, wenn da 800 Münzen die Wände runterrasseln. Dazu gibt es auf dem Bildschirm lustig animierte tanzende Mexikaner, warum auch nicht. Irgendwann waren unsere Münzen aber aufgebraucht, eine Schätzung ergab 2 bis 3 Stunden Spieldauer, der Blick auf die Uhr hat diese Schätzung schnell korrigiert: 5 Stun-den! Was? Kein Wunder, dass mein Magen inzwischen knurrte ... Das war aber ein Problem, das relativ leicht zu beheben war (wozu gibt es überall Matsuya?). Schlimmer waren die Spätfolgen: den ganzen Sonntag lang hat sich mein rechter Arm angefühlt wie Wackelpudding, ich bin es halt nicht gewohnt, ihn stundenlang hochzuhalten. Nun weiß ich, was die indischen Asketen da leisten, wenn sie mehrere Jahrzehnte den Arm nicht runternehmen. Zum Glück braucht man zum Fernsehen keinen rechten Arm (die Fernbedienung kann ich inzwischen auch mit links bedienen), so dass das Ganze halb so wild war. Deutlich schlimmer wäre es gewesen, wenn am Sonntag ein Indiaca-Turnier gewesen wäre. Aber die sind wohl rum für die Dauer unseres Aufenthaltes. Ein Termin für unsere Abschiedsfeier ist inzwischen auch gefunden; es geht mit rasenden Schritten aufs Ende zu.
Gestern waren hier Wahlen (fragt bitte nicht nach Details, keine Ahnung). Die wurden auch auf jedem Fernsehkanal übertragen; der einzige, der normal weitergesendet hat, war der Shoppingkanal. Also haben wir uns halt die Wahlergebnisse angeguckt, und das hat sich mal wirklich gelohnt. Da stehen dann ein paar japanische PolitikerInnen (alle in Anzug bzw. Kostüm) in einer Reihe, und plötzlich rei-ßen sie alle die Arme hoch und rufen „Banzai!", Arme wieder runter, dann wieder hoch:„Banzai!" und noch mal von vorne. Schnelles Nachgucken im Wörterbuch ergab:„Hurra! Er/Sie lebe hoch". Soso. Die-ser spontane Gefühlsausbruch wurde uns von Mitgliedern verschiedener Parteien präsentiert, sehr amüsant. Wo sie doch ansonsten so teilnahmslos aussehen ... wenn sie sich nicht gerade im Parla-ment prügeln. Ich nehme mal an, dass Ihr das alle schon mal im Fernsehen gesehen habt, oder? Das ist hier wirklich so. Wenn einer gerade im Begriff ist, etwas zu sagen, was den anderen ganz und gar nicht passt, dann gehen sie kurzerhand auf ihn los, um ihn am Weitersprechen zu hindern. Das pro-voziert natürlich eine Gegenreaktion, so dass man plötzlich nur noch einen tobenden Haufen An-züge sieht. Sehr, sehr lustig. Vielleicht nicht sehr langfristig gedacht, aber für die Zuschauer doch sehr interessant. Und damit hier kein falscher Eindruck entsteht: es ist kein tägliches Vorkommnis, aber ab und zu passiert es doch. Wann haben sich die deutschen Abgeordneten zuletzt gegenseitig verprü-gelt? Gibt es da Aufzeichnungen?
Gleich gebe ich noch Deutschunterricht, dann gehe ich heim und ruhe mich aus von der ganzen Fau-lenzerei vom Wochenende (warum bin ich nach einem faulen Wochenende noch müder als nach einem Rumrenn-Wochenende?). Morgen werde ich nicht schreiben, da ich sowieso viel früher als sonst gehe, weil doch morgen das Offspring-Konzert ist. Und ich hoffe mal, dass ich dann am Mitt-woch was zu erzählen habe. Tschüss bis dann.

Ich nehme alles zurück! Hiermit entschuldige ich mich in aller Form, verbeuge mich tief und stelle mich beschämt in eine Ecke. Meine Wangen laufen knallrot an angesichts der Tatsache, dass ich durch wiederholte vereinzelte Beobachtung vorschnelle Schlüsse getroffen habe. Vergesst bitte alles, was ich über die Zurückhaltung japanischer Jugendlicher bezüglich Live-musik gesagt habe. Alles falsch. Es war so heftig, mir tut alles weh. Ich sage nur Schleuder-trauma. Mehr dazu später.

Wider Erwarten hat der Einlass in die Halle gut geklappt. Ich hatte ja leichte Bedenken, nach dem Theater mit der reservation number. Aber das System hat erstaunlich gut funktioniert. Vor der Halle gab es mehrere Anstellbereiche für die verschiedenen Blöcke, dann wurde ein Block nach dem anderen aufgerufen. Der aktuelle Block durfte dann vortreten, und dann wurden nacheinander die Leute aufgerufen:„Block G alles bis zur 20 ....Block G alles bis zur 40 ...“ usw. Das ganze ging sehr zügig, und auch drinnen hat sich alles gut verteilt.

Wir waren dann angenehm überrascht, wie klein die Halle doch ist. Selbst von ganz hinten konnte man noch gut sehen. Gut für uns, wo wir doch im hinteren Block standen. Dann die erste Überraschung: die Japaner machen vor dem Konzert Aufwärmübungen (leider nicht alle zusammen zu klassischer Musik wie beim Indiaca-Turnier, das wär's noch gewesen!). Hätte ich mal mitgemacht, dann täte mir jetzt nicht alles so weh. Aber nein, ich habe mich na-türlich nur köstlich amüsiert.

Die Vorband war ganz ok, aber nicht wirklich berauschend. Hat auch bloß eine halbe Stunde gespielt. Dann schnelles Umbauen und schon ging es los. Und die Halle tobte von der ersten Sekunde an. Das erste Lied kannte ich nicht, also habe ich mich erst mal vornehm zurückge-halten. Die Japaner sind halt a weng rumgehüpft, aber auch nicht so richtig überzeugt. Das zweite Lied war dann was Altbekanntes, also auf ins Getümmel. Leider sind die Japaner aber auch voll abgedreht, so dass ich nach 5 Sekunden so einen Schubs abgekriegt habe, dass sich mein Nacken angefühlt hat, als hätte man mit einer Abrissbirne dagegen geschlagen. Tut er übrigens immer noch. Soviel zum Thema Schleudertrauma. Anschließend habe ich die allzu heftigen Bereiche gemieden, man muss es ja nicht provozieren, aber Spaß hatte ich trotzdem. Die Liedauswahl war zumindest für meinen Geschmack sehr gelungen, sie haben sehr viel altes Zeug gespielt, was durchaus von Vorteil ist, da ich die letzten beiden Alben nicht mal be-sitze. Jedenfalls haben die Japaner ganz gut Stimmung gemacht, obwohl das mit dem Mit-singen nicht so funktioniert. Wie auch wenn man kein Englisch kann. Aber zum Glück gibt's ja bei Offspring eine Menge „Oh“s und „Hey“s, und sogar ein paar „F*** you“s, und das können sogar die Japaner. Sehr beeindruckend diese Sprachkenntnisse. Bei Ansagen in die Menge wurde auch vorsichtshalber mal gegrölt, aber ich denke, dass mindestens 90% der Anwesenden kein Wort verstanden haben. Am Ende waren trotz Klimaanlage alle patschnass, aber so soll das ja auch sein. Schade nur, dass Offspring gerade mal 65 Minuten gespielt haben. Bei 50 Euro Eintritt eigentlich fast schon eine Schweinerei. Ich fand es dann auch sehr seltsam, es war 20:30h und das Konzert war zu Ende. Und jetzt? Ich kann doch nicht schon nach hause fahren, ist doch albern. In Deutschland gehen Konzerte um die Zeit doch erst richtig los.

Ja, so war das. Mehr gibt es eigentlich nicht zu erzählen. Meinem Nacken geht es heute nicht viel besser, auch die Schultern tun zusätzlich weh, aber ich hab's ja nicht anders gewollt. So denn, bis dann.

Hallo, da am Montag mein Deutschunterricht ausgefallen ist hatte ich noch Zeit, ein bisschen was zu schreiben (wohlgemerkt: von 18h bis ca. 19h, nach 8 Stunden Arbeit, also bitte keine blöden Kommentare von wegen ich hätte ja nichts zu tun!). Ansonsten bin ich hier momentan so beschäftigt, dass ich zu nichts komme. Die letzten Wochen sind halt immer etwas stressig. Also dann, voilà:

Die heutige Episode: Japaner und der Alkohol. Sehr interessantes Thema, wenn auch vielleicht sehr subjektiv berichtet da ausgerechnet von mir, die ich ja bekanntlich den übermäßigen Konsum alkoholischer Getränke sowieso nicht ganz nachvollziehbar finde. Allgemein kann man sagen, dass Japaner Alkohol nicht sehr gut vertragen, was sie nicht daran hindert, ihn trotzdem zu trinken. Und zwar oft bis zum Umfallen ... wörtlich genommen. Dazu später mehr. Bei Feiern ist es hier üblich, dass alkoholische Getränke verschiedener Art nacheinander getrunken werden. Man sucht sich also nicht eine oder zwei Sorten aus und bleibt dabei für den Abend, sondern es wird gemeinschaftlich erst Bier, dann Wein, dann Sake, dann eine Art Schnaps und dann noch anderes Zeug, dessen Name mir entfallen ist, getrunken. Gegen den Durst zwischendurch natürlich immer wieder Bier. Mein Deutschschüler, der mal ein Jahr lang in Deutschland gewohnt hat, fand es sehr verwunderlich, dass dort bei Betriebsfeiern die Leute den ganzen Abend nur Bier (oder nur Wein) getrunken haben. Er meinte, das wäre hier unvorstellbar. Gemeinsames Ausgehen mit der Abteilung wird hier noch sehr oft betrieben (zum Glück nicht in meiner Abteilung), so dass man, wenn man erst am späteren Abend mit dem Zug heimfährt, einem leichten Sake-Geruch im Zug nicht entkommen kann. Dazu gibt es den Anblick angesäuselter Geschäftsmänner im Anzug mit hochroten Köpfen. Aus irgendeinem Grund haben Asiaten immer ein rotes Gesicht, wenn sie zu viel getrunken haben. Positiv zu vermerken ist, dass diese Leute aber die „Mitreisenden" nicht belästigen, es wird auch nicht rumgepöbelt; sie unterhalten sich nur untereinander, haben sich oft auch im Arm, um sich aneinander abzustützen oder weil sie sich einfach so lieb haben.

Was „individuelle" Personen beim Ausgehen trinken weiß ich nicht, aber es scheint seine Wirkung nicht zu verfehlen. Oft sieht man nämlich Pärchen, bei denen der eine den anderen (oder die, die

Geschlechterrolle ist durchschnittlich gleichverteilt) praktisch nach hause trägt oder schleppt, weil diese Person nicht mehr fähig ist, alleine zu laufen, und fast im Stehen einschläft. Also wird der Arm der fast schlafenden Person kurzerhand über die Schulter gelegt, der Arm der nicht ganz so mitgenommenen Person um die Taille geschlungen, und so schleichen sie dann durch den Bahnhof/die Straße/den Zug. Mit Glück ist im Zug ein Sitzplatz frei, auf den die bestimmt nicht leichte Last für ein paar Minuten abgelegt werden kann. Dort wird natürlich sofort weitergeschlafen, was das Wiederanheben nicht leichter macht. Alternativ gibt es dieses Szenario auch für Gruppen von Freunden, die jemanden heim tragen. Problematisch wird es für diejenigen, die niemanden haben, der sie nach hause trägt. Es kommt dann öfters mal vor, dass jemand einfach so umfällt (vorzugsweise Männer Ende 50 im Anzug). In einem Moment läuft er noch durch den Bahnhof, im nächsten Moment liegt er auf dem Rücken, wedelt mit den Armen und kommt nicht wieder hoch. Aber auch dafür ist gesorgt, denn solchen Leuten wird von den Umstehenden sofort geholfen. Auch wenn sie ihn ein paar Sekunden vorher wohl noch einfach zur Seite geschubst hätten, wenn er im Weg steht.

Diese Auswirkungen finde ich alle ziemlich amüsant bzw. zumindest nicht störend. Der unangenehmere Effekt wird hauptsächlich durch junge männliche Japaner verursacht. Die haben nämlich keine Scheu, bei plötzlich auftretender Übelkeit einfach mitten auf der Straße oder dem Gehweg stehen zu bleiben, weil sie beschließen, dass genau jetzt und hier der geeignete Ort ist, diese Übelkeit auszuleben. Und so stehen sie da und kotzen sich die Lunge aus dem Leib, bekommen dabei von ihrer Freundin oder den anwesenden Freunden aufmunternd den Rücken getätschelt, und die blöde deutsche Touristin darf zusehen, wie sie dran vorbeikommt, ohne selbst von Übelkeit befallen zu werden. Daher ist mein Fußweg vom Bahnhof, wenn ich spät heimkomme, auch immer mit konstantem Blick auf die Straße verbunden, damit ich nicht fremder Leute Mageninhalt in meine Wohnung schleppe. Falls das jetzt insgesamt etwas negativ klingt: eigentlich ist es das gar nicht. Denn ich möchte noch mal betonen, dass hier niemand von Betrunkenen belästigt wird, was man ja von Deutschen nicht unbedingt behaupten kann. Ich kann nur nicht ganz nachvollziehen, warum sie so viel trinken müssen wenn sie doch wissen, dass sie es nicht vertragen. Das macht doch dann auch keinen Spaß mehr ... So denn, bis dann.

日 20 TAG 月 07 MONAT 年 2004 JAHR 番号 65 NR

Mahlzeit! Wieder mal liegt ein anstrengendes Wochenende hinter uns. Gestern (Montag) war Feiertag, daher auch keine Mail. Und ich möchte jetzt bitte nichts hören von wegen „Schon wieder?", Ihr hattet mindestens genauso viele Feiertage wie wir.

Am Samstag waren wir als erstes in Shinjuku ein paar Einkäufe erledigen. Außerdem wollte Christian mal wieder zum Friseur, und da es dort einen „Schnellservice-ohne-Termin-Discount"-Friseur gibt, mit dem Christians Mitbewohner schon gute Erfahrungen gemacht haben, sind wir dort auch noch hin. Klingt jetzt nicht sonderlich spannend, ist es aber. Wenn man reinkommt bezahlt man an einem Automaten (die schneiden nur, also kostet es für alle das gleiche) und bekommt einen Chip, den man später wieder abgibt. Anschließend reiht man sich in die Warteschlange ein. Die Wartezeit kann man nutzen, um sich die Schnittmöglichkeiten anzusehen. Auf einem Tisch liegen nämlich Schaubilder rum, wie man seine Haare schneiden lassen kann. Für jeden Schnitt (A bis K oder L) ist dort jeweils ein Foto von vorne, von der Seite und von hinten abgebildet, und man nennt dann den Buchstaben seiner Wahl dem Friseur, dem man zugeteilt wird (Christian hat übrigens Schnitt F gewählt). Wenn man dann irgendwann dran ist. Denn offensichtlich ist der Andrang recht groß.

Naja, und die schneiden dann munter vor sich hin, und am Ende wird der Kopf mit einer Art Staubsauger von Haarresten befreit. Anschließend wird noch das Gesicht mit einem riesigen Pinsel abgepinselt, sieht sehr lustig aus. Die Haarentsorgung fand ich auch sehr interessant: Die Stühle stehen auf einem kleinen Podest, dessen eine Seitenwand sich per Fußhebel öffnen lässt, und dort werden dann die abgeschnittenen Haare reingekehrt. Wenn das nicht praktisch ist. So kann selbst ein Friseurbesuch zum Erlebnis werden. Anschließend waren wir in Harajuku auf der Suche nach einem Andenken für mich (was wird nicht verraten, aber wir haben uns - erfolglos - die Hacken abgelaufen). Dort in der Nähe war zufällig gerade auch noch eine Design-Ausstellung, die wir uns dann auch noch schnell angesehen haben. Schnell ist wörtlich zu nehmen, es war ein ca. 15 m² großer Raum in dem ein paar Werke an die Wand gehängt waren. Also nicht sehr zeitintensiv. Von dort aus sind wir nach Shibuya gelaufen, um von dort mit dem Zug nach Shimokitazawa zu fahren. Dort waren wir noch nie, sollte aber sehr interessant sein. War es dann auch, ziemlich interessant zumindest.

Viele junge Leute und dementsprechend „junge Läden", leider auch dort keine Straßencafes, aber insgesamt auf jeden Fall einen Bummel wert. Am Sonntag mussten wir erst mal ausschlafen, weil wir Samstag Abend so lange Fernsehen geschaut haben. Eigentlich wollten wir früh aufstehen und nach Yokohama fahren, weil dort abends Feuerwerk war und wir uns gedacht haben, wir nutzen die Gelegenheit, uns vorher in Ruhe die Stadt anzugucken. Wie gesagt, früh aufstehen war nicht drin, aber das war auch gut so, denn so sind wir erst mittags in Yokohama angekommen, haben es aber geschafft, uns ganz schnell zu langweilen. Außer Chinatown gibt es dort nicht wirklich was zu sehen, und da ist man schnell durch. Zum Glück gab es dort aber ein Cafe, das auch Tische draußen stehen hatte, und wir haben sogar Plätze bekommen, weil die Japaner lieber drinnen im klimatisierten Raum sitzen. Gut für uns. Also haben wir ganz in Ruhe einen Kaffee getrunken und dann beschlossen, uns schon mal auf den Weg in den Park zu machen, von wo aus man dann das Feuerwerk sehen kann. Je näher wir dem Park kamen, umso mehr Leute waren um uns rum, und kurz vor dem Park hatte die Polizei Straßensperren aufgestellt und per Megaphon Durchsagen gemacht. Offensichtlich war der Park schon voll und sie haben die Fußgänger nun auf Ausweichflächen umgeleitet. Die gehörten wohl

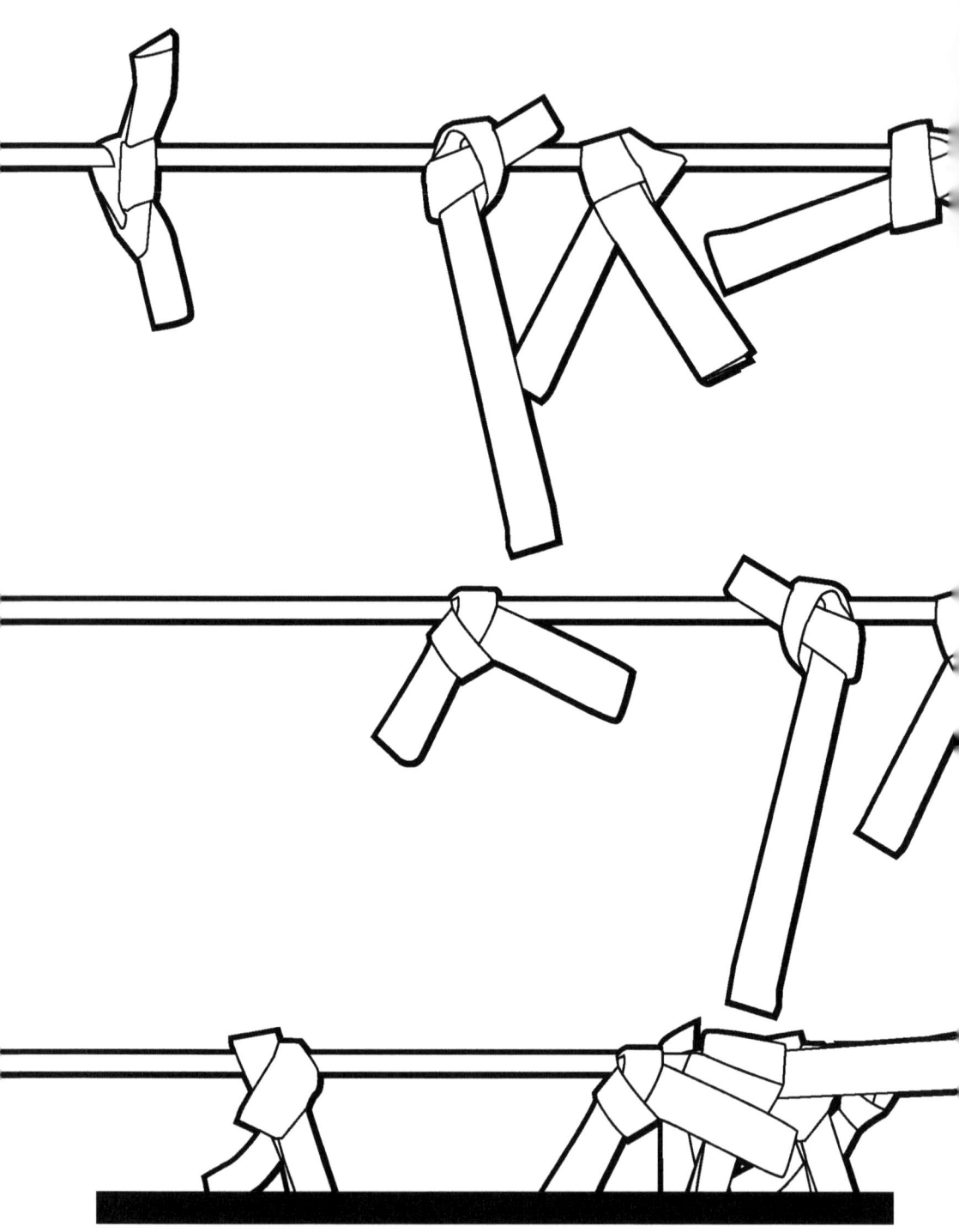

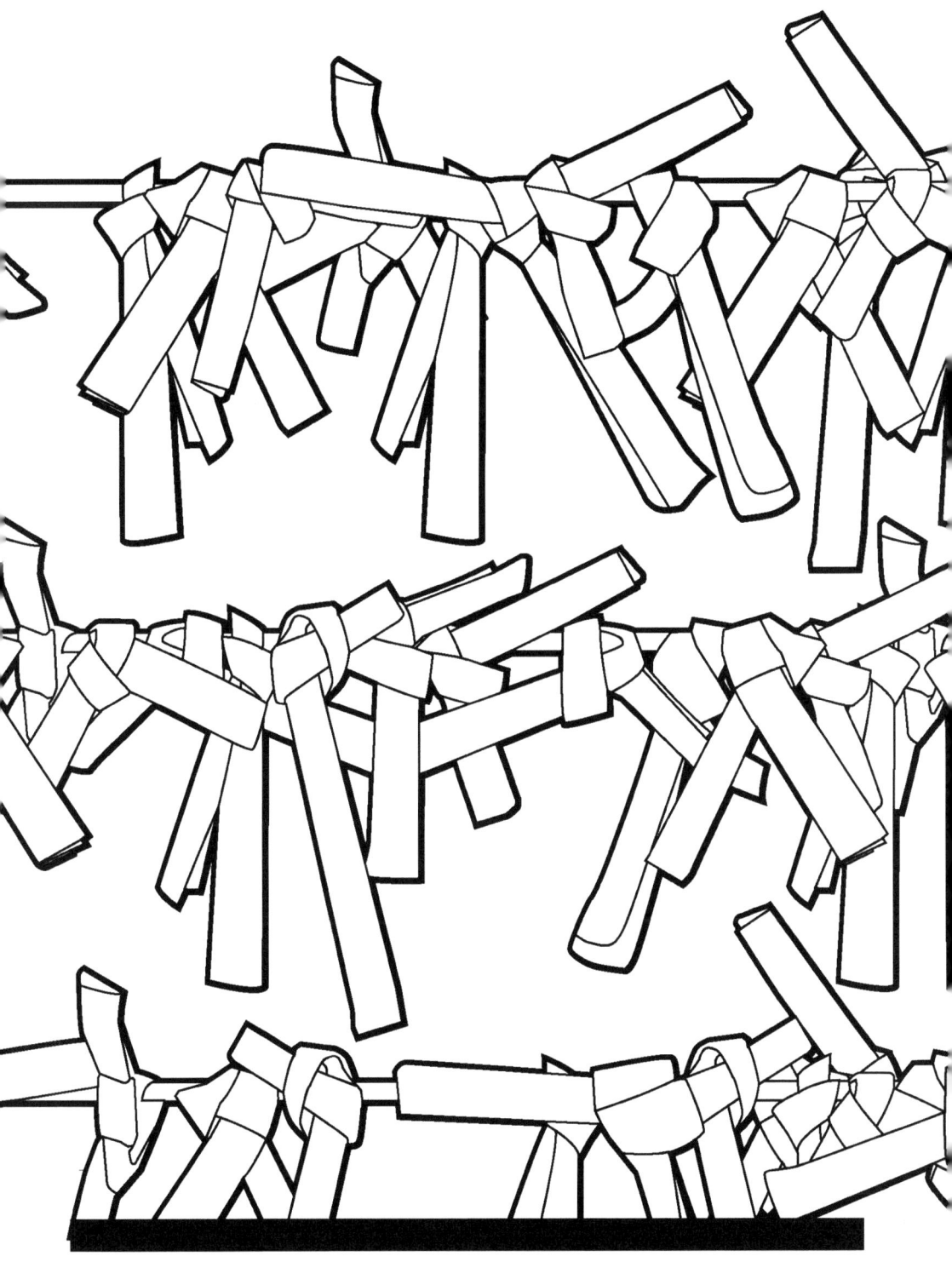

irgendwie zum Hafen oder so, auf jeden Fall standen dort noch jede Menge Bagger und so was rum, und auch dort war es schon gigantisch voll. Die Japaner hatten natürlich alle ihre Plastikfolien dabei, die sie auf den Boden geklebt haben, um ihr Reich zu markieren. So war also nicht mehr so viel Platz für uns übrig. Wir sind dann einfach mit dem Strom so weit durchgelaufen (getippelt trifft es eher), bis wir gute Sicht hatten, und haben uns da mitten auf den Weg auf den Asphalt gesetzt. Sollen sie doch drumrum laufen, hätten wir eine Plastikfolie hätten wir sie dort ausgebreitet und sie hätten auch ausweichen müssen. Wohlgemerkt, wir hatten ungefähr einen Quadratmeter für uns, mehr nicht. Das hat dazu geführt, dass die „angrenzenden" Japaner uns eingeladen haben, mit auf ihrer Plane zu sitzen. Sehr nett! Andererseits hatten sie auch eine unverschämt große Plane für unverschämt wenig Leute ... trotzdem, wir hatten so jedenfalls ein halbwegs sicheres Plätzchen. Das war ca. eine gute Stunde vor Feuerwerksbeginn. Und es ist wie mit der U-Bahn: man denkt, mehr geht nicht rein, und es geht doch immer noch was. Unglaublich, was da noch an Menschenströmen kam, und irgendwie haben die es alle noch geschafft, einen Platz zu finden. Wir hatten jedenfalls sehr gute Sicht auf das Feuerwerk, das auch ganz pünktlich um 19:30h anfing. Und bis 20:40h gedauert hat. Wahnsinn, was da in die Luft gepulvert worden ist. Aber schön war es schon, die sind da sehr kreativ mit riesigen Bällen, Bällen mit Ringen drumrum (sieht dann aus wie Saturn), Buchstaben, Katzengesichtern, Schneckenhäusern, Smilies, und - sehr beeindruckend - irgendwelchen länglichen Dingern die ewig in der Luft gebaumelt sind und geleuchtet haben. Normalerweise verglüht ja immer alles sehr schnell und fällt runter, diese Dinger aber nicht. Die Japaner waren hellauf begeistert und sind richtig mitgegangen; sehr interessante Geräuschkulisse. Und eine Menge Applaus. Der anschließende Fußmarsch zum Bahnhof hat dann auch über eine Stunde gedauert, weil so viele Leute unterwegs waren; die meisten Frauen im Kimono mit unbequemen Holzsandalen, damit kann man einfach nicht zügig laufen. Das größere Problem war, dass es so unglaublich warm war, und dass sämtliche Getränkeautomaten leer waren. Wie die Heuschrecken, die alle Pflanzen abfressen, sind die Leute wohl über die Getränkeautomaten hergefallen. Aus irgendeinem Grund war dann aber unser Zug relativ leer, so dass wir sogar noch einen Sitzplatz abbekommen haben. Das nennt sich Glück, ich war nämlich inzwischen ziemlich fertig. Gestern waren wir dann wieder in Harajuku und Shibuya unterwegs, haben im Yoyogi-Park eine kleine Rast eingelegt und dort mit Verwunderung festgestellt, dass der See dort wohl komplett ausgetrocknet ist. Es war nur noch eine kleine Pfütze übrig. Die Regenzeit dieses Jahr ist nicht das, was sie sein sollte. Ab und zu schüttet es zwar, aber wohl deutlich weniger als normal. Die Japaner werden langsam unruhig, weil wahrscheinlich bald nicht mehr genug Wasser da ist. Und das merkt nicht nur die Landwirtschaft, sondern jeder einzelne, weil dann das Wasser aus dem Hahn kaum noch Druck hat und es daher nur noch rinnt anstatt zu strahlen. Hoffen wir mal, dass es erst soweit ist, wenn wir wieder in Deutschland sind. Soviel zu unserem Wochenende. Heute Abend habe ich mal ausnahmsweise nichts vor, morgen muss ich meinen Abschlussvortrag halten, und dann geht es arbeitstechnisch noch mal richtig los, die letzten Experimente beenden, Laufwerk aufräumen usw. Nächste Woche habe ich drei Goodbye-Parties (meine Mädels, Indiaca und Firma), da werde ich also wohl nicht groß zum Schreiben kommen. Jetzt fahre ich erst mal heim und erhole mich von den Strapazen des Wochenendes. Bis dann.

Mahlzeit! Lasst mich diese Mail mit einer kleinen Statistik anfangen (keine Angst!): Neulich habe ich mir mal die Mühe gemacht, die Größe meines Zugwaggons zu schätzen. Da man sich bei der Länge ja schnell verschätzt, habe ich die Haltegriffe gezählt. Pro Waggon 104. Wenn man nun annimmt, dass morgens zur Hauptverkehrszeit pro Haltegriff ca. 3 Personen zu rechnen sind - und das ist eine durchaus realistische Schätzung - bedeutet das, dass sich in jedem Zug 104x3x10 (da 10 Waggons) = 3120 Personen befinden. In den stressigsten 2 Stunden fährt alle 2 Minuten ein Zug, also insgesamt 60 Züge zwischen 7:00h und 9:00h. Folglich wälzen sich alleine in dieser Zeit 3120x60=187200 Menschen durch „meinen" Bahnhof. Wahnsinn. Und ich wohne doch so weit außerhalb ... So, nun lasst mich diese Mail auch mit dieser Statistik beenden. Ich hätte zwar noch ein paar Themen auf Lager, habe aber heute keine Lust mehr zu schreiben. Bis dann.
PS: Mein Abschlussvortrag ist ganz gut gelaufen, jetzt muss ich nur noch mein Laufwerk aufräumen, meine Mailbox aufräumen, aus jedem Datenfile die 20 besten Ergebnisse extrahieren (oje!) und die ausstehenden Experimente durchführen und auswerten. Aber ich habe ja noch 7 Arbeitstage Zeit ...

Mahlzeit! Habe zwar unglaublich viel zu tun, bin aber heute so unkonzentriert dass ich es jetzt aufgebe und Euch lieber über unser Wochenende auf dem Laufenden halte als zu arbeiten (hat eh keinen Zweck).
Am Freitag waren wir mit meinen Mädels beim Pferderennen. Eine sehr unterhaltsame Sache, hätten wir schon früher machen sollen (kostet auch nur 80 Cent Eintritt, damit man noch genug Geld zum Verwetten hat). Aber es hatte glaube ich erst selten jemand soviel Unglück im Glück wie ich. Und das kam so: Am Vortag hatte ich anhand von Listen mit den Namen der Pferde versucht, mir schon mal zu überlegen, auf welche Pferde ich setzen will. Es war genau ein Pferd dabei, auf das ich unbedingt setzen wollte (schöner Name und gute Nummer), das lief aber schon im ersten für uns erreichbaren Rennen.

Nun ja, wir kamen kurz vor knapp an, und der Tippschein war komplett in Kanji. Wir haben noch versucht, ihn auszufüllen, aber irgendwas haben wir falsch gemacht, jedenfalls hat der Automat ihn nicht genommen, so dass ich nicht mehr setzen konnte. Ich habe mich dann damit getröstet, dass ich wohl sowieso nicht gewonnen hätte. Und was macht das Mistvieh? Geht mit mehr als einer Pferdelänge Vorsprung durchs Ziel. Na toll. Ich will gar nicht wissen, wie viel ich gewonnen hätte (schätzungsweise 40 Euro). Alle anderen meinten, wie „lucky" ich doch wäre. Was bitte ist daran lucky?!?

Naja, im zweiten Rennen habe ich mir wieder ein Pferd ausgesucht und meine Mädels gefragt, wie ich denn darauf setze. Die meinten dann, ich soll doch lieber die andere Methode nehmen, da kann ich mir drei Pferde aussuchen, und egal welches davon gewinnt hätte ich gewonnen, halt mit einem schlechteren Kurs. Aber gut, die Chancen sind ja größer, also so gemacht, „mein" Pferd und noch zwei andere angekreuzt. Es kam wie es kommen musste, mein Pferd ist mit ziemlich deutlichem Vorsprung durchs Ziel, ich habe einen Siegestanz aufgeführt, wie ihn die Rennbahn noch nicht gesehen hat (naja, nicht ganz), meine Japanerinnen meinten „zeig mal Deinen Schein", ich ihnen den Schein gezeigt, ihr Kommentar: „nee, das ist falsch. Du hast ja Platz 2 und 3 falsch getippt". Häh? Das hatten sie mir aber vorher anders erklärt ... Naja, also wieder nichts gewonnen. Saublöd. Fürs dritte Rennen bin ich dann auf Nummer Sicher gegangen und habe den „ein Pferd auf Platz 1"-Modus gewählt, dafür aber für 3 Pferde gespielt. Und tatsächlich, eins meiner Pferde hat gewonnen und ich somit auch. Juchu. Fürs vierte Rennen die gleiche Maßnahme, Einzelscheine für mehrere Pferde. Und klar, das beste meiner Pferde ist mit ungefähr 20 cm Rückstand durchs Ziel und ich somit leer ausgegangen. Insgesamt habe ich damit 8 Euro verloren, was mich nicht wirklich ärgert, da ich damit gerechnet hatte. Was mich wirklich ärgert ist die Tatsache, dass ich zweimal auf's richtige Pferd gesetzt hätte, wenn Tippschein und Japanerinnen mich gelassen hätten.

Trotzdem war es ein schöner Abend mit sehr interessanten Eindrücken. Zum Beispiel wird kurz vor dem Rennen Musik eingespielt, und zwar - festhalten – „Morgen kommt der Weihnachtsmann". Ohne Text natürlich. Trotzdem. Außerdem sind viele Japaner auf der Rennbahn, die sich das Rennen lieber auf dem Bildschirm angucken als „in echt". Das verstehe ich nicht, wenn ich schon da bin will ich doch auch was sehen. Sonst hätte ich mich doch auch zuhause vor den Fernseher hocken können. Zugegeben, man sieht nicht wirklich viel, aber dafür kann man ja dann später die Wiederholung auf dem Bildschirm angucken. Anschließend sind wir mit dem „Water Bus" (also einem Boot) zurückgefahren, so dass wir nun auch mal Odaiba und die Rainbow Bridge vom Wasser aus gesehen haben. Wir waren dann noch zusammen essen und sind anschließend mit einem der letzten Züge heimgefahren.

Ach ja, erwähnen sollte ich vielleicht noch, dass sich Christian und meine Mädels an dem Abend zum ersten Mal getroffen haben. Und sie waren noch nie so begierig, Deutsch zu lernen, wie auf der Zugfahrt zu unserem Treffpunkt. Wir haben ganz fleißig geübt, „Guten Abend.

Ich bin Momo. Wie geht's? – Kaulquappe". Was dazu geführt hat, dass sie dann doch Japanisch ge-sprochen haben und nur auf meine Aufforderung hin das Ganze noch mal auf Deutsch gesagt haben. Auf dem Rückweg war unser Bahnhof die Endhaltestelle des Zuges. Das hatte ich bisher noch nicht erlebt; schade eigentlich, war echt sehenswert. Denn der Zug hält dann an, die Leute steigen aus, und dann gehen Bahnmitarbeiter durch die Waggons und wecken die, die noch schlafen, und schmeißen sie freundlich raus aus dem Zug (was sollen sie auch in der Garage?). War echt interessant anzusehen, wie immer noch mehr Leute (soweit wir gesehen haben nur Männer) rauskamen. Würde mich interessieren, wie viele davon wirklich bis Kokubunji fahren mussten, und wie viele eine halbe Stunde zu weit gefahren waren.

Bis wir zuhause waren, war es allerdings ca. halb 2. Somit war der Samstag so gut wie abgehakt, denn da mussten wir erst mal ausschlafen. Zu mehr als ein paar Einkäufen hat dann die Zeit auch nicht mehr gereicht, bis wir uns mit Christians Japanern getroffen haben (sehr nette Leute übrigens). Und auch hier: das erste Mal, dass ich sie treffe, ist bei der Abschiedsfeier.

Wir sind in ein urgemütliches kleines Restaurant gegangen, in das wir uns alleine nie reingetraut hät-ten - nicht nur wegen der vermutlich hohen Preise, sondern auch, weil die Speisekarte komplett auf japanisch war, ohne Bilder. Und wenn mich nicht alles täuscht war das auch nur eine Getränkekarte, ich hatte den Eindruck, dass sie das Essen einfach mit dem Kellner besprochen haben. Wäre also für uns alleine unmöglich gewesen.

Jedenfalls gab es dann eine Menge Zeug, japanisches Essen, dessen Namen ich zum Großteil nicht kenne. Als Vorspeise kalte Omelett-Stücke mit Algen und einer Garnele (zum Glück geschält). An-schließend ein komisches Teiggebilde, wie eine Endlosbandnudel, die in ein Schälchen gewunden wird, weiß, weich, ziemlich zäh und daher schwer zu zerteilen, aber leicht zu kauen. Davon muss man dann mit den Stäbchen ein Stück abzupfen, in Sojasoße tunken und essen. Mit Sojasoße schmeckt es nach Sojasoße. Da ich die langsam nicht mehr sehen (bzw. essen) kann, habe ich dann das Teigzeug pur probiert, und es schmeckte irgendwie süßlich. Aber gut. Dann gab es Hähnchenflügel und Salat, anschließend eine Art Eintopf mit Hähnchenfleisch, Pilzen, Lauch, Kohl, und bestimmt noch mehr, das ich jetzt vergessen habe. Auch lecker. Bei japanischem Essen darf natürlich roher Fisch nicht fehlen, wir haben sie auf Thunfisch runtergehandelt, die „Weicheilösung", aber der schmeckt wenigstens auch roh. Es gab auch noch rohe Makrele, aber wir haben uns auf den Thunfisch beschränkt. Eigent-lich waren wir schon lange satt, aber wir waren noch lange nicht fertig. Es gab nämlich noch kaltes Soba (so was ähnliches wie Spaghetti). Die liegen auf einem Holztablett, und man nimmt sich eine mundgerechte Portion mit den Stäbchen runter, tunkt das ganze in ein Schälchen mit Brühe (jeder ein eigenes Schälchen) und isst es. Kalte Nudeln fand ich bisher unvorstellbar, aber sie haben er-staunlich gut geschmeckt. Anschließend kam dann eine Kanne mit heißer Flüssigkeit, mit der das Schälchen aufgefüllt wurde, und das wurde dann als Suppe getrunken. Schmeckte sehr gut, aber da-nach war ich dann wirklich voll. Zum Glück war das Essen damit auch beendet. Der Abend leider auch, denn es war schon ziemlich spät, und die letzten Züge fahren nicht so spät, wie man es von so

einer Großstadt erwarten würde. Die Rückfahrt war dann auch ziemlicher Horror, da die Züge ziemlich viel Verspätung hatten (ca. 20 bis 30 Minuten) und es ungefähr die Zeit war, zu der die meisten Restaurants, Spielhallen etc. schließen. Es war unglaublich voll am Bahnhof, und in den nächsten Zug der kam sind wir nicht mehr reingekommen, weil er so voll war (und mit uns noch viele andere).

Der nächste Zug hatte natürlich auch Verspätung, so dass wir insgesamt fast eine Dreiviertel-stunde am Bahnhof rumgestanden sind. Aber so waren wir wenigstens vorne in der Schlange. Das hat uns nicht davor bewahrt, gequetscht zu werden, aber wenigstens hatten wir Plätze zwischen den Sitzen, wo man nicht so sehr zerquetscht wird wie im Türbereich. Trotzdem habe ich glaube ich noch nie einen so vollen Zug erlebt, nicht mal morgens zur Rushhour. Es war echt übel, auf einem anderen Bahnsteig haben sich so viele Leute gedrän-gelt, dass die am Rand Mühe hatten, nicht auf die Gleise geschubst zu werden. Brechend voll.

Sonntag war ich zur Home Party bei meinem Chef eingeladen. Der hat diese Woche Urlaub, kann also nicht zu meiner Abschiedsfeier kommen und hat daher noch schnell eine kleine Feier bei sich zuhause organisiert. Seine Familie (Frau und zwei Kinder), vier meiner Kollegen (2 Frauen 2 Männer) und ich. Das „zuhause" war allerdings kein übliches japanisches zuhause, sondern ein richtig großes Haus mit Garten und Keller (inklusive einem großen Flügel - also Flügel wie Klavier). Später haben sie mir erklärt, dass die Familie seiner Frau wohl sehr reich sein muss. Nun ja, es kam wie ich befürchtet hatte: wir haben abartig viel gegessen. Eigentlich war ich ja noch vom Vortag satt, aber das gilt ja nicht, wenn man beim Chef eingeladen ist. Wir waren pünktlich um 15h dort und haben bis 19:30h ununterbrochen gegessen, abgesehen von einer viertelstündigen Hausbesichtigung. Die Details erspare ich Euch, aber danach bin ich heimgekugelt. Es war aber ein sehr netter Abend, wenn ich auch einem Großteil der Ge-spräche nicht folgen konnte, da komplett auf japanisch. Meine Kollegin hat mir dann immer eine Grobzusammenfassung in einfachem japanisch gegeben, so dass ich zumindest unge-fähr wusste, worum es gerade ging.

Ja, und heute ist schon wieder Montag, meine letzte Arbeitswoche ist angebrochen, heute ist mein einziger freier Abend, der Rest ist für Abschiedsfeiern verplant. Daher gehe ich dann jetzt auch heim, mal sehen, ob ich mich aufraffen kann, schon mal ein bisschen zu packen oder zumindest zu sortieren, was hier bleibt und was mitkommt. Bis dann.

Hallo alle miteinander! Fertig!!! Also, fast. Meine Arbeit an sich habe ich heute beendet, ich muss halt noch den ganzen Krempel von meinem Schreibtisch runterräumen und die eine oder andere CD brennen, aber zumindest bin ich fertig mit Laufwerk aufräumen und Berichte schreiben. Juchuh! Daher nehme ich mir jetzt ein bisschen Zeit, Euch noch was zu erzählen. Wird wohl der letzte oder vorletzte Newsletter, zumindest aus Tokyo.

Am Montag hatte ich ausnahmsweise nichts vor, das tat auch mal ganz gut nach der ganzen Esserei vom Wochenende. So konnte mein Magen Kräfte sammeln für das, was da noch kommen möge. Und es kam. Am Dienstag war ich mit meinen Mädels Abschied feiern. Wir waren in einem urgemütlichen Thai-Restaurant. Glücklicherweise hatten die unsere Reservierung vergessen, was kein Problem war, da noch zwei große Tische frei waren. Aber ihnen war das so peinlich (wie gesagt, in Asien zählt Service noch was), dass wir auf alles 30% Ermäßigung gekriegt haben. Das ist doch mal 'ne Sache! Hat auch dazu geführt, dass wir noch mehr gegessen haben als wir ohnehin gegessen hätten, wieder im „wir-bestellen-mal-einfach-von-allem-etwas-und-jeder-isst-alles"-Stil. Zu sechst hatten wir daher zwei Salate, einen Topf Suppe und 8 Hauptspeisen.

Dann ging es um den Nachtisch, wobei ich passen musste, weil ich so satt war. Allerdings wurde auch der Nachtisch geteilt (also die bestellten 5 verschiedenen Dinge), so dass ich doch noch was abbekommen habe und am Ende wohl mehr Nachtisch gegessen habe als die anderen. Die waren nämlich auch satt und wollten ihre Reste stehen lassen. Ich kann doch keinen Kokospudding zurücklassen! Also habe ich ihn vernichtet (und nicht nur den).

Lecker war's und vor allem lustig. Da wir uns alle nochmal sehen (nicht in der Gruppe, aber einzeln) war es auch nicht sooo schrecklich traurig. Die Themenwahl umfasste unter anderem deutsche Weihnachtsfeiern, David Beckham und Michael Schuhmacher. Ein sehr interessanter Abend also. Gestern (also Mittwoch) war dann die Abschiedsfeier von unserer Indiacamannschaft. Mit der waren wir in einem kleinen Soba-Restaurant (wer gut aufgepasst hat weiß noch: Soba ist so ähnlich wie Spaghetti). Gegessen haben wir alles mögliche Zeug, was ich sonst wohl nie probiert hätte. Als Vorspeise gab es Salat mit getrocknetem (oder frittiertem, was weiß denn ich) Soba. Also so was wie Röstzwiebeln aber aus Nudeln. Lecker, aber schwierig zu essen. Außerdem gab es noch Omelett, Aubergine mit Fischflocken, rohen Fisch (von dem sie uns erst, nachdem wir ihn gegessen hatten, erzählt haben, dass es in Wahrheit Pferdefleisch war; ich habe also rohes Pferd gegessen, igitt!), Soba-Bällchen (Sobateig, aber nicht zu Fäden gezogen sondern zu einer Kugel geformt. Ich war wohl die einzige, die es mochte, denn ich habe fast eine ganze Kugel gegessen, die eigentlich für 4 Leute gedacht war),„richtiges" Soba (natürlich kalt, es ist ja Sommer) und Tempura, also in Teig frittierte Teilchen (in unserem Fall Fisch, süße Kartoffel und Kürbis).

Auch dieser Abend war sehr lustig, unser „Chef" hat noch eine Menge Photos gemacht (nachdem er ungefähr 8 Minuten gebraucht hat, um den Film in seine superkomplizierte Kamera einzufädeln) und wir haben versucht, ihnen zu erklären, wo in Deutschland wir wohnen, was etwas schwierig war, da wir nur eine Bayern-Karte zur Verfügung hatten. War schwierig genug, ihnen zu erklären, dass das nicht Deutschland ist. Diese Feier war auch noch nicht der richtige Abschied, weil wir ja heute Abend noch mal Indiaca spielen, aber langsam geht es doch wirklich auf's Ende zu.

Ansonsten habe ich noch eine kleine Themensammlung, was ich noch erzählen wollte. Ich fange dann einfach mal an, auch wenn das jetzt nicht wirklich Zusammenhang hat. In Japan ist erstaunlicherweise menschliche Arbeitskraft noch richtig gefragt. Normalerweise sollte man ja annehmen, dass in einem so technisierten Land eingespart wird wo es nur geht, aber davon kann keine Rede sein. Dass bei Baustellen immer eine Menge Aufpasser drumrumstehen, habe ich ja schon mal erzählt.

Am schönsten ist das bei Ein- und Ausfahrten. Da stehen ein bis zwei Uniformierte auf dem Bürgersteig rum und winken jeden Fußgänger vorbei (die sind richtig begeistert bei der Sache), und wenn dann mal ein Fahrzeug aus der Einfahrt kommt, stellen sie sich mit ihren Winkestöcken quer zum Fußweg, strecken die Arme aus und halten so den Menschenstrom davon ab, versehentlich gegen oder vor das Fahrzeug zu laufen. Auch wenn der Menschenstrom aus einem einzelnen Fußgänger besteht und das Fahrzeug 3 m hoch und unglaublich laut ist. Aber sie sind immer freundlich, vor allem die, die an abgelegenen Baustellen postiert sind; die freuen sich sicherlich, wenn mal alle 2 Stunden ein Fußgänger vorbeikommt. Parkhäuser haben ähnliche Mitarbeiter, die stehen vor der Einfahrt/Ausfahrt, winken den Menschenstrom durch oder auch nicht, und noch dazu gibt es einen besonderen Service. Wenn ein Auto aus dem Parkhaus kommt, halten die Aufpasser den vorbeifahrenden Verkehr an, damit das Auto problemlos das Einfädeln auf die Straße schafft.

Das ganze nimmt dann aber auch recht bizarre Formen an, so wie neulich, als Christian und ich spazieren gegangen sind. Plötzlich ertönte hinter uns eine Trillerpfeife und jemand hat was auf Japanisch gerufen. Wir uns also neugierig umgedreht, wer denn da wohl was verbrochen hat, und siehe da, wir waren es selbst! Der uniformierte Mann, der da ganz aufgeregt ein paar Schritte auf uns zukam, hat dann seine Englischkenntnisse hervorgekramt und rief uns zu „don't walk!", die Straße war wohl nur für Autos freigegeben. Anstatt da einfach ein Fussgänger-verboten-Schild aufzustellen setzten die aber lieber den ganzen Tag einen Mann dahin, der aufpasst.

Meine Lieblinge sind aber die Schrankenmännchen. Ja, richtig, hier gibt es Schrankenmännchen. Eigentlich sollte ja eine Schranke Hinweis genug sein, dass man das Gleis besser nicht überqueren sollte. Und wer sich vor einen Zug schmeißen will, schafft das auch so, dazu braucht man ja keine Schranke. Trotzdem stehen hier an jeder Schranke rund um die Uhr (zumindest solange Züge fahren) ein bis zwei Wärter, die aufpassen, dass niemand die geschlossene Schranke überquert.

Mir tut immer der leid, das an einer winzig kleinen Straße steht (mehr ein Feldweg, Autos passen da glaube ich gar nicht durch), mitten in der Nacht, und wahrscheinlich kommen während seiner gesamten Schicht genau 2 Leute dort vorbei. Langweilig!!! Was man auch oft sieht sind Schilderhalter. „Was bist du von Beruf?" – „Schilderhalter". Das sind Leute, die auf einem Bürgersteig oder in der Fußgängerzone stehen und einen langen Stock festhalten, an dem oben ein Hinweisschild befestigt ist. Zum Beispiel „McDonalds nach 100 m links". Da stehen sie dann rum, stundenlang, und halten den Stock mit dem Schild. Toller Job. Ob es sich wirklich rentiert, Leute dafür zu bezahlen? Muss wohl, finde ich aber trotzdem seltsam.

Eine weitere Errungenschaft, die ich in Deutschland noch nicht gesehen habe: Pizza-Dreiräder. So 'ne Art Moped, aber mit 2 Rädern hinten. Das hintere Ende ist eine große Box, in der die Pizza (oder anderes Essen) deponiert wird. Damit düsen die dann durch die Gegend und kommen deutlich schneller vorwärts als die Autos. Das Ding ist so konstruiert, dass sie sich so richtig in die Kurve legen können ohne umzukippen, alle 3 Räder berühren ständig den Boden. Für japanisches Essen (das oft mehr Flüssigkeit enthält als Pizza) gibt es auch eine Lösung: vom hinteren Ende vom Sitz geht ein Arm ab (nach oben, im Prinzip wie eine Straßenlaterne), von dessen waagerechten Ende an Stäben ein Tablett runterhängt. Schwierig zu beschreiben. Jedenfalls hängt dieses Tablett immer waagerecht, auch wenn sich das Fahrzeug in die Kurve legt. Sehr praktisch.

Und wo wir gerade beim Thema Zweirad (eigentlich ja Dreirad, aber das hier ist dann jetzt die Überleitung. Gelungen, oder?) sind: japanische Fahrräder sind irgendwie anders als deutsche. Zum Beispiel haben sie standardmäßig am Lenker einen Korb, aber in den seltensten Fällen einen Gepäckträger. Das mit dem Korb ist mir nie so richtig aufgefallen, aber neulich habe ich mal drauf geachtet. Auf der Busfahrt vom Büro zum Bahnhof komme ich an ca. 300 (Schätzwert) geparkten Fahrrädern vorbei. Nun kann man während der Fahrt ja nicht so genau gucken, aber ich habe gerade mal 2 Fahrräder ohne Korb am Lenker gesehen.

Außerdem haben die Fahrräder hier kein Rücklicht. Dass in Deutschland bei vielen Radfahrern das Rücklicht nicht funktioniert ist ja eine Sache, aber hier wird es gar nicht erst montiert. Fand ich eigentlich ziemlich riskant. Aber neulich hat sich auch das geklärt: normalerweise benutzen Radfahrer die Fußgängerwege, da braucht man ja auch nicht unbedingt ein Rücklicht. Und wenn sie mal die Straße benutzen müssen, dann fahren sie einfach auf der falschen Seite. So kommen ihnen alle Autos entgegen und das Vorderlicht reicht. Ich hätte trotzdem Angst. Ich weiß auch nicht, ob das wirklich allgemein so ist, aber ich habe es schon oft so beobachtet. Auf den Bürgersteigen gibt es extra Fahrradparkplätze, also Streifen, auf denen Fahrräder abgestellt werden dürfen. Und da stehen wirklich viele rum. Da das für die, die später kommen, ziemlich ungünstig ist (alles voll, was nun?) gibt es auch hier einen tollen Service: es gibt Leute, die die Fahrräder aufräumen. Die fangen an einem Ende an und rücken einfach alle Fahrräder dicht zusammen. Dicht heißt in dem Fall mal wirklich dicht, ich habe keine Ahnung, wie man da noch ein Fahrrad wieder rausholen soll (außer, die halbe Schlange wieder zu verrücken), aber das ist ja auch nicht mein Problem.

So denn, vielleicht schreibe ich morgen noch mal (kommt drauf an, wie ich mit meiner Restarbeit vorwärts komme und wie motiviert ich bin), falls nicht macht Euch keine Sorgen, ich bin dann im Urlaub und habe wahrscheinlich keinen Internetanschluss (außer minutenweise im Internetcafe). Wer mir vorher noch schreiben will sollte das also vor Freitag 9:30h deutscher Zeit tun. Tschüss und danke für's Zuhören, Silke